外国语言文学学术论丛

近代日本知识分子的中国革命论

钱昕怡　著

中国人民大学出版社

图书在版编目（CIP）数据

近代日本知识分子的中国革命论/钱昕怡著
北京：中国人民大学出版社，2007
（外国语言文学学术论丛）
ISBN 978-7-300-08581-4

Ⅰ. 近…
Ⅱ. 钱…
Ⅲ. 中国–近代史–研究–1901~1911
Ⅳ. K257.07

中国版本图书馆CIP数据核字（2007）第 153489 号

外国语言文学学术论丛
近代日本知识分子的中国革命论
钱昕怡　著

出版发行　中国人民大学出版社
社　　址　北京中关村大街31号　　　　**邮政编码**　100080
电　　话　010-62511242（总编室）　　010-62511398（质管部）
　　　　　　　010-82501766（邮购部）　　010-62514148（门市部）
　　　　　　　010-62515195（发行公司）　010-62515275（盗版举报）
网　　址　http:// www. crup. com. cn
　　　　　　　http:// www. ttrnet. com（人大教研网）
经　　销　新华书店
印　　刷　北京鑫丰华彩印有限公司
规　　格　140 mm×202 mm 32开本　　**版　　次**　2007 年 6 月第 1 版
印　　张　6.75　　　　　　　　　　　**印　　次**　2007 年 6 月第 1 次印刷
字　　数　189 000　　　　　　　　　　**定　　价**　26.00元

前　言

　　如果将以建设国民国家（或民族国家）为目标的意识形态及其运动大致概括为民族主义（nationalism）的话，近代中日两国的关系史在某种意义上可以说是彼此的民族主义相互对抗、连动的历史。

　　首先，从两国民族主义发生的背景来看。19世纪中期，"黑船"的到来打破了江户幕府长期的锁国政策。面对来自欧美列强的压力，日本企图尽快实现近代化，在对近邻的"大清国"保持警惕并与其对抗的同时，致力于国民国家的形成。其结果却给中国带来了"日本冲击波"，促进了中国建设国民国家的进程。对于近代中国来说，"日本冲击波"有双重含意。一是日本的兴起所带来的刺激。通过明治维新，日本成为亚洲最早的西方式近代国家。而中国真正开始国民国家建设是在甲午战败之后。另一层含意指的是，日本一跃成为帝国主义列强的一员，积极地开展亚洲侵略所带来的冲击。可以说，是以日本帝国主义为首的列强对中国的侵略唤起了大多数对国事漠不关心的中国民众的民族自觉性，为中国民族主义运动的展开奠定了基础。

　　"日本冲击波"这一视点很好地把握了近代日本的民族主义对中国的民族主义形成所带来的影响。但是，反过来看，中国的民族主义又对近代日本的民族主义有何影响呢？从辛亥革命到五四运动、国民革命，中国的民族主义运动进程本身对日本积极

企图加入的帝国主义国家秩序构成了强大的挑战。难道真的如一些日本学者所认为的那样，对近代日本来说，模仿西方列强走侵略亚洲的道路是当时唯一的选择吗？为了从更多元的角度汲取近代中日关系史上的多种可能性，我们有必要进一步深入考察近代日本与中国的民族主义运动之间存在的相互牵制、相互影响的关系。

作为一个切入点，本书将从考察中国的民族主义运动对日本的"冲击"的角度，聚焦日本从大正民主主义到昭和超国家主义的转折时期，以辛亥革命至国民革命期间为中心，具体考察近代日本的知识分子对中国民族主义及其运动的各种看法。

基于以上的问题意识，本书将分别以这一转折时期并存的民主主义、社会主义、自由主义思潮的代表人物——大隈重信、永井柳太郎、吉野作造、堺利彦、山川均、长谷川如是闲等知识分子作为研究对象，分析他们的中国革命论。本书以当时出版的《新日本》、《新社会》、《中央公论》、《改造》以及《我等》等杂志作为第一手资料，不拘泥于个别的人物研究，试图在更广阔的背景中对人与时代的关系进行多方面的考察。本书的构成如下：

第一章——杂志《新日本》的中国革命论——主要考察杂志《新日本》上发表的大隈重信和永井柳太郎有关中国问题的评论，分析辛亥革命至护国战争期间的日本论坛对中国革命的基本认识。在19世纪后半期"西力东渐"的严峻的国际环境中，一跃成为帝国主义列强一员的"新日本"不仅面对着中国、朝鲜等亚洲国家的排日运动，还要面对在欧美各国掀起的排日运动。处在这两个排日运动的夹缝当中，如何确立所谓"世界中的日本"的民族自我认同（national identity）成为当时的外交论的中心课题。对中国革命的评价也正是在这样的前提下展开的。这一章将《新日本》上发表的大隈、永井等人的中国革命论与"文明论"、"同文同种论"等结合在一起考察，试图解明近代日本自我认同意识所具有的精神构造。

第二章——吉野作造的日中提携论——关注大正民主主义

者吉野作造的"日中提携论"。因为吉野曾积极地评价并支持中国的民族主义运动，所以有的日本学者誉其为"反帝国主义者"。但需要留意的是，吉野在对中国革命运动的动向表示关心，提出"日中提携"的主张的同时，也主张不遗余力地维护日本在中国的"特殊权益"。这一章考察了吉野的日中提携论从第一次世界大战到国民革命时期，形成、嬗变的过程。五四时期，在吉野的倡导下，日本的思想团体"黎明会"、"新人会"与李大钊等中国的新知识分子之间曾有过短暂的交流活动。为了检讨这一中日交流运动之所以在短时间内中断的原因及当时的思想状况，李大钊及其周边的新青年的思想状况也被纳入考察比较的范围。作为在五四运动、华盛顿体制成立以及国民革命等历史关头摸索在与中国的民族主义运动相提携的同时，又能维护日本的国家利益的可能性的一种议论，本章重新探讨了吉野的中国论所具有的思想史意义。

第三章——大正时期社会主义思想中的"阶级"与民族主义问题——以"阶级"这一视点为中心，把经历了"寒冬时代"之后仍坚守"正统社会主义旗帜"的堺利彦作为研究对象，探讨大正社会主义者对中国革命的认识。因为强调"阶级"的观点，所以一般认为日本的社会主义者对亚洲各国的民族主义普遍缺乏内在的关心。但是在具体的历史状况下，"阶级"的视点和民族主义又有何内在的联系呢？本章通过检讨杂志《新社会》上发表的有关辛亥革命、第一次世界大战以及在日中国人、朝鲜人劳工问题的评论，来分析堺对"国家"、"民族"、"阶级"等问题的思想认识。

第四章——长谷川如是闲在20世纪20年代的中国革命论——以对如是闲的中国论的分析为中心，考察通过对"社会的发现"而获得将国家相对化视点的近代日本的知识分子是如何看待同时代的既是资产阶级革命、民族解放运动又具有社会变革意义的中国民族主义运动的。在以"社会的发现"为特征的20世纪20年代的思想背景下，以往局限于狭义的国家与国家间关系的国际关系为"社会的连带"精神所触发，产生了提起新的认识框架的可能性。作为一个个案研究，本章以从"多元国家论"的

立场出发主张"国家的社会化"的《我等》时代的如是闲为研究对象，通过考察其有关中国的近代国家建设问题和对中国政策的评论，解读如是闲的中国革命论的理论结构及其背后的认识轨迹，重新审视"社会的发现"这一思想状况对近代日本的中国认识所具有的意义。

通过以上各章的考察，我们可以确认近代日本的知识分子是围绕着东方与西方、"民本主义"和民族主义、"阶级"与民族主义、历史发展阶段论等主题，来试图理解中国的民族主义问题的。吉野、山川以及永井、如是闲等人从民本主义、社会主义、自由主义等各自的思想立场积极评价中国的民族主义运动所具有的意义，对拘泥于落后时代的武力主义、领土扩张主义的日本帝国主义政策进行了批判。但是，如笔者在各章的分析中所指出的那样，由于他们肩负着东方与西方、"民本主义"与民族主义等"二律背反"的思想课题，可以说他们的帝国主义批判并没有否定帝国主义本身，而是在如何改造日本帝国主义现状的维度上展开的。堺和山川等社会主义者的议论在这点上的立场有所不同，但他们对中国革命运动所持有的优越意识，显然源自他们对日本处在资本主义的最高阶段即帝国主义阶段的认识。正是以帝国主义这一历史阶段的必然性为默认的前提的知识分子的言说空间，封闭了近代日本的民族主义所有的不同价值取向的可能性。对于"为了对抗来自欧美的压力，日本走上侵略和殖民地扩张的道路是当时唯一的选择"这一日本历史研究界普遍存在的思维定式，如果不勇敢地进行质疑和突破，就不可能对近代日本与中国民族主义的关系进行有效的批判。

随着近年来中国经济的快速发展，在一直把中国视为"无法忘却的他者"的日本看来，中国"大国化"、"强国化"的可能性比甲午战争之后的任何一个时期都要切实。处于21世纪新的转折时期的日本再次面临着如何接受中国的民族主义"冲击"的问题。而另一方面，以"中华民族的伟大复兴"为国家建设目标的中国，如何摆脱具有排外性质的民族主义的束缚也引人注目。与本书中考察的时期相比，虽然围绕中日两国的国内外的政治经济状况有了很大变化，但是在探讨当代的中日两国民族主义关系的

时候，围绕民族主义所展开的吉野等知识分子的思考依然不失其警示意义。

本书的底稿是笔者于 2005 年 3 月向日本京都同志社大学大学院提交的博士学位（政治学）论文。其中第一章、第三章、第四章的初稿曾先后发表在同志社大学的学报《同志社法学》第 54 卷第 1 号（2002 年 5 月）、第 55 卷第 3 号（2003 年 9 月）和第 56 卷第 7 号（2005 年 3 月）上。

自 1996 年开始近代日本政治思想史的学习和研究以来，转眼已过十年。也曾"少年意气"地立志"十年磨一剑"，然而治学之路愈行愈知"学无止境"，自己的这把"剑"还只是刚刚铸成了"型"而已。借笔者所供职的中国人民大学外国语学院出版学术丛书之机，鼓足勇气把拙论以日文原文的形式在国内出版。对于出版，笔者有两点初衷：一，总结过去的研究成果向父老乡亲做一个汇报，望得到各位日本学研究同仁的批评指教，以激励自己继续前行；二，笔者一直认为，除了福泽谕吉等个别的思想家之外，中国学界对日本近代知识分子的思想的了解和研究还远远不够。本书采用了 20 世纪 10 ~ 30 年代日本论坛大量的第一手资料，希望能够在促进中日思想交流、帮助日本学研究者收集资料等方面发挥些许作用。

最后，谨向笔者的指导教授西田毅先生，以及十年来给予笔者无数关怀和指导的各位老师致以衷心的感谢，还有与笔者在同志社的"博远馆"一起上课、学习、参加研究会的各位学长和同学们。大家一心向学、刻苦钻研的精神，以及由此形成的良好学术交流氛围，让笔者受益匪浅。可以说，没有各位师长和同学的指教和鞭策，就没有本书。他们中既有中国人，也有日本人，篇幅所限，恕笔者不能一一列举他们的名字。在某种意义上，本书自身就是一个中日思想交流的成果。在此，对出版拙著的中国人民大学出版社外语分社也致以最诚挚的谢意。

2007年5月
于人民大学青年公寓

凡　　例

　　（一）引用文の仮名づかいは原文のままとしたが、漢字は基本的に当用漢字に改めた。

　　例：「社會」──→「社会」

　　（二）引用文における〔　〕内は、引用者による。引用文の（　）内は原注である。

　　（三）引用文中の……は、引用者による省略を意味する。

　　（四）引用に際して、原則としてふりがなは省略した。ただ、読みにくい語には原著のふりがなを再現するとともに、適宜引用者による新たなふりがなを付した。

　　（五）本文における「満州」「満蒙」「満州事変」などの固有名詞は便宜上日本歴史学界の通説に従い、筆者の観点を示すものではない。「満州」は中国の東北地方、「満蒙」は東北地方と内蒙古の一部のことであり、「満州事変」は中国で「九・一八事変」と呼ばれている。

目　　次

序章　近代日本と中国ナショ ナリズムの形成

　「近代」史を省察するとき、まぎれもなく大きなテーマとなるナショナリズム（Nationalism）に関して、「民族主義」、「国家主義」、「国民主義」など、さまざまな訳語が存在するが、それらの概念の一義的な定義はなかなか成り立ちにくい。国家主権の確立、国民国家（Nation）の建設をめざすイデオロギー及び運動をおおまかにナショナリズム[①]として概括すれば、近代における日中両国の関係史は、ある意味で相互のナショナリズムを軸に連動し、拮抗してきた歴史にほかならないといえよう。

　　[①]　「逆説的ではあるが、ナショナリズムについて一義的な規定が成り立ちにくいところに、ナショナリズムの本質があると言える」（姜尚中「ナショナリズム」、廣松渉ら編『岩波哲学・思想事典』岩波書店、1998年、1199頁）という指摘もあるように、ナショナリズムは、多義的な概念である。ナショナリズムについての今日的関心の高さを反映して、ナショナリズムに関する論考は、政治学、哲学のほか、社会学、歴史学、社会言語学、カルチュラル・スタディーズ、文学研究など非常に多くの分野にわたっている。それぞれ啓発されるところは大きいが、ここでは、「ナショナリズム」という概念は主に「あるネーションの統一、独立、発展を志向し押し進めるイデオロギー及び運動」（「ナショナリズム・軍国主義・ファシズム」、『丸山真男集』第6巻所収、岩波書店、1995年、303頁。初出は『現代政治の思想と行動（下）』未来社、1957年）という古典的なナショナリズムの定義に依拠していることを断っておきたい。この定義によって、「中国ナショナリズム」という場合、近代中国が国民国家の形成過程において抱えた「民主・平和・統一及び富強」といった国内の社会経済的課題も検討の対象となるべきだろうが、本書では近代日中関係史の視角から、対外独立と国家統一をめざす民族独立運動としての「中国ナショナリズム」の意味を重要視している。

フランス革命以降の19世紀の西洋世界に歴史的起源をもつ、国民国家を構成単位とする近代の国際秩序に、同じく非西洋世界の「後進国」として引き入れられながら、日本と中国のナショナリズムは対蹠的な構造をもっていた。すなわち、日本は明治維新後、西洋の帝国主義列強の植民地支配を蒙らずにいちはやく西洋モデルの近代国家を樹立することに成功し、日清・日露両戦争を経て欧米とならぶ列強勢力としてアジア諸国を侵略し、「大日本帝国」へと膨張する。しかし中国はほかのアジア諸民族と同じように、国民国家形成の方向に歩み出す以前に、日本を含む帝国主義列強の侵略を蒙り、植民地ないし半植民地の境遇に陥る。そして、国民国家の創生を意味するナショナリズムは中国において民族解放運動の形態をとって、帝国主義列強の侵略に対する抵抗の中から台頭してきたのである。ここでは、日中両国のナショナリズムの発展形態に見られる「侵略―抵抗」というような質的な差より、近代日本と中国ナショナリズムの間に存する相互規定的なあり方に注目したい。[①]つまり、日本帝国主義との対決のなかで中国のナショナリズム運動が展開されたとすれば、日本帝国主義支配体制の確立も中国や朝鮮などのアジア・ナショナリズムとの対決のなかで行われたということの意味を理解したいと考える。

　すでに多くの論者によって指摘されているように、中国ナショナリズムの形成を促進した契機として、「西洋の衝撃」とならんで、「日本の衝撃」は特に大きかったといえる。[②]近代中国にとって、「日本の衝撃」は二重の意味をもっている。一つは、いちはやく西洋型の近代国家を作り上げた日本の勃興がもたらした刺激である。中国が国民国家形成に向けて本格的に動き始めたのも、日清戦争の敗戦を喫してからであ

---

　①　浅田喬二『日本知識人の植民地認識』(校倉書房、1985年、313〜315頁)、茂木敏夫「日中関係史という枠組」(『歴史評論』638号、2003年9月)を参照。また、近代日本と中国の相互規定的なあり方を複眼的に捉えることが求められているとして、思想連鎖という視角を提示した、山室信一の研究『思想課題としてのアジア　基軸・連鎖・投企』(岩波書店、2001年)が示唆に富む。

　②　このような「日本の衝撃」の意味については、主に山室前掲『思想課題としてのアジア　基軸・連鎖・投企』(145〜154頁)を参照した。

る。①康有為らの変法運動をはじめとして、清末以降日本を参考とした改革論が多くの中国知識人によって唱えられるようになった。日清・日露両戦争における日本の勝利を明治維新以来の改革の成果として捉えた結果、文化摂取の面でそれまでずっと「師」だった中国は日本に学ぶようになり、多くの熱血青年は救国救民の真理を求めるため日本に渡ったのである。中国各地から留学生が集まり、愛国運動・革命運動の発信源となったことから、20世紀初頭の東京は中国革命の策源地として位置づけることができよう。民主主義、民族主義、社会主義、無政府主義といった思潮の受容にあたって、近代中国にとって日本は「外来知」の供給者としても大きな役割を果たしたのである。

　もう一つの「日本の衝撃」は、日本が帝国主義列強の一員となり、アジア侵略の先兵となったことである。1905年5月の日本海海戦の直後、スエズ運河の航海中に日本の勝利の報に接したアラビア人たちの興奮をみた孫文が、「日本がロシアに勝利した結果として、アジア民族の独立という大きな希望が生まれた」②と語ったことはよく知られている。しかし、このようなアジアの植民地解放の先兵という日本への期待はすぐ裏切られた。帝国主義日本をはじめとする列強の勢力拡張が、それまで国家に対してほとんど無関心であった中国民衆の民族的自覚を喚起し、ナショナリズムの基盤を醸成したといえる。中国ナショナリズムは、その発生当初から反日本帝国主義を主要内容とするものであった。

　「日本の衝撃」という視点は、確かに、近代日本のナショナリズムが中国ナショナリズムの形成に及ぼした影響をよく捉えていると思われる。しかし、逆に中国ナショナリズムは近代日本にどんな「衝撃」をもたらしたのであろうか。両国のナショナリズムの発生事情からみれば、日本が欧米の圧力とともに清朝に警戒と脅威感を抱き、それと対抗しつつ国民国家

---

　①　村田雄二郎「中国のナショナリズムと近代日本」（毛利和子・張蘊嶺編『日中関係をどう構築するか』所収、岩波書店、2004年）を参照。村田によると、近代中国がナショナリズムに目覚めるのは日本との否定的な関係を通じてであったといってもよい。その否定的な関係とは、いうまでもなく日清戦争（甲午戦争）の敗北によって、朝野に次第にナショナルな危機意識が芽生え、そこから国民形成への胎動が始まったことをさす（72頁）。
　②　孫文「大アジア主義」（1924年、陳徳仁・安井三吉編『孫文・講演〈大アジア主義〉資料集』所収、法律文化社、1989年）。

の形成を行った[①]結果、逆に中国に「日本の衝撃」をもたらし、その国民国家形成を促したといえる。本居宣長などの国学者の議論が典型的であるように、江戸時代以降、日本が自国中心の観念を獲得していく過程において、隣の清朝（中国）という大国の存在はつねに意識される対象であった。[②]「日本がいちはやく欧米を模範に国民国家形成を進めたのは、中国や朝鮮からの衝撃に先手を打って有効に対抗していくためであった」[③]という議論が妥当とすれば、実際に中国が国民国家形成の競争から落伍し、日本帝国主義にとって利権拡張の最大の対象となった時、日本は自国の侵略に立ち向かう中国民衆の抵抗ナショナリズムのエネルギーをどのように受け止めていたのだろうか。

　辛亥革命から五・四運動、国民革命へと続く中国ナショナリズムの進展自体は、日本が積極的に参入しようとしていた帝国主義的国際秩序に対する強大な挑戦として位置づけられる。[④]たとえば、中国ナショナリズムの発展を受け止めて、日本の論壇においていちはやく孫文らの南方革命派が将来の中国の中心勢力となると指摘した吉野作造は、1919年に次のように訴えている。「支那は確かに覚めつゝある。惰眠を貪る時は、兎も亀に追ひ越さるゝことがある。読者願はくは隣邦近時の内面的発展の大勢に注意せられんことを」。[⑤]日本＝「兎」、中国＝「亀」としたその訴えには、中国のナショナリズム運動に対するある種の危機感が強く感じられる。このような中国ナショナリズムの「衝撃」を近代日本の知識人は実際にどのように受け止めたのか。西洋列強を模倣したアジア侵略への道は近代日本にとって本当に唯一の選択肢であったのか。近代の日

---

　　①　いわゆる中華帝国に対する日本の強い対抗意識の存在については、三谷博「第一章『プロト国民国家』の形成——比較史の見地から」『明治維新とナショナリズム——幕末の外交と政治変動』（山川出版社、1997年）を参照。近代以来の中国蔑視や近年しばしばメディアに煽りたてられる「中国脅威論」の背後には、一貫して中国という強大な「他者」への畏怖を看取できるであろう。

　　②　子安宣邦『本居宣長』（岩波書店、1992年）、渡辺浩『東アジアの王権と思想』（東京大学出版会、1997年）などを参照。

　　③　山室、前掲『思想課題としてのアジア　基軸・連鎖・投企』、149頁。

　　④　和田守「大正思想史とアジア・ナショナリズム」（『日本思想史学』第35号、2003年、18〜19頁）を参照。

　　⑤　吉野作造「果して理想派の凋落か」『中央公論』1919年9月、222頁。

中関係史におけるアンビヴァレントな可能性をより多角的に汲み上げるためにも、近代日本と中国のナショナリズムの間に存する相互規定的なあり方をより複眼的に捉える必要があろう。

　一つの接近方法として、本書では、上述のような近代日本に対する中国ナショナリズムの「衝撃」①の意味を問う視点から、「大正デモクラシー」の時代から昭和の超国家主義に移行する、いわゆる近代日本の転換期に照明をあて、辛亥革命から国民革命期を中心に、近代日本の知識人における中国ナショナリズム論の実相を具体的に考察したい。

　第一次世界大戦末期からその直後において、日本は国際的には対英米協調と中国内政不干渉を中心とする国際的な平和協調路線をおしすすめ、内政上も原内閣の成立によって従来の藩閥政治から政党政治体制に大きくその方向を転換した。しかし、世界恐慌が深刻化する1930年前後から、そのような外交上内政上の方向性はやがて超国家主義、そして総動員体制へと移行していく。②日中関係史に即していえば、1910年代から1930年初頭にかけてのこの転換期はちょうど辛亥革命から満州事変（九・一八事変）にかけての二十年にあたる。注目されることに、この時期に展開された大正デモクラシー運動と中国革命の間に、一種の同時代的波動を見ることができる。③政治史的にいえば、大正デモクラシーは、1912年の大正政変（第一次護憲運動）と、1918年の米騒

---

　　①　溝口雄三は、近年の日本の産業空洞化現象などを踏まえて、東アジアでは経済関係を中心に「環中国圏」の枠組が浮上することを想定し、日本がその経済関係構造の中に周辺化されつつあるにもかかわらず、大半の日本人がいまなお「遅れた」中国という明治時代以来の偏見から脱出していないことを「中国の衝撃」と表現している。かれによると、「脱亜」した近代日本（及びそのモデルとなった近代西洋）を「先進」と捉える西洋中心主義的な歴史観を覆す要素をもつ「中国の衝撃」という論点の強調は、蔑視の裏返しで世界の歴史的な差別構造の産物にほかならない「中国脅威論」を説くためではなく、前世紀的な偏見からいかに脱出すべきかを前提にすべきである（「序“中国の衝撃”」『中国の衝撃』東京大学出版会、2004年）。本書で「中国ナショナリズムの衝撃」という視点の提起によって問おうとしているのが、まさに具体的な歴史状況の中で、日本の知識人が「独立自彊」する中国をいかに対等な他者として認識しようとしたかという問題である。
　　②　第一次世界大戦から第二次世界大戦にかけてのこの転換期における日本の政治状況などについて、川田稔『原敬　転換期の構想──国際社会と日本』（未来社、1995年）参照。
　　③　野沢豊「中国革命・ロシア革命への思想的対応」（古田光編『近代日本社会思想史II』所収、有斐閣、1971年、40〜41頁）を参照。

動、1924年の第二次護憲運動をへて、成長・高揚・衰退の過程をへて終息したとされている。一方、中国では、辛亥革命で1912年に中華民国が成立し、軍閥混戦のなかで1919年の五・四運動による民衆運動の高揚がもたらされ、それが1924年の第一次国共合作を機に反帝・反封建の国民革命の展開へと連続していく。

　第一次世界大戦前後の「国際デモクラシー」という世界思潮を背景に、当時の新しい思潮をリードする知識人は勃興する中国ナショナリズムとどのように向き合ったのか。本書では、この転換期に混在する新思潮をおおまかに民主主義、社会主義、自由主義と類型化し、それぞれの思想的立場の代表的知識人として、大隈重信、永井柳太郎（大隈と永井の場合は政治家でもあるが）、吉野作造、堺利彦、山川均、長谷川如是閑といった人物の中国革命論を各章にとりあげる。上掲の個別の人物研究にとどまらず、『新日本』、『新社会』、『中央公論』、『改造』や『我等』などこの時期の主要な雑誌を第一次資料として、より広い文脈の中で人と時代のかかわりについて多面的な考察を試みたい。以下、本書の構成を簡単に説明しておこう。

　第一章「雑誌『新日本』にあらわれた中国革命論——辛亥革命から第三革命期を中心に」は、雑誌『新日本』に掲載された大隈重信（1838-1922）・永井柳太郎（1881-1944）の中国関係の評論や1916年6月の特集「新支那の政治組織を論ず」などをとりあげて、辛亥革命から第三革命にかけて、日本の論壇における中国革命認識の基本的輪郭線を描いてみる。

　19世紀後半の「西力東漸」の厳しい国際的環境の中で、帝国主義列強諸国の一員に仲間入りした「新日本」は、いわば避けがたい現実として、中国や韓国などアジア諸国からだけではなく、欧米各国における排日運動にも直面していた。この二つの排日運動のジレンマに直面して、「世界のなかの日本」というナショナル・アイデンティティを如何にして確立するかという問題は当時の外交論の中心課題であった。中国革命に対する評価もそのようなコンテクストでなされていた。「新日本」の天職に「東西文明の調和」を掲げた大隈は、「知識を世界に求め」、「日本の文明」を建設することを雑誌『新日本』発刊の趣旨としている。大隈がいう

「東西の調和」を実現した上に築かれる新しい「日本文明」とは一体どういうものなのであろうか。本章では『新日本』にあらわれた大隈・永井らの中国革命論を「文明論」・「同文同種論」との関連において考察し、「東洋」からも「西洋」からも排斥された近代日本におけるアイデンティティの精神構造に迫る。

　第二章「吉野作造の日中提携論——第一次世界大戦から国民革命期にかけて」は、五・四運動に際して中国のナショナリズム運動を積極的に評価した大正デモクラットの吉野作造（1878-1933）の日中提携論に注目する。

　中国ナショナリズムに対する理解と支持を明らかにしていたことから、吉野について一般に「反帝国主義者」という評価がみられる。しかし、吉野は一貫して中国革命運動の動向に関心を示し、日中提携の主張を打ち出している一方で、日本の在華権益の維持拡張も主張していた。本章では、吉野の日中提携論の内実を、それが形成され変容する過程にそって、第一次世界大戦から国民革命期にかけていわば時系列的に検討する。とくに、吉野の提唱によって実現された、黎明会・新人会と李大釗らの中国新青年グループによる日中知識人の交流運動が、北京大学学生団の訪日（1920年）をピークに短期間で中断してしまった思想状況を分析するため、中国側の李大釗とその周辺の新青年の同時代的な思想をも射程に入れて考察してみる。そして五・四運動、ワシントン体制の成立及び国民革命期といった局面で、中国ナショナリズムとの提携と日本のナショナル・インタレストの確保を模索する議論として、吉野の中国論がもつ思想史的意味を考えたい。

　第三章「大正期社会主義思想における『階級』とナショナリズムの問題——堺利彦と雑誌『新社会』を中心に」は、「階級」という視座を焦点に、大正期日本の社会主義者の中国革命認識について検討する。

　すでに多くの研究者によって指摘されているように、「階級」という視点が優位を占めるゆえに、日本の社会主義者には当初からアジア諸国のナショナリズムに対する内在的な関心や問題意識がきわめて希薄であったといわれている。しかし、そもそも国家や人種、民族を横断する「階級」という視点ははたしてありうるのか。具体的な歴史状況において、日本の

7

社会主義者がもつ「階級」という視座がナショナリズムといったいどういう内面的連関の構造をもっていたのか。本章では、階級の問題がメディアに盛んにとりあげられるようになった大正期に焦点をあて、「冬の時代」をへて、「正統派社会主義の旗印を守り抜」いた堺利彦(1870-1933)を研究対象としてとりあげる。堺が中心になって1915年9月から1920年1月にかけて発行された雑誌『新社会』を中心に、第一次世界大戦や辛亥革命及び在日中国人と朝鮮人労働者問題をめぐる論説を検討することによって、「国家」・「民族」と「階級」の問題をめぐる堺の思想を検討し、「階級」優位の視座に秘められた理論的陥穽の問題を明らかにしたい。

　第四章「1920年代における長谷川如是閑の中国革命論」は、「社会の発見」によって国家を相対化する視座を獲得した近代日本の知識人が、ブルジョア革命と民族解放革命に社会形態の変革の要素をももちあわせた同時代の中国ナショナリズムの展開をどのように捉えたのか、という課題に考察を加える。

　「社会の発見」に特徴付けられる1920年代の思想状況を背景として、従来、狭義の国家間の関係に限られていた国際関係は、「社会連帯」の精神に触発されて、新たな認識「枠組」の可能性が提起されるようになった。一つのケース・スタディとして、ここでは、多元的国家論の立場から国民の社会生活に価値をおく「国家の社会化」を主張し、当時の知識人ないし労農運動の指導者に大きな影響を与えた、『我等』時代の長谷川如是閑(1875-1969)に注目する。中国の近代国家形成や日本の対中国政策をめぐる如是閑の評論を軸に、その中国革命認識の軌跡と論理構造を明らかにし、「社会の発見」という思想状況が近代日本の中国認識にもつ意味についてあらためて考えてみたい。

　以上の各章の考察を通じて、近代日本の知識人における中国ナショナリズム論の把握だけでなく、西洋と東洋、民本主義とナショナリズム、「階級」とナショナリズム、歴史発展段階論といった問題を検討し、近代国民国家体系における非西洋世界(「後進国」)の知識人たちが直面する共通の思想課題に接近することとなるであろう。

第一章　雑誌『新日本』にあらわれた中国革命論
——辛亥革命から第三革命期にかけて

第一節　雑誌『新日本』について

　『新日本』は1911年4月に大隈重信の主宰で冨山房より発刊された月刊総合雑誌である。1918年12月（第8巻第12号）に廃刊されるまで、四六判・毎号約180頁の体裁で通巻84号刊行された。この『新日本』は『太陽』、『中央公論』、『日本及日本人』といった明治30年代からの有力な総合雑誌とならんで、大正初期の総合雑誌界で覇を競ったといわれているが[①]、現在では案外その存在が知られていない。

　1907年、七十才になった大隈重信は政界を離れ、以後、一時内閣を組閣したが、晩年の活動の中心はいわゆる「文明運動」であった。日本の文明をいっそう推進するという主旨のもとに、大隈は『国民読本』『開国

---

　①　西田長寿『明治時代の新聞と雑誌』至文堂、1961年、262頁。『新日本』の書誌的研究にあたって、主に『明治新聞雑誌文庫所蔵雑誌目次総攬』（大空社、1993年～1998年）、『冨山房五十年』（冨山房、1936年）、佐藤能丸「大日本文明協会史試論」（早稲田大学大学史編集所『大隈重信とその時代』所収、早稲田大学出版部、1989年）を参照。『新日本』の終刊を『冨山房五十年』は「大正6年8月」（525頁）としているが、明治新聞雑誌文庫の所蔵状況などをふまえて、ここでは佐藤論文の説をとる。なお、『新日本』の発行部数などについては、いまのところ不明。

9

五十年史』の著作刊行、大日本文明協会の設立など、国民教育に力点をおく、さまざまな「国民的文化大運動」を展開した。[①]

『新日本』発刊直前の1911年2月26日、早稲田の大隈邸で行われた『新日本』編輯顧問会議では、大隈は『新日本』をルーズベルト主筆の『アウトルック』誌にたとえて、「博く正確なる世界的知識を養ふとともに一方国民としての自覚を明らかに」するための「国民一般の為め、その代弁者たる可き機関」と位置づけた。[②]大隈はしばしば五箇条の御誓文の「知識ヲ世界ニ求メ大ニ皇基ヲ振起スベシ」の条を引用して、自らの文明運動の動機を語っていたことから考察すれば、『新日本』発刊は大隈の「文明運動」の一環として位置づけられよう。

維新後四十余年を経て、なぜいまさら「新日本」というのか。大隈は『新日本』創刊号の巻頭論文に「新日本論」を掲げて、その理由を次のように述べている。安政年間にいたるまで、日本は周辺諸国との交渉はあったが、それはまだ国際的競争というべきほどのものではなかった。しかし、「黒船」の到来によって、鎖国の日本は欧米文明に触れざるをえなくなった。そして、こんにち、採長補短して維新の事業を達成した日本は「封建の旧套を脱し王制の新衣を着けて、世界列強とその生存を競ふに至った。爰に於てか日本はもはや日本の日本にあらず実に世界の日本となったのである。日本の行動は、直接的若しくは間接的に世界の大勢と交渉するに至り、世界の大勢は、直接的若しくは間接的に日本の行動を左右することゝなった。実にこれ建国以来の最大の変化といふべく、正に新日本の誕生である」[③]と。

要するに「新日本」とは、世界的競争の場に自らを投ずるに至った日本の呼称である。維新の初めに世界の動くところに動いた日本は、日清日露両戦争を経てついに世界の中心に立つことになった。日本の動くところ、世界が動かざるを得なくなったという認識がそこにある。今やこの「世界の日本」になった「新日本」をどう発展させたらいいのか。世界に対

---

① 大隈の文明運動については柳田泉『明治文明史における大隈重信』(早稲田大学出版部、1961年)、佐藤前掲「大日本文明協会史試論」を参照。

② 「『新日本』編輯顧問会議」『新日本』第1巻第1号、1911年4月。

③ 大隈重信「新日本論」『新日本』第1巻第1号、1911年4月、4～5頁。

してどういう使命を持つべきなのか。

　大隈が「新日本」の建設途上に横たわる困難な問題として、植民地の開発と経営問題以外に「前途を扼する大困難」としてあげたのは「人種的反感」である。[1]日本帝国の世界進出とほぼ同時に、黄禍論や日本人排斥問題は大きな問題と化していた。大隈はこのような「日本帝国の将来」にかかわる人種問題を前提にして、『新日本』の第1巻第2号に「東西の文明」という論文を掲載して、そのなかで「新日本」の使命を次のように説明している。「東西の文明の接触点に立った」日本は東西両方の文明の長所をともに採用した結果、「東洋に対して西洋文明の説明者となり、西洋に対して東洋文明の代表者となる」地位にあるから、「世界の為よりいふも又我国の為よりいふも、東西に関する旧来の偏狭な思想を打破り、両者の文明を調和して世界の統一を促がすは洵に新日本の天職にして、亦責任である」[2]と。ここにおいて、「東西文明の調和」は人種差別問題を解決するための手段として提起されていることは注目すべきであろう。[3]

　以上のような使命を持つ「新日本」を発展させるには、これから「知識を世界に求める」日本の文明を建設しなければならない。文明国民の落伍者にならないためにも、つとめて世界における思想界や学術界の最新の情報をフォローしなければならない。雑誌『新日本』はまさにこのような「新日本」の必要に応じて生まれたのであり、「一方に於ては、出来得るだけ世界的知識の供給を計り、他方に於ては日本文明の建設に努め、新日本の天職を完ふせしむるは、即ち本誌の使命にして、また吾輩の覚悟である」[4]と大隈は『新日本』発刊の趣旨を訴えている。

---

　①　大隈重信「新日本論」『新日本』第1巻第1号、1911年4月、6頁。

　②　大隈「東西の文明」『新日本』第1巻第2号、1911年5月、6〜8頁。

　③　大隈の東西文明調和論と人種問題・移民問題の関連について、間宮国夫「大隈重信と『移民問題』」(『社会科学討究』早稲田大学社会科学研究所、第42巻第3号、1997年3月)、同「大隈重信と人種差別撤廃問題——1919年パリ講和会議との関連において」(早稲田大学大学史編集所前掲『大隈重信とその時代』所収)などを参照。間宮によると、大隈においては、「東西文明調和論」は人種問題に対処するための思想的手段として登場し、「人種標準」によって中国とともに差別の対象にあった日本は、「東西文明調和」や「文明標準」を論拠として文明国として浮上することとなり、中国そのほかは「落選者」として落ちこぼれることとなった。

　④　大隈、前掲「新日本論」、7頁。

この目的のため、『新日本』は加藤弘之・富井政章・坪内逍遥ら各界十二名の博士を顧問とし、早稲田系より永井柳太郎、帝大系より樋口秀雄がともに主筆となって編集された。[1]そして「世界知識の供給」という編集方針を反映して、紙面の約三分の一は「世界思潮」「内外時報」や「科学発明」などの欄にあて、外国の皇室・著名人や軍隊、議会の様子を伝える写真も多く掲載した。論説の内容は政治・経済・科学・教育・社会・文学芸術一般に及んだ。文芸面では、坪内逍遥以下早稲田系文芸家の創作・脚本・翻訳が目立つ。そして、1911年10月には「アメリカ号」、明治天皇死去に際して1912年8月には「明治聖代号」、9月に「明治大喪儀号」、1915年3月には「大隈内閣号」、11月に「大正聖代号」、1916年1月には「新日本膨張号」など多数の特別号を出した。第一次世界大戦勃発以降、1914年7月から増刊号として「大戦写真画報」も発行した。

　全巻にわたって論文秘書の相馬由也が口述筆記(はじめの十二回は編集主任の永井柳太郎が当たった)した大隈自身の巻頭論文が売り物であったが、1914年4月に第二次大隈内閣が組閣されたため、論調が与党的立場となり、巻頭論文も当初の生彩を失って、次第に不振となっていったとされている。[2]しかし、内容を検討してみると必ずしもそうとはいえないと思う。1917年に大隈が重い病気にかかったため、『新日本』が次第に大隈の手を離れることになるが、執筆陣に新たに新渡戸稲造、山川均、北昕吉などが加わり、内容がより多彩になったといえる。「小大隈」ともいわれ、オックスフォード大学留学後、1909年早稲田大学教授となり、社会政策と植民政策を講じた永井柳太郎は、1917年9月に早稲田騒動で解職されるまで、主筆兼編集長として『新日本』を舞台に吉野作造・大山郁夫らと並んで大正デモクラシーの論陣を張っていたことにも注目

　①　『新日本』の編輯顧問は以下の12名である。青山胤通(東京帝国大学医科大学学長、医学博士)、有賀長雄(早稲田大学教授、法・文学博士)、加藤弘之(法・文学博士)、阪谷芳郎(法学博士)、桜井錠二(東京帝国大学理科大学学長、理学博士)、澤柳政太郎(東北帝国大学総長)、渋沢栄一(実業家)、坪内逍遥(文学博士、早稲田大学教授)、坪井九馬三(東京帝国大学文科大学学長、文学博士)、富井政章(法学博士)、横井時敬(東京帝国大学農科大学教授、農学博士)、渡辺渡(東京帝国大学工科大学学長、工科博士)。
　②　佐藤、前掲「大日本文明協会史試論」、209頁。

すべきである。①山川均の「デモクラシーの煩悶」など、民本主義論争に大きな位置を占めた一連の論文を掲載したのもこの雑誌『新日本』である。

　『新日本』が発行された1911年から1918年にかけては、ちょうど不平等条約の改正が達成され、日本は世界に進出して、新たなナショナル・アイデンティティを確立しようとする時代である。日清日露両戦争を契機とする日本の国家的自覚を背景に、世界における日本の存在意義、世界に対する日本の使命が、大きな思想的課題として雑誌でとりあげられることになる。②そして、第一次世界大戦が起こり、民本主義や帝国主義、社会主義、平和主義などさまざまな思潮が交錯する中、当時「経綸」を広く世界に求める日本は何を取捨選択しようとしたのか。大隈の言葉を借りていえば「欧米の文明の大潮」の前に、いかなる「日本の文明」を確立しようとしたのか。たとえば、大隈の場合、「東西文明の調和」を理想としているが、かれがいう「東西の調和」を実現した上に築かれる新しい「日本文明」とは一体どういうものなのであろうか。③これらの論点を考察するには、内政問題より国際外交問題を大きくとりあげた雑誌『新日本』は恰好なテキストになるだろうと思われる。

---

①　和田守によると、永井は編集長として『新日本』の「『内に立憲主義、外に帝国主義』という論調をより民本主義的に」導いたという（「永井柳太郎・中野正剛の改造精神」（『近代日本と徳富蘇峰』御茶の水書房、1990年、299頁）。なお、永井の生涯については、永井柳太郎伝記編纂会編『永井柳太郎』（勁草書房、1959年）を参照。

②　松本三之介「国民的使命観の歴史的変遷」（『近代日本の政治と人間』、創文社、1966年。論文初出は『近代日本思想史講座8』筑摩書房、1961年）を参照。

③　大隈の東西文明調和論については、主に松本前掲「国民的使命観の歴史的変遷」、野村浩一「近代日本における国民的使命観・その諸類型と特質――大隈重信・内村鑑三・北一輝」（『近代日本の中国認識――アジアへの航跡』、研文出版、1981年。論文初出は『近代日本思想史講座8』筑摩書房、1961年）、柳田前掲『明治文明史における大隈重信』、峰島旭雄等『大隈重信『東西文明の調和』を読む』（北村出版、1990年）、中川久嗣「近代西洋の終末・危機意識と大隈重信の文明論」（『季刊日本思想史』第40号、ペリカン社、1993年）、神谷昌史『『東西文明調和論』の三つの型――大隈重信・徳富蘇峰・浮田和民」（『大東法政論集』第9号、2001年3月）などを参照。松本や野村の論文では大隈の「東西文明調和論」を西洋を頂点とする一元的文明観の典型例としている。神谷論文における大隈の文明論についての分析も大体その延長線にある。他方、柳田や中川論文は、第一次世界大戦をへて、大隈自身の文明論が西洋文明の危機をのりこえようとする問題意識を含んでいることも指摘している。本章では、この両方の指摘をともに視野に入れて、論旨を展開していきたい。

一つの切口として、本章においては、辛亥革命から第三革命期（第一次世界大戦中）にかけて『新日本』に掲載された大隈重信や永井柳太郎をはじめとする執筆陣の多様な中国革命論を中心に、いわゆる「新日本」の前途と深く関わった近代日本の中国認識を検討し、上述の問題の解明を試みたいと思う。

第二節　大隈重信の「文明論」と中国認識

　『新日本』の後期にあたる1914年4月から1916年10月にかけて組閣された第2次大隈内閣が、中国に「二十一か条要求」を「最後通牒」の形で調印させたことはよく知られている。一方、大隈のお膝元の早稲田大学は李大釗をはじめ、日本の各大学の中で最も多くの中国留学生を受け入れ、近代中国の革命事業に大きくかかわっていたことも見逃せない事実である。近代日中関係史に密接な関わりをもった大隈は一体どのような中国認識を持っていたのであろうか、またいかなる判断基準で行動したのか。大隈が『新日本』に発表した巻頭論文の大半は中国問題をとりあげているから、ここでは、先ず『新日本』に掲載された大隈の評論をテキストに、①辛亥革命論②日本の使命③「文化的膨張論」④大隈の「文明論」の破綻という四小節に分けて、その文明論との関連においてかれの中国認識を明らかにしたい。

一　辛亥革命論

　1911年10月に辛亥革命が勃発すると、大隈はさっそくその翌月の『新日本』（第1巻第9号）から「清国革命論——清国革命に対する日英両国政府の覚悟を論ず」、「支那革命論——支那に於ける過去の革命と今日の革命とを比較して再び日英の責任に及ぶ」、「清国革命論（三）——支那帝国の将来」といった論文を三回連続で掲載し、辛亥革命の性質、その将来及び日本の対策について論じている。それでは、大隈にとって辛亥革命はどういうものとして映じたのか。

　中国歴史を熟知している大隈は、1911年12月の「支那革命論」の中

で、周から清まで王朝交代をくりかえしてきた歴史を禅讓、放伐、騒乱といった三つの類型に分けて分析し、今回の革命はその性質においてこれまでの易姓革命と性格が違って、ヨーロッパにおける「レボリウション」と同一のものとして認めている。つまり、過去における中国の革命はただその主権者を代えるにすぎず、政体がいつも専制政治で、何の変化も起きなかった。しかし今度の革命は、主権者の交代だけではなく、政治組織のあり方をも根本的に改めようとするものであるという。

なぜそういえるのかという点について、「是迄繰り返したものは同一原因から同一の結果を現はした、今度は一つの原因にあらずして二つの原因から来た」からであると大隈は説明している。一つは従来の原因と同じように、政府が長く続くと腐敗して堕落し、民心を失ってしまうということである。もう一つの原因は「外部の動揺、即ち曾て無い所の欧羅巴の文明思想が支那に刺激を与へた、これが支那人を駆て国家の政治組織を改造するの必要を感ぜしめたのである」。[①]そして、この改革の必要を感じさせた最初の刺激は「日本の勃興、即ち日清の戦役、日露の戦役に現はれたる日本の勢力」だとしている。即ち、日本勃興の影響で、日本への留学生派遣、日本人顧問招聘などが行われ、それを背景として展開された清末の変法自彊運動は、清朝支配層内部の党派的軋轢を生じ、皇族内閣の問題に対する漢人の反感が加わり、「遂に其勢の激する所で、共和といふことになった」というように大隈は辛亥革命の発生原因を捉えている。

辛亥革命の原因を権力の腐敗と外来文明の刺激に求めた大隈に対して、民衆的観点から『新日本』で辛亥革命の画期的意義をいち早く評価したのは永井柳太郎である。1912年の1月、永井は「非天下泰平論」を発表し、労働運動、社会主義運動、婦人解放運動とならべて、辛亥革命を19世紀末以来の「弱者が強者の抑圧を脱し」、「人間を人間として解放せんとする」「自主的精神の発達」運動の一例として捉えている。「此度の革命は、その主眼とする所は、決して王朝の変更といふが如き小事に

① 大隈「支那革命論——支那に於ける過去の革命と今日の革命とを比較して再び日英の責任に及ぶ」(以下「支那革命論」)『新日本』第1巻第10号、1911年12月、11頁。

あらず、支那の政治制度を根本より改革して、かの日露戦争時代より引続き国民の熱望しつゝある変法自強の実を挙げんとするにあり、故にその性質に於ては、毫もかの土耳其若しくは波斯に於ける革命と相異なる所無く、かの支那を以て支那人の支那とせんとする自主的運動の序幕なりといふを得」。[①]永井によれば、今回の辛亥革命は専制政治の繰返しではなく、「政治制度を根本より改革して」、国民が国家の主人公となる立憲政治、民主政治への転換である。「全人類の解放」を20世紀の特色とする世界史的認識の中で、永井は辛亥革命を中国の「自主的運動の序幕」と受け止め、歓迎したのである。そこには第一次護憲運動の高揚に見られた民衆勢力の台頭を背景に、藩閥専制政治を打破し、国民世論に基づく政党政治の実現を積極的に評価する永井の国内民衆政治論と軌を一にする状況認識が見られる。[②]

　ところで、辛亥革命の性質と新しい歴史的意義を認めた大隈は、「今の所、先づ革命は満朝を転覆して、共和の思想を実行するといふ所までは進行するか」と見ているが、「然かし支那が将来共和国として存立するかといふと、それは疑問だ」と断言している。「凡そ根本から支那人の四千年殆ど化石的になつて政治思想に大革新を加へずして是迄の経歴のみを基礎として、欧羅巴の政治制度を採（とる）（ママ）と云ふことは結局出来ないと思ふ」[③]からである。「共和政治其者は余程文明の程度の高い者でなければ到底行はるゝものではない。共和政治といつても畢竟少数者の政治だ。君主専制に反抗して共和政治となしても、君主専制が一転して少数者の圧制となるに外ならぬ。更にそれが再転すれば君主専制となるに過ぎぬ」。[④]革命の原因は新しく外来文明の刺激という一因が加わったが、結果としては「今度も同じことを繰り返すに相違ない」と大隈は考え

---

　①　永井柳太郎「非天下泰平論」『新日本』第2巻第1号、1912年1月、31頁。
　②　永井の立憲政治論については、和田前掲「永井柳太郎・中野正剛の改造精神」、岩本典隆「永井柳太郎における『デモクラシー』の理念──『内』と『外』の『デモクラシー』論をめぐって」（『近代日本のリベラリズム──河合栄治郎と永井柳太郎の理念をめぐって』、文理閣、1996年）、苟涛「『新日本』時代の永井柳太郎」（『大東法政論集』創刊号、1993年3月）などを参照。
　③　大隈、前掲「支那革命論」、14頁。
　④　大隈「清国革命論（三）──支那帝国の将来」『新日本』第2巻第1号、1912年1月、20頁。

ていた。

しかし、革命情勢の進行につれて、大隈の中国論に微妙な変化も読み取れる。1911年12月の時点でかれは「今度は清朝に代わって共和国が成り立つか、或は其間に草莽の英雄が現れ出でて撥乱反正の功業を遂げ、以て又一の王朝を組み立てるか、二者の中、孰れかに帰着するであろう」①と予言し、王朝復活の可能性を否定しなかった。ところが、1912年に中華民国が成立し、そののちに袁世凱が北京で正式に大総統に就任したことによって南北対立の構図があらわれ、革命が長期化するようになった。日本の利害関係から中国の分裂を恐れ、早く中国の内乱を治めなければならないと考えた大隈は、むしろ新しい共和国のために、政治組織についての新たな建言を積極的に示すようになる。

革命軍の討伐を命じられた将軍が革命軍と協力して旧政府を倒し、しかも自ら新政府の大総統となることは理解しかねるとして、大隈は最初から袁世凱を策略家、道徳を全く無視している人間だとして評価しなかった。かれははやくも1913年9月に「共和政の美名下に専制政治が出来ぬともいへぬ。何となれば支那の今度の革命は西洋流の革命と、支那流の強圧されたる推譲的形式の革命とが合体して成つた一種不思議のものであるからだ」と述べ、復辟の可能性を見抜いている。②政治家の目としては鋭いといわざるをえない。しかし、共和政の名の下に実質的な帝政が成り立つか、名実共に帝政に復帰するか、革命思想が徹底して共和政を完全に発達させるか、という中国内政の行方よりも、かれは中国が将来分割されるかどうかということにより関心があった。

清王朝を転覆し、中華民国は成立したが、それは「紙上の共和」に過ぎず、南北調和の可能性は希薄化し、各省の政権争奪は収まりそうもなく、西蔵、蒙古、新疆など藩属地は続々と独立する。列強のいずれかが侵略の口火を切れば容易に分割されかねない情勢となってきている。「支那の国勢は病院に運ばれた大病人であつたのだが、今は早や墓場

① 大隈、前掲「支那革命論」、9〜10頁。
② 「早稲田応接室大隈伯ブライス大使と支那問題を論ず」『新日本』第3巻第9号、1913年9月、112頁。

にも持ち出すべき時期であるらしい」という「瀕死の支那」に与えた大隈の「最後の忠言」は「地方分権」である。大隈の持論では、莫大な人口を有する中国において、中央集権の実績をあげることは、秦以来の二千年の歴史からいえば事実上不可能であり、世界的に見ても中国のような大共和国において中央集権は難しい。面積はフランスの7、8倍で、気候言語風習も場所によって違う。ロシアの中央政府のような強大な兵力もない。「されば何としても、これはかの北米合衆国を模倣し、各省を独立せしめて或程度までの立法権、行政権、司法権を有するステートとなし、これを中央政府に於て統一するに止め以て聯邦制度を起すの外はない」。大隈の理想図としては、中国を十数省に分けて、中央政府はただ兵馬の最高指揮権、宣戦講和権、条約締結権、関税管理権、貨幣鋳造権、紙幣発行権および度量衡制定権などの大綱を総括し、その他は一切地方に委任する。負債も地方に分割して支払わせる。地方は予想以上に富を有しているから、一時小康を得るかもしれない。また地方自治によって権力闘争の機会が多くなるから、ある程度政治家たちの野心を満足させることができる。「其後国内の秩序の整頓し文化の進歩するを待て、かのルーズヴェルトが米国に於て新国民主義を唱へてゐる如く、支那にもルーズヴェルト式の人物が出て中央集権の策を講じても遅くはあるまい。かういう風になれば例令土崩瓦解する事があつても列国が直に之を分割することはなすまい」という。[1]

　要するに、ここで大隈は辛亥革命の根本問題を、共和政か帝政かということではなく、中央集権か地方分権かということにすりかえている。その目的は中国の発展というより、革命の継続による列国干渉を避けることにある。「観察から言へば北軍でも、また南軍でも構はぬ、兎に角速に此乱を治めんことを望むことや切なり、東洋平和の大局から此戦ひほど不幸なる戦ひはないのである」。[2]これは大隈の「最後の忠言」の出発点である。

　なお、実際にこの「最後の忠言」は袁世凱に送られ、謝電も来ていた

　①　大隈「瀕死の支那に最後の忠言を與ふ」『新日本』第2巻第10号、1912年10月、116〜117頁。
　②　大隈「清国革命論──清国革命に対する日英両国政府の覚悟を論ず」『新日本』第1巻第9号、1911年11月、6頁。

そうである。^①もちろんそのような「忠言」は受け入れられるところではなく、大隈も最初から多くを期待しなかったであろう。第二革命後の1914年4月に発表した「三たび東方の平和を論ず」には、大隈は「支那の現状は最早如何ともするなく、如何なる智者も識者も之を能く救ふものはあるまい」と判断し、「如何せん支那の革命は出来損つたのである。此に至れば何としても外国の力を借らなければならぬ」と言明した。^②そして、ここでかれがいう「支那」を「苦境」から救う「外国の力」とは、すなわち日本のことであった。

二　日本の使命

　辛亥革命勃発後、大隈が『新日本』に発表した最初の「清国革命論」は「清国革命に対する日英両国政府の覚悟を論ず」という副題がつけられていて、辛亥革命の性質と行方よりも、革命によって中国における政治的経済的利益が損害を受けることを懸念し、日本の対策を模索していた。「政治は余の生命なり」という大隈には当然のことであろう。それでは、大隈の「対支外交策」とはどのようなものであろうか。

　大隈から見れば、文明の程度が低い四億の人口もある中国では、共和政治の達成は到底不可能である。革命の目的が達成できずに、国内の不安定な状態が長く続けば、列強の干渉が必至で、「天下の大乱」となる。大隈は「今度の革命乱」を「支那」がまさに「廿世紀の激烈なる国際間の競争裡にたつて果たしてその独立を保ちうるか否か」という「有史以来の一大危機」だけでなく、世界の平和にも危害を与える大事件として捉えている。ここで注意すべきは、かれは平和を破る原因を列強ではなく、「文明の程度の低いそして抵抗力のない国」にあるとしていることである。

　大隈によると、「歴史の大勢」からみれば、不安の噴火口はバルカン島やアフリカや中国など抵抗力の弱い地域に存在するのである。表面から見れば、責任は「強国の覇心」にありといえるようであるが、「然し覇心の強国があつてもそれに対抗する強国があれば決して覇心と云ふも

---

① 　前掲「早稲田応接室大隈伯ブライス大使と支那問題を論ず」、115頁。
② 　大隈「三たび東方の平和を論ず」『新日本』第4巻第5号、1914年4月、58〜59頁。

のは何時でも行はれるものではない」。「支那」そのものは抵抗力がない
から、「この抵抗力なきに乗じて四方より侵入して来る列強の勢力が御互
ひに衝突し」、「や〻もすれば東洋に於ける禍乱の中心となる」。その証拠
として大隈が挙げたのは日清・日露両戦争である。「日露戦争は畢竟支
那が自立することの出来ぬと云ふに最も原因してゐるのである……固よ
り日露兵に多少の責は免れぬか知らぬが、要するに支那其者、支那の
文明の程度が低く、世界のそれと併行することが出来なかつたから起こ
つたのである」。そして日清戦争についても、宗主国としての清が朝鮮を
維持しきれないから、「そこで新たなる勢力が、これに流込まんとして、端
なくも戦争となったのである」という論調である。①

　大隈から見れば、「文明の程度の高い地方の勢力は、その文明の低
い、そして抵抗力の弱い地方に向つて躊躇なく圧迫を為す。是が世界
の平和を撹乱する原因となる」②のである。国の滅亡は他動的ではなく自
動的である。これは「歴史の大勢」で仕方なく、反省すべきは「文明」の
程度の低い国である。大隈のいう「文明の程度」はあくまでも現実の「西
洋文明」を基準にしているもので、ここに展開される「文明」の論理は明ら
かに「弱肉強食」の論理である。その「文明」の名で、大隈は日清・日露
両戦争を正当化している。

　では、なぜ大隈は「最後の忠言」を送るほどまでに、中国の内乱や列
強による中国分割を危惧していたのか。真に平和を愛するからだろう
か。

　「三たび東方の平和を論ず」という論文で、「日本は支那に有する発
言権を何処迄も強硬に維持せなければならぬ」という大隈は、その理由
について次のように論じている。先ず、日本にとって中国は最大の貿易
相手国である。「対支貿易」が将来もますます盛んになることによって、
日本は「早晩債務国たる運命国より免れて更に債権国ともなるべきであ
る」。この大市場が土崩瓦解したら日本貿易も急激に衰えてしまう。そし
て、「支那の土崩瓦解の後には、更に恐るべき西洋の新勢力が対岸大

---

　　① 大隈、前掲「清国革命論——清国革命に対する日英両国政府の覚悟を論ず」、
3〜4頁。

　　② 同上、2頁。

陸に現出するであろう」。それは「日本帝国の領土保全」に大きな危害となる。最後に「日本は今日の財力を守って孤島に退嬰し、果たして能く無限に繁殖する其人口を維持する事が出来やうか、所詮不可能である」ということである。[1]要するに大隈が熱心に中国の分割を防ごうと説いたのも、単なる抽象的かつ普遍的な平和の実現というよりも、中国問題が日本にとってけっして沈黙することの出来ない直接の利害関係を有するからである。

　しかし、大隈の外交論の特徴は直接の利害関係を訴えるのではなく、「文明」の大義名分で自分の論理を合理化するところにあると思う。前述したように、大隈の論理では国際情勢は「文明」の勢力が程度の高い所から低い所へ容赦なく圧迫してくるので、「支那其者の文明が果して此世界の文明を受けて、その文明に同化し、以て能く世界の文明に併行する地位に対するや否やと云ふことは、即ち東洋の平和に深大なる関係を持つてゐる問題」になるわけである。[2]そして、いわゆる「同文同種」で、「巳に文明の源を同うし、又思想、感情、風俗、習慣、皆其源を一にし」、現在の「文明の程度」において、「一日の長」あるがゆえに、「日本は当然其扶披提携の任に当たらなければならぬ。是れ日本に於ける天の使命である」という結論がもっともらしく成り立つ。[3]すなわち、「文明」＝西洋文明という概念の導入によって、迷惑なものであった「今度の動乱」（辛亥革命）は、「支那を文明に導き共同の利益を進めんとする日本の理想を実現する機会とな」[4]り、日本にとって積極的な意味まで持つ。要するに、中国に対する日本の指導権は、日本が西洋化に成功した「文明国」であることによって正当化されている。それでは、どのように「共同の利益」を推進するのか。そこで大隈が打ち出したのが「文化的膨張論」であった。

---

　① 大隈、前掲「三たび東方の平和を論ず」、52頁。
　② 大隈、前掲「清国革命論――清国革命に対する日英両国政府の覚悟を論ず」、4頁。
　③ 大隈、前掲「三たび東方の平和を論ず」、52～53頁。
　④ 大隈、前掲「清国革命論――清国革命に対する日英両国政府の覚悟を論ず」、8～9頁。

三　「文化的膨張論」

　「支那其者を回瀾既倒の苦境より救」い、「開発し誘導する者は、我日本を措いて他にない」[①]というのが大隈の一貫した主張である。もっとも、清韓協会の演説において、日露戦争の勝利で日本はもう「ワールド・パワー」になったから、アメリカがモンロー主義を宣言したように、これからは「起於東方之一切問題、悉惟日本之馬首是瞻〔東方において起る一切の問題は悉くただ日本の馬首これを見よ〕」[②]と大隈は明言している。しかし、辛亥革命直後の「清国革命論」では、大隈はしばしば日英同盟に名を借りて中国問題における日本の発言権を訴えているところが興味深い。[③]

　その主張の背景には、日本をめぐる国際的な事情があった。日露戦争後、日本が予想以上にはやく強力な国家となったことで、西洋列国は不安を感じ、日本の成長を阻止しようとした。アメリカ、オーストラリアやカナダなどにおいて、日本人移民に対する制限が次第に厳しさを増し、日本人排斥運動への対処が当時の日本外交における一大問題となっていた。[④]大隈の「対支外交」論もつねにそれを意識して、中国問題における日本の絶対的地位を訴える一方、日本はいささかも「支那の革命」に乗じる侵略的野心をもっていないと強調した。辛亥革命に対して日英同盟の力を援用しようという主張にもその配慮がうかがえる。

　侵略的動機は毫もないというかれの論点には、もちろん人力と財力または国際環境から見ても日本が「支那を亡ぼすことは出来ない」という現

①　大隈、前掲「清国革命論（三）——支那帝国の将来」、21頁。

②　大隈、「東亜之平和（清韓協会大隈伯演説文）」『新日本』第2巻第1号、1912年1月、23頁。なお、日本語の演説稿は収録されていない。

③　大隈が一貫して「日英同盟」に対してきわめて積極的であったのはなによりも対中国関係との関係においてであったという野村浩一の指摘は示唆に富む。野村前掲「近代日本における国民的使命観・その諸類型と特質——大隈重信・内村鑑三・北一輝」を参照のこと。

④　欧米での排日運動及び日本側の対応については、中村尚美「日本帝国主義と黄禍論」（『社会科学討究』第41巻第3号、早稲田大学社会科学研究所、1996年3月）、間宮国夫「大正デモクラットと人種問題——浮田和民を中心に」（『人文社会科学研究』第30号、早稲田大学理工学部一般教育人文社会科学研究会、1990年3月）、麻田貞雄「第六章　人種と文化の相克——移民問題と日米関係」（『両大戦間の日米関係』東京大学出版会、1993年）などを参照。

実的判断があるが、その上に「平和は世界の大勢也」という認識もある。第一次世界大戦直前の1913年10月に発表した「外交問題の根本方針を論じて対支問題及び対米問題に及ぶ」という論文の中で、大隈は「国旗の下に国民を支配して膨張せんとするは是れ従来欧州辺に於て誤用して来れる侵略主義であつて最早や今日歴史が其大いなる誤を教へて居る」[1]とし、これからの外交は経済関係こそ重要であり、「最も平和の下に発展すべき」であるという観点を示している。列強の間に介在して十分にその国の体面を維持し利益を保障しようとするには、富と文明だけではだめで、人口と領土を膨張しなければならないことは変わらぬ前提であるが、人口の膨張問題を解決するには「国旗が貿易に従ふ」という国民による積極的な貿易進出が必要だと主張した。[2]さらに、1916年10月の「新日本膨張号」に大隈は「文化的膨張論」を発表して、膨張を「物質的文明の膨張」と「精神的文明の膨張」に分けて、「此度の欧羅巴大陸の大戦乱の如きも究竟は物質的膨張を勉めたる結果の齎す所に外ならぬ」とし、「吾人日本民族の是より大に力を用ふ可きは、其物質的文明の膨張、換言すれば力の膨張、軍国主義の膨張でなくして精神的文明の膨張、即ち文化的膨張でなければならぬ」[3]といっている。

　しかし、大隈が国境、人種をとわず、「仁を体して王者の大道を進む」[4]と定義した「文化的膨張」を唱えるのは、「物質的の力は一時」的で、「精神的の力は永久であ」り、「前者は後者の手段とし、後者の目的の為に存在するものに過ぎぬ」[5]という理由からであって、けっして物質的膨張、領土的膨張そのものを否定することではなかった。例えば、国民の貿易的進出を主張した際、かれがあげたのはドイツの植民地開拓の例である。つまりドイツ語の植民地シュッツゲビーテ（Schutzgebiet）は保護領域という意味である。ドイツでは最初に商人が独力でアフリカや南洋諸島で土地を所有し、商業を経営したが、現地人や外国人の妨害に

①　大隈、前掲「外交問題の根本方針を論じて対支問題及び対米問題に及ぶ」、6頁。

②　同上、4～6頁。

③　大隈「文化的膨張論」『新日本』第6巻第10号、1916年10月、9～11頁。

④　同上、9頁。

⑤　同上、5頁。

よって困難を感じた彼らは、「政府に請求して<u>統治権を拡張</u>〔下線は筆者。以下注記なき限り同じ〕して貰い、それに依て保護を受けたので、この地方を保護領域といふのだ。この独乙の植民地の如きは、まさに国旗は貿易に従ふの好適例である。強烈なる国民的自覚を有する有力なる商人の活動は如斯くでなくてはならぬ」[1]云々。かれのいう貿易拡張は、結局植民地獲得の正当性の論理と結びつくのではないだろうか。

侵略的野心がないとすれば、朝鮮合併、台湾占領をどう説明するのか。「恰も朝鮮の古代我日本と一国を成したると同じく、台湾も亦本来我領土であつたので、それが今日に至つて復旧したるものとのみ思つて居る」[2]という暴論が大隈の答えである。「倫理的帝国主義」の特徴を持つ大隈の「文化的膨張」論は当時の欧米の排日運動に対処する外交論であり、決して本当の平和論ではなかった。逆に、上掲の例で明らかになるように、具体性のない「精神的」という曖昧な表現で、植民地の合理的膨張論、統制論に変身していく余地を大いに留保していた。もともとかれの論理は「非文明」の国民に対する場合、「他の国民に対すると自ら態度を異にせねばならぬ」[3]という主張であった。たとえば、対欧米外交の根本方針について、かれは「どこまでも道理の力を楯として礼法を守って」、有力な新聞などを利用して「弁論を以て終始せよ」と主張している[4]が、「対支問題」になるとまったく違う態度となる。そのもっとも顕著な例は「対華二十一か条要求」である。

1915年5月7日、大隈内閣は最後通牒を中国に提示し、当時の北京政府は5月9日に止むをえず屈辱的な「二十一か条要求」を受諾した。

---

① 大隈、前掲「外交問題の根本方針を論じて対支問題及び対米問題に及ぶ」、6頁。

② 大隈「旧式外交より新式外交へ」『新日本』第6巻第5号、1916年5月、8頁。

③ 大隈、前掲「外交問題の根本方針を論じて対支問題及び対米問題に及ぶ」、12〜14頁。

④ 対米外交策の一つとして、大隈はさらに日米共同で「支那の事業」に進もうと提言しているが、「対支問題」について、かれは次のように述べている。「非文明なる支那国民の如きに対するには他の国民に対すると自らの態度を異にせねばならぬ。直に軍隊を派遣し、支那に対して尤も苦痛を感ずる或る地点を占領し、先づ其胆力を奪つて置いて、然る後に談判を開くべきだ。……日頃神経痴鈍なる支那人も慄然として恐れ、我提言にも耳を傾くるんである。此の如くして初めて我国威を示し、また談判も早く落着を見るんである」(同右、21-22頁)。

この事件の直後に掲載した「支那の外交術と其民族性」という論文の中で、大隈は「大体今度の我対支交渉は、日独戦後に処し、日支永遠の平和の基礎を確立せんと欲する誠意に出たものである」と述べ、中国側の尊大心、「外国の勢力に頼りて日本の要求を緩和せんと欲した」遠交近攻の外交術を逆に批判し、「我国より支那に最後通牒を送るのに已むなくに至らしめたのである」と行動を正当化している。[①]

　大隈は中国側に対していつも「唇歯輔車」「同文同種」などという言葉を使い、同じ古い文明の源を持つという論点から「日支合同は先天的約束なり」と呼びかけているが、いったん中国側が排日の姿勢を少しでも示すと、「日本は敢えて支那に対して懲罰を避けざるべきである」[②]という論調をとったのである。

四　大隈の「文明論」の破綻

　ここにおいて、大隈の「文明論」における矛盾が明らかになってくる。日本人排斥論の招来に配慮して、欧米の「物質的文明の膨張」とちがって、われわれは「王道」の精神で「文化的膨張」をしなければならないと唱える一方、中国に対しては同じ東洋文明の源をもつことで一体感を訴えながら、巧みに西洋文明を調和した「先進の地位に立つものの義務として」、「異人種では行かぬ」極東における日本の絶対的地位を主張している。しかし、もしその「非文明国」が「忘恩」したら、懲戒をすべきであるという。かれは1912年1月の論説「清国革命論（三）——支那帝国の将来」のなかで、生死存亡の際に中国は日本を信頼すべきだという「忠告」を行い、朝鮮の例をとりあげて次のように述べている。

　「朝鮮を誘導して真に国家的独立を維持せしむるものは日本である。然らば朝鮮たるもの、宜しく我日本に信頼するがよいといつておいた。ところが素と素と事大思想に囚へられてゐた朝鮮は、左顧右眄、容易に日本に信頼するの態度を示さざる結果、遂にあんな仕末（ママ）になつて了うたのである。この一片の友誼を無視して過てる思想の捕虜となつた結果は、

---

①　大隈「支那の外交術と其民族性」『新日本』第5巻第6号、1915年6月、9〜10頁。
②　大隈「帝国外交の根本精神」『新日本』第6巻第4号、1916年4月、14頁。

近く朝鮮にある」。①

　大隈にいわせれば、朝鮮が併合されたのは自業自得であった。「之を以て直ちに侵略的の意味に誤解されては甚だ困る」、「これは友人にあらざれば到底出来ぬ忠告である」②といった大隈の弁解は、いわゆる「非文明国」にとっては偽善的にしか見えない。

　上述したように、大隈の「文明論」は一見「東洋文明」と「西洋文明」を調和し、「平和的膨張」を唱えるようなものだが、その核心は「弱肉強食」の論理で、列強との国際競争場裡で日本を「支配する大国」視する正当化の論理であり、打算論にほかならない。もともと「東西文明調和論」は日露戦争以後思想界の一潮流を形づくった文化的使命観の一つの表現形態として、多くの論者によって盛んに説かれていた。③松本三之介はその論旨を次のようにまとめている。「この主張によれば、現在東西両洋の文明は、それぞれ異質的なものとして相対立している。しかしこの両文明は本来融合すべきものであり、また融合しうるものである。そして両文明の融合調和こそが世界の平和、世界の文化を発達せしめるゆえんであり、同時に東洋に位しながら西洋文明の同化に成功した日本の使命でなければならない」。④その言説はほとんど文明＝西洋化という一元的文明論を前提としているため、西洋先進国に対する従属性と同時に、西洋化に遅れた東洋後進諸国に対する優越性という二重の性格があり、普遍的な文明を志向し形成すべき主体となる個別民族の主体的エネルギーについての配慮はまったく見られないのが特徴で、それは結局東洋に対する日本の帝国主義的進出のイデオロギーにほかならなかった。要するに「東西文明調和論」の主要な政治的意味は日本の優

---

① 　大隈、前掲「清国革命論（三）――支那帝国の将来」、21頁。

② 　同上。

③ 　大隈と同じように、浮田和民も人種問題との関連で「東西文明の融合」論を提起しているが、基本的に西洋文明を機軸としながら、家族観念や宗教、美術などにおける「東洋の精神的文明」におけるすぐれたところを指摘し、「東洋自ら西洋化すると同時に西洋の東洋化」という東西文明の相互補完を強調している（浮田「東西文明の融合」『太陽』第15巻第16号、1909年12月、1～9頁）。なお、大隈、浮田と徳富蘇峰の「東西文明調和論」を比較した研究には神谷昌史の前掲『『東西文明調和論』の三つの型――大隈重信・徳富蘇峰・浮田和民」がある。

④ 　松本、前掲「国民的使命感の変遷」、230頁。

越的な対アジア的使命観の表明であった点にあり、それは「大アジア主義」「日本盟主論」といったヴァリエーションを生み出す危険性を多分に内包していた。[1]

大隈はまさにそのような「東西文明調和論」の代表的論者といえようが、本章で大隈の中国革命論を中心に検討してきたように、東洋文明とは何か、西洋文明とは何か、いかに調和するかといった問題について、具体的な見解を示さないその文明論は厳密な論理性に欠け、ただ人種問題や中国革命を背景とする国際情勢のなかで、西洋とアジア両方に対して通用する日本の「生存論理」として多分に政策論的な観点から説かれたものといえよう。

かれは欧米における排日運動に直面した時、日本が西洋文明を調和した「文明国」である一面を強調して人種差別や移民制限問題をかわし、日本に対する欧米の「猜疑心」「嫉妬心」を解こうとした。他方、アジア、とりわけ中国、朝鮮における日本の利権を主張する時、「東洋文明の代表者」である一面を強調することによって自らの優位を正当化し、そのもとにアジア諸国に対して一体感を訴えている。「西洋文明」を現実の「文明」の基準としているから、「瀕死」の中国を助け、「文明化」する使命を担うのは「東洋人の中、最も早く欧州文明を採用し、これを同化し得た」[2]日本にほかならないとして、アジアにおける指導権の主張も当然の帰結となってくる。しかし、「非文明国」の主権と自主性を全く無視した大隈の「東西文明調和論」は、結局欧米の排日運動に対処できるものでもなく、アジア諸国を日本との団結に向わせるイデーになることもなかったのである。

周知のように、1919年のパリ講和会議で、日本代表は山東利権の要求と同時に日本人移民排斥運動の解決を目指す「人種差別撤廃案」を提出している。これに際しても、大隈は持論である「東西文明調和論」を援用して、「人種標準」に代わる「文明標準」論を提示して、日本が欧米に同一化した「文明国」であることを強調することによって、移民制限を

---

① 思想界の一潮流をなした「東西文明調和論」の特徴と性質について、松本前掲「国民的使命観の歴史的変遷」及び野村前掲「近代日本における国民的使命観・その諸類型と特質──大隈重信・内村鑑三・北一輝」を参照のこと。

② 大隈、前掲「東西の文明」、8頁。

27

撤廃させようとした。①しかし、欧米諸国が植民地における民族運動の活発化を招くのを恐れて日本の提案に強く反対し、通過させなかったのである。この日本人による人種差別撤廃運動のさなか、三・一運動、五・四運動が起こったことを考えれば、利己的動機から唱えられた大隈の「文明標準」論はまったく説得力を持つものではない。西洋とアジア双方に対して日本の優位性をなんとか確認しようとする二重の規準を持つ大隈の「文明論」は、二つの排日運動が激化するなかで、その自国本位の功利主義的性格が暴露され、正当性を主張することができなかったのである。

しかし、第一次世界大戦の勃発を受け、「西洋文明の破綻」によって、「アジア欧化論」を中心的内容とする「東西文明調和論」は根本的見直しの必要に迫られることになった。②たとえば、大隈の場合、柳田などの研究に指摘されているように、世界大戦に直面するに及んで、その「東西文明の調和」論は単なる採長補短主義ではなくて、西洋文明の危機を克服する問題意識を内包するものにまで高まってきた。③前記の「文化

①　間宮前掲「大隈重信と人種差別撤廃問題──1919年パリ講和会議との関連において」を参照。パリ講和会議で日本政府が「人種差別撤廃案」を提案した動機に関する研究によると、実際に日本が国際連盟に加盟するにあたり、人種的理由から差別待遇を受ける「不利」を防止するのがこの提案の主眼点だったという(麻田前掲『両大戦間の日米関係』、313頁)。要するに、この提案は移民問題に対処するというよりは、むしろ人種問題を国家的要請に従属させるものであった。大隈が自覚的にこの国家的要請に加担していたかどうかは興味深い問題である。

②　その主観的意図はともかく、実際に第一次世界大戦前後に日本で再燃した東西文明論は、近代化に成功した日本による両文明の融合という基調を持ちながら、より明確にいわゆる対外侵略的な「アジア主義」に格好の理論的材料を供給するものとして展開されていた。茅原崋山や李大釗などをとりあげて、「思想連環」の視座から、大戦期の日中両国に起った東西文明に対する議論を検討した石川禎浩の研究「東西文明論と日中の論壇」(古屋哲夫編『近代日本のアジア認識』所収、京都大学人文科学研究所、1994年)を参照されたい。

③　柳田前掲『明治文明史における大隈重信』及び中川前掲「近代西洋の終末・危機意識と大隈重信の文明論」を参照されたい。大隈の文明論について最もまとまった柳田の研究によると、「東西文明調和」の理想と大隈との関係は、大体三段階に整理されるという。第一段は、日本のために西洋を学んだ時代である。次には、東洋復興のために西洋を学ぶことを主張した時代。日本が西洋の手本として東洋の先頭に立つ。そして第三段は、世界のために東洋を西洋に教えようとした時代で、この時は日本を東洋の手本とした(柳田前掲、460頁)。その第三段階のアイディアが固まったのは大正に入る前後からだとされているので、『新日本』に発表した評論の論旨はこの第三期に該当するはずなのだが、実際の中国論にあらわれた大隈の文明論はそれほど進んでいなかった。

的膨張」という評論にも見られるように、この時期の大隈の「東西文明調和」の理想には、日本は引続き西洋を学ぶ反面、西洋に自らの文明の欠点を反省させ、東洋文明でそれを補い、調和させることが日本民族の宿命だという使命感があった。しかし、同時期の『新日本』に発表した大隈の中国論を検討すれば、大隈のこのような普遍的文明への志向は現実の価値判断とはけっして直結していないことがわかる。

　大隈の考えを学問的に実証しようとして、後年『東西文明之調和』(1923年)という著作が出版されたが、それは主として古代中国思想と古代ギリシア思想との比較研究であり、単なる文明論の比較に終始して、調和の具体的方法を提示することなく、現実的な国家全体の方向の選択を避けた抽象的文明論に過ぎなかったのである。[1]

　大隈は侵略ではなく、「平和的膨張」を望んだつもりだったかもしれないが、その「東西文明の調和」の主張の背後には、「脱亜入欧」から「アジア諸国を背景とした世界の強国」への脱皮をはかる意図がある限り、かれが建設しようとする新しい「日本文明」は西洋流の「文明」を正当化する国権論的対外膨張論のヴァリエーションにほかならないといえるだろう。

　野村浩一が指摘したように、大隈は「東西文明の調和」を日本の「生存論理」としようとしたが、東洋文明はかれにとって「文字通り一片の形容詞に過ぎない」ものであり、その意識構造には「蔽いがたい虚偽と偽善がまとわりつい」[2]ていた。古代中国思想を東洋文明の代表と見なしながら、中国の国民性を軽視し、日本の国益を優先した大隈の中国革命論は実際にその文明論の破綻を意味しているといえよう。

---

[1]　大隈における「東西文明の調和」の学問的実証研究は早稲田大学教授の金子馬治と牧野謙次郎を顧問として、1916年秋から1921年夏にかけて続けられた。大隈死後の1923年1月に、金子の執筆にかかる『東西文明之調和』が大日本文明協会から大隈の遺著として刊行された。小泉仰「二つの比較文明論——『文明論之概略』と『東西文明之調和』」(峰島旭雄等前掲『大隈重信『東西文明の調和』を読む』所収)及び柳田前掲著書を参照。

[2]　野村、前掲「近代日本における国民的使命観・その諸類型と特質——大隈重信・内村鑑三・北一輝」、11～12頁。

第三節 「新日本」と「新支那」

　以上、主に雑誌『新日本』の主宰者たる大隈重信の中国問題関係論文を中心に、その文明論との関連で、大隈の中国認識を考察してみた。辛亥革命の性質を正確に捉えてはいたものの、中国における日本の利害関係を重視するあまり、速やかな「内乱」の終息と「日本の使命」を強調するばかりで、革命を貫徹させたうえでの真の独立と発展を達成しようとする「新支那」の前途には悲観的であった。そのスタンスはただ大隈の経世家、政治家としての立場に由来するものなのであろうか。「新支那」についてほかにどういう考え方があったのだろうか。

　「世界の日本」となった「新日本」の発展に最も緊密な関係を持つ「新支那」の動向に関して、雑誌『新日本』は大きな紙幅を割いて精力的に報道し、評論活動に取り組んでいた。経済論、観光記、人物評論、時事評論、外交論や文化論など多彩な中国関係論文の執筆陣には、日本の政治家、学者、実業家、文学者ないし大陸浪人だけではなく、戴天仇をはじめとする「新支那」の革命青年なども登場している。特に1916年6月の『新日本』(第6巻第6号)は、日本側からは吉野作造や浮田和民など、「新支那」から王孟倫、戴天仇などの寄稿を受けて、「新支那の政治組織を論ず」と「今後の支那には如何なる企業が適するか」をテーマに「新支那号特別記事」を特集している。本節では、主にこの「特別記事」を中心に、『新日本』が創刊されて以来、主筆兼編集長をつとめた永井柳太郎の中国論をも比較の意味でとりあげて、辛亥革命期の「対支政策」に焦点をあてつつ、その論理と評価の諸類型を明らかにしたい。

一　共和制か帝政か

　「新支那の政治組織を論ず」は特集「新支那号特別記事」の中心的テーマである。それに関する論文は下記の通りである。

● 大木遠吉「聯邦共和制に革めよ」

- 副島義一「革命をして有意義たらしめよ」
- 仲小路廉「制度より人物が主なり」
- 吉野作造「分裂か統一か」
- 福本日南「共和制よりも帝制を可とす」
- 浮田和民「中央政府の基礎を固めよ」
- 王孟倫「何処までも民本主義」
- 寺尾亨「脱化運動を完成せしめよ」
- 戴天仇「為甚麼革命」(「何のための革命や」)

　第二節で、中国が内乱を早く治めるには、地方分権主義の連邦制をとるべきだという大隈重信の政治組織論を紹介したが、単なる形式論からいえばその論旨は多くの支持を得ているようである。上記の論文の中で、大木も浮田も連邦制に賛成している。しかし、帝政か共和制かという政体の問題ではなく、中央集権か地方分権の問題かという視点から論じた大隈と違って、二人の結論は帝政より共和制という選択肢を重視する判断を示している。

　大木遠吉は大隈と同じく、中国には中央集権の歴史的実績はあまりないのと、広漠な領土と文化程度の低い巨大な人口をもつ国情から、「支那の安寧幸福を増進せんと欲せば、先づ聯邦共和制を採用するにある」といっているが、その前提として君主政体は「最早や時運の大勢が許さない。そこで矢張り共和制を採るより外、他に道がないと思ふ」と述べている。[1]そして浮田和民も、「支那の安定」を考えない「帝政か共和かてふ如き政体問題は抑も末でなければならぬ」[2]という大隈に近い考え方

<hr>

[1]　大木遠吉「聯邦共和制に革めよ」『新日本』第6巻第6号、1916年6月、21頁。

[2]　浮田和民「中央政府の基礎を固めよ」『新日本』第6巻第6号、1916年6月、38頁。中華民国の成立後に書いた「東洋最初の共和国」という一文のなかで、隣国に共和政府の成立が日本に与える影響について、浮田は君主制と共和制をめぐる政治制度の特質を述べて、「国体が君主制であつても共和制であつても立憲政体にすれば其の政治の内容は同一であるから必ずしも国体を四隣皆な同様にしなければならぬ必要はない」としている。かれによれば、「国体及び政体は各国民の人情風俗及び其の文化の程度に適応することが肝要」で、こんにちの世界に理論上絶対的に完全な国体は見いだしえないから、「政府の権力を制限し人民の自由を保護し社会公共の進歩発達を見ることが出来さへすれば国体は君主制でも共和制でも構ふことはない」という(『太陽』第18巻第2号、博文館、1912年2月、8〜9頁)。このような主張から、浮田はあまり帝政か共和制かという国体の問題にかかわらなかったと考えられる。

を持っているが、その方針は「鞏固なる中央政府を組織」しなければならないということにある。かれによると、「皇帝たり得べき人物」があって、強固な中央政府が成り立つならば「帝政亦結構」だが、現実にそのための充分な財力と兵力もないし、国際関係や国内政治を左右する実力のある「欧米派」の知識階級の意向をも熟慮しなければならないので、「当分共和制に依る外なし」としている。[①]それでは、中央及び地方の政治組織は如何にするかといえば、やはり大隈や大木と同じ理由で、「米国や加奈陀等の如き聯邦制の中央政府に倣うが得策である」[②]という。ここでは、浮田の議論に一つの矛盾が見られる。つまり、中央政府の基礎を固めよと主張したものの、浮田から見れば「支那には完全なる中央集権が行ひ得ないと同時に又全然地方分権主義に依ることも出来ないのである」。[③]のちにまた触れるが、その結論は結局「支那を収拾するのは全く日本の責任であ」[④]るという「対支政策論」につながっていくのである。

　ところで、共和制に賛成する一方、米国式の連邦共和制に断固として反対する議論もある。その代表的論者は副島義一と寺尾亨である。まず「革命をして有意義たらしめよ」を掲げた副島義一の意見では、「支那従来の政弊を一掃し、興国の計を為すには共和制を採るにあらざれば出来ない」[⑤]が、地方統治論をめぐる問題になると、国家を維持するうえで、ドイツもアメリカも中央集権を強めようとしている「世界の傾向」に反して「従来単一国なりしものを分解して聯邦制と為すは其の可なる所以を発見することが出来ないのである」と論じ、中央政府は国家の統一に必要な政務と権力を持たなければならないという。[⑥]辛亥革命に際して頭山満、犬養毅らと渡中し、革命政府の法律顧問を担当した寺尾亨は、領土広漠、交通不便のため統一が困難だという理由から、各省を独立させて連邦共和制を行うべしという説を「近眼者流の短見」として斥け、自治を

---

　①　浮田和民「中央政府の基礎を固めよ」『新日本』第6巻第6号、1916年6月、39〜40頁。
　②　同上、40頁。
　③　同上、41頁。
　④　同上。
　⑤　副島義一「革命をして有意義たらしめよ」『新日本』第6巻第6号、1916年6月、24頁。
　⑥　同上、25頁。

与えるのはいいが、分立は「東洋平和の禍根」となるから、「支那は統一すべきものであつて、分立さすべきでない」と反論している。[①]

　それでは、中央政府が強固に確立している共和制を如何にして実現するか。副島と寺尾の意見はこの点において極めて一致している。二人ともフランス流の責任内閣を先に樹立し、次に着手すべき改革として軍制の改革、財政の整理及び教育の刷新などをあげている。注目すべきは二人の当時の「支那」をめぐる国際情勢に対する判断である。副島は財務整理が急務であることについて、次のように説いている。

　「支那は常に財政難を叫んでゐるけれども之を整理して行けば余〔り〕裕取（ゆとり）（ママ）が出来ないことはない、土地は広し国産は豊かであり人民の負担力もまだ枯渇して居らぬ、唯徴税法が整頓しないことが一大欠点である、且つ支那は他の列強の如く軍備を拡張する必要がない、日本の二十倍の土地と一倍の人口とを有するけれど、日本の如き軍備が無くて済むのである。何となれば、支那はそれ以上に領土を拡張するの必要も無いし且又他国より侵略せらるゝ憂ひもないと云つてよい。之は支那に対する列強の均勢上然らしむるのであつて、恰も欧州の永世中立国の如き観がある。故に支那は大国なるにも拘らず少数の兵力で間に合ふのである、言ひ換れば国内の平和を維持する丈けで足りるのである、列強は軍備拡張、領土拡張の為めに財政上多大の犠牲を払ひつゝある時に際し、支那は全く此苦しみがないのであるから、財政整理殊に会計の整理に注意することが急務である」。[②]

　寺尾も軍制の改革を説く際、「対外的でなくて対内的即ち国を治めるための改革」であり、「今日の支那は領土を拡張するの必要もなく、支那に対する列国の均勢上滅多に他国に侵略される恐れもない、だが事を改革せんと欲せば先づ軍隊的威力が要する」[③]からとしている。

　引用が長くなったが、二人の法学博士の判断は大隈の「領土保全論」とは非常に対照的である。しかし、このような「侵略される恐れはない」という楽観論も中国問題における日本の絶対的優位を否定するものではな

---

①　寺尾亨「脱化運動を完成せしめよ」『新日本』第6巻第6号、1916年6月、47頁。
②　副島、前掲「革命をして有意義たらしめよ」、27〜28頁。
③　寺尾、前掲「脱化運動を完成せしめよ」、46頁。

かった。かれらは衰弱した帝国から新しい「共和国」の誕生に大きな期待をよせると同時に、日本の地位はその「産婆」の役目にあり、「新しき支那が、国らしき国になるまで、面倒を見てやらねばならぬが、之れが即ち日本の使命でなければならぬ」[①]としている。ここでいう「産婆」役は即ち後見役のことであり、中国の変革を援助する意味を持ちつつも、日本がアジアの盟主として無条件に中国を指導することが前提にされているのは確かである。

二 「対支政策」──永井柳太郎の「経済的外交」論を中心に

　上述したように、地方統治論において多少の分岐は見られるが、大多数の論者がやはり「世界の大勢」にしたがって、共和制をとることを主張した。しかし、反対論者もいた。「共和制よりも帝制を可とす」というタイトルを打ち出した福本日南がそれである。

　福本は、四千年も君主制が続いた風土気候及び人民の文明の程度から中国には共和制が適しないものとし、「理想上進歩せるものと云はれて居る共和制を持運んでも所詮治まりがつか」[②]ないと論じている。しかし、共和制論にしても、帝政論にしても、結論はみな「新支那」に対する「日本の使命」を強調するものであった。福本が共和制を「尚早し」とした主旨もその真意は必ずしも帝政を主張したものではなく、日本政府の「対支外交策」を批判するところにある。袁世凱の帝政復辟に日本当局は前後二回警告を与えている。袁世凱がそれを無視したため、「日本帝国の面目」がつぶされてしまったこともあり、第三革命の勃興にあたって、日本側の輿論は南方軍にかなり好意的であった。しかし、この南軍の勢力がいつまで持続できるか。また第二革命と同じように結局失敗に終わるのではないか。「頼むべからざる支那の現状を頼みとして我対支政策を組立てるが如きは実に危険この上もない話である」[③]と述べ、南方びいきのように見える当局の「対支政策」に対して福本は不満であった。

　しかし、それも共和制に反対するからではなく、かれにとって、政体が

---

① 寺尾、前掲「脱化運動を完成せしめよ」、47頁。
② 福本日南「共和制よりも帝制を可とす」『新日本』第6巻第6号、1916年6月、36頁。
③ 同上、37頁。

「是非共和制でなければならぬと執着する必要」はなく、「唯日本とし
てかれの国〔中国〕に望む所は一日も早く結果を収めて欲しいのであ
る」。[①]警告を与えた以上「帝国の権威」に関するから、「この警告を空言
に終らしめては」ならないとして福本が言い出したのは「力の制裁」であ
る。「今日の支那政府の当局者は支那人民を正当に代表して居るものと
云へぬが、我れは兵を北京に進めて其秩序と、安寧を維持してこの間
に支那全土の代表者を召集し、彼等の自由意思が何人にも強迫されぬ
境に於て国民議会を開かせ依つて以て新政府を更立せしむるも亦一策
である。之は稍武断に過ぐるの嫌あれど、之に依つて隣邦の独立と平和
とを維持することを得ば啻に支那の幸福なるのみならず東亜全局の幸
福なのである」。そして、共和制をとるか帝政をとるかその「国民代表
者」たちの判断に任せ、「彼の国の自由意志を尊重するより他あるまい」
という。[②]

　一見合理的な論理であるが、「支那」を日本の保護国として取り扱
い、「虎視眈々」としている列強の勢力をまったく無視した「アジアモン
ロー主義」の一変形ともいえる。特集「新支那号特別記事」の執筆陣に
は第一次世界大戦・第三革命期の時点で福本のような「武力干渉論」
を唱えるような人物はほかにいなかった。一方、そのほかの「対支政策
論」はほとんど曖昧な「誘導扶掖」論に止まり、具体的な論議は見られな
かった。

　浮田和民は欧米列強の干渉を受けることなしに、「日本単独の力で支
那四百余州を統一すること」は「迚も望み得ない」という醒めた認識を示
している。財政上はとうてい列強の応援なしには実行できないため、「日
本は漸次列強の牽制を受くることになつて米人の所謂モンロー主義なる
ものを東亜に於て実行すること出来ず、日本は頗る不利益な破目に陥る
のである」。したがって、浮田からすれば「支那本国の為めを図れば飽く
までも南北の妥協、東洋の全局から之を云へば日支両国の一致協力、
これが相互の利益となるのである」。[③]

---

①　福本、前掲「共和制よりも帝制を可とす」、37頁。

②　同上、37〜38頁。

③　浮田、前掲「中央政府の基礎を固めよ」、1916年6月、40頁。

それでは、如何にして「南北をして協和せしめ、支那の自立を援け」る
のか。外交策として、浮田は「飽くまでも日支両国の提携を図り、政治上
に於ては一切欧米列強の干渉を受けしめず、唯列強をして支那に対す
る商業上、貿易上の機会均等主義に均霑せしめて、彼等をそれで満足
さする底の用意と覚悟を要するのである」[①]と説いている。「武力干渉論」
を排したものの、列強の牽制を最小限にしながら、平和のうちに中国に
おける日本の利益を最大限に守りうるような「政治干渉論」を主張してい
る。その「政治干渉」の一つの具体策として、かれは国内に蟄居して目を
専ら政権争奪戦にむけている日本政治家の偏狭さを批判しつつ、「支那
の死活問題」は即ち「日本の死活問題」だから、「第一流の政治家数名
支那に渡つて其内部より改革することに献身的努力をしたならば、支那
を救ふこと必ずしも難事であるまい」[②]と勧めている。しかし、前述したよう
に、浮田の主張は中央集権にも地方分権にも落ち着かない中途半端な
立論で、根本的には「撹乱が絶えまい」という悲観論に支配されている。
明晰なヴィジョンを持たない「政治干渉」を楽観視する根拠はどこにある
のであろうか。

　よく知られているように、辛亥革命を「政治上の大革命」と捉えた浮
田和民はかつて1912年2月に雑誌『太陽』に「東洋最初の共和国」と
いう一文を発表し、中華民国の成立を「東洋最初の共和国となつて世
界の歴史に一新次元を為すことゝなるであらう」[③]と高く評価し、民族自
決主義の原則にたって、日本人として中国の革命に同情を寄せ、中
国人民の自由擁護のため不干渉主義を貫徹すべきことを主張してい
た。しかし、革命が混迷するなかで、浮田ははやくも当初の進歩的立
場から後退し、革命に対する展望を見失い、「内外一括の政策主義」
として主張した「倫理的帝国主義」の立場にたって、欧米との対立抗
争を回避しながら経済的政治的にアジアを支配しようとする「支那保
全論」「新亜細亜主義」を展開するようになる。『新日本』で唱えたその
曖昧な「政治干渉」論もかれの「倫理的帝国主義」の一環として見られ

①　浮田、前掲「中央政府の基礎を固めよ」、41頁。
②　同上。
③　浮田「東洋最初の共和国」『太陽』第18巻第2号、1912年2月、10頁。

よう。①

　ここで、「武力干渉」「政治干渉」のほかに、『新日本』にあらわれたもう一つの「対支政策」論——永井柳太郎の「経済的外交」論をとりあげてみたい。②

　1916年1月から5月にかけて永井は『新日本』に「支那大観」という連載ものを書いている。その第一編に、かれはいろいろな事実を比較して、生活や思想の系統においても、人種の系統においても「支那人」は「日本と祖先を同ふすと云ふよりは、寧ろ西洋人に近しと云ふ」のが適当かもしれないという結論に気づき、「さうすれば日本人が是迄の如く唯同文同種であるからと云ふやうな理由で支那人を提携に誘はんと欲しても、学問の進歩は何時しかそう云ふ空論空理を基礎とする外交を破壊するに相違ない。即ち支那人が次第に自己の何者であるかと云ふことを考へて、遂に自己は日本人よりも寧ろ西洋人に類似して居るのであると云ふことを自覚するに至れば、同文同種と云ふことを唯一の武器であると心得て居る外交は其根底を失ふではあるまいか」③といっている。先述の多

　①　日露戦争から第一次世界大戦にかけての浮田和民の中国認識及びその転換については、中村尚美「浮田和民のアジア観」（『社会科学討究』第35巻第2号、1989年12月）を参照。また、浮田の「新亜細亜主義」と「倫理的帝国主義」については中村尚美「浮田和民の大アジア主義」（『社会科学討究』第32巻第2号、1986年12月）、松田義男「浮田和民と倫理的帝国主義」（『早稲田政治公法研究』第12号、1983年12月）などを参照されたい。浮田は袁世凱の大総統就任を承認し、「二十一か条要求」の交渉方式を批判しながら、その内容を肯定している。その日中同盟を基礎として現状を維持することを主張する「新亜細亜主義」は大谷光瑞・徳富蘇峰・小寺謙吉らが唱える大アジア主義とともに、李大釗によって「民族自決主義ではなく弱小民族を併呑する帝国主義である」（李大釗「大亜細亜主義与新亜細亜主義」伊藤昭雄等著『中国人の日本人観一〇〇年史』所収、自由国民社、1974年）と論破されたのは周知のことであって、ここではこれ以上深入りしない。

　②　永井の外交論については、和田守『「民衆国家主義者」永井柳太郎の中国認識」（田中浩・和田守編『民族と国家の国際的研究』所収、21世紀の民族と国家第1巻、未来社、1997年）、同前掲「永井柳太郎・中野正剛の改造精神」、同「大正デモクラシーと政治的近代化」（西田毅編『近代日本のアポリア——近代化と自我・ナショナリズムの諸相』所収、晃洋書房、2001年）、岩本前掲「永井柳太郎における『デモクラシー』の理念——『内』と『外』の『デモクラシー』論をめぐって」、坂本健蔵「永井柳太郎の日中提携論——第一次大戦期を中心に」（『法学研究』第73巻　第9号、慶応義塾大学法学研究会、2000年9月）、池田徳浩「大正デモクラシー期における永井柳太郎の国際主義」（『専修法研論集』第26号、専修大学大学院学友会、2000年3月）などを参照されたい。

　③　永井「支那大観」『新日本』第6巻第1号、1916年1月、23〜24頁。

様な中国論にも見られるように、中国に対する連帯感や日本の指導性を訴えるには「同文同種」が共通の論理であった。この「唯一の武器」の脆弱性を見抜いた永井は「政治的外交より寧ろ経済的外交を主とすべ」[1]き「対支外交策」を提言している。

辛亥革命前に発表した「明日の満洲」という論文で、永井は日本の勢力を中国に扶植するためには、満鉄を拠点として日本の資本と移民を出来るだけ多くかつ早期に満洲に扶植すべきだと主張している。経済勢力さえ強大であれば、「支那の将来」はどうであれ、たとえ統治権が他国に属しても、「豈大に利権を恣にし能はざらんや」[2]という。ここから、かれが中国本土における経済的利権を重視していた姿勢が読み取れる。

しかし、「白人は自ら世界の富源を独占せんことを要求し、"Universal governor"を以て自任す」[3]るのが「今日の大勢」であり、この帝国主義的国際情勢のなかで日本が孤立していることを認識した永井は、欧米列強との生存競争に備えるため、包括的な日中提携論を展開するようになる。[4]日中両国の関係は外交的に経済的に非常に緊密な関係にあり、「日本は日本の生存の為に、日本の発展の為に支那を援助する、支那も亦支那の生存の為に、支那発展の為に日本を利用する、之が日支外交の根本方針でなければならぬ」[5]と彼はいう。

ところで、内憂外患を抱えている中国と如何にして提携の基礎を築くのか。1914年の評論「対支外交の根本方針」の中で、永井は外債を多く抱える中華民国の財政上外交上の危険を解決するため、いわゆる「局部を切断し、以て全身の死を救ふ」方法で蒙古を中立地帯にある列強

① 永井「支那大観（其四）──対支外交は政治的外交より寧ろ経済的外交を主とすべし」『新日本』第6巻第4号、1916年4月。

② 永井「明日の満洲」『新日本』第1巻第3号、1911年3月、11頁。

③ 永井「対支外交の根本方針（其一）」『新日本』第4巻第1号、1914年1月、52頁。

④ 坂本健蔵の研究によると、第一次世界大戦期の永井の日中提携論は欧米列強と日本を対立的関係において捉え、列強との競争という守勢的意味で日中提携を必要としているだけでなく、「白人専制」を打破して、人類共同自治の世界的維新を行うため日中提携が必要であるというより攻勢的目的をも持っていたという（坂本前掲「永井柳太郎の日中提携論──第一次大戦期を中心に」）。また、このような永井の「日支提携」論はその主観的意図はともかく、日本帝国の中国侵略を正当化する論理を含んでいたことも和田守によって指摘されている（和田、前掲『民衆国家主義者』永井柳太郎の中国認識」、217頁）。

⑤ 永井「支那大観（其二）」『新日本』第6巻第2号、1916年2月、20頁。

の財団に売却することを主張している。というのは、「これを売却すれば
数十億の財を挙ぐる事決して困難ならざらん。然らば之に依て財政を
整理し、以て外債に伴ふ危険を免かるゝを得べく、之に依て軍備を拡張
し、以て外敵の侮りを防ぐを得べし……以て内政の改革に専念せば、そ
の国力を恢復し、日本と相携へて東亜に雄視するの基礎を確立する事
豈に難しとせんや」①と考えたからである。辛亥革命直後の1911年11月
にロシアの支持のもと外蒙古が独立を宣言し、翌年11月には露蒙協約
が締結され、ロシアは外蒙古を実質的に保護国化した。蒙古売却によっ
て緩衝地帯をつくり、ロシアの中国本土への進出阻止をはかる永井の提
言は明らかにこのようなロシアによる蒙古への勢力拡張という緊迫した情
勢に対応して考案したものである。中華民国の財政難にあたって列国の
あいだに展開される借款競争及び経済的進出に日本が出遅れることに
ついても、かれは強い危機感を抱いている。

　したがって、翌年の「二十一か条要求」交渉の際に、膠州湾租借地を
還付したことで中国に譲歩しすぎたのではないかという非難に対して、
永井は交渉によって日本は東蒙古における工業農業の優先権を手に
入れ、沿海地域不割譲を約束させ、「支那全土に対して縄張り」をなし、
「列強の支那に対して領土的野心を逞うするの機会を奪ふとゝもに、日
支両国の政治及び経済的関係を、密接ならしむる」②という交渉の根本
的目的が達成されたと、その成果を大きく評価している。

　前述したように、永井はいちはやく辛亥革命を中国国民の「自主的運
動」として捉えた。そのためか、かれは「新支那」の政治組織などについ
てほとんど論及していない。かれから見れば、いまの「支那の急務中の

―――――――――

　① 　永井「対支外交の根本方針（其二）」『新日本』第4巻第2号、1914年2月、57頁。
　② 　永井「対支外交の失敗何処にありや」『新日本』第5巻第6号、1915年6月、72頁。
また、「二十一か条」交渉の外交史的意義について、永井は次のように述べている。
　「凡そ此等を総合すれば、今回の対支交渉は、東洋の将来に重大なる影響を与ふる
ものであるから、列強の不安を感ずる者があつたらしい。然かし最後に至る迄能く彼等を沈
黙せしめ支那をして従来の如く外国に依て日本を制すると云ふが如き慣用手段を用ふる
の余地なからしめたのみならず、内に於ても従来の対支外交が外務省よりも寧ろ陸軍省を
主としたる弊習を一掃し、幸にも兵馬の力を借用せずして、此の重大なる交渉を完結し得
たのは、慥かに加藤外相の一大成功と云ふべく之を我が外交史上に於ける一新紀元なり
と云ふも、敢て過言にあらざるべきを信じる」（同、76頁）。

急務」は「新教育の普及」である。「教育を普及し、積年の悪弊を打破すれば、支那民族の精神的及び物質的状態を一新するは、決して不可能ではない」が、問題は「今日の支那には其資力がない」。①よって、「是に於て支那はどうしても日本の如き、支那に対して利害関係の最も密接なる、そして支那と同様なる外交的圧迫を破りつゝある友邦と提携して、其助力を求め、以て外部の圧迫より免がるゝと同時に、専ら其力を内部の教育に注ぎ以て徐ろに新支那の建設を大成する外はないのである」。②すなわち、中国は日本と提携し、軍備国防、領土保全はすべて日本に委任しておいて、「自らは其全力を挙げて国内に於ける国民の教育に集中す」③ればいいということである。

　国内の諸改革とくに国民教育の普及においては中国の自力で推進するとしながら、なぜ「支那の保全」に日本はそのような責任をもたなければならないのか。「唇破れて歯寒し」。多くの論者と同じように、永井はその根拠を日本と列強のあいだにある一大緩衝地帯としての中国の戦略的地位に着目したが、それと同時に中国の資源は日本の生存及び発達には不可欠だという「経済的必要」を強調した。永井によれば、「蓋し対支外交は、其実質に於て、対列強外交である」。④上述のような「支那の改革」を進展させるには、「日本は決して支那分割を夢見て居ない」という列強の承認を得なければならない。したがって、「我政府の対支外交が、直接支那を対手とするよりも、寧ろ其関係列国を対手とし、先づ其関係列国をして我国の支那に於ける軍事的及び経済的地位の優越を認識せしむるを主眼」⑤とする。永井において「二十一か条要求」交渉の意味はまさにこの路線で評価され、「対支外交は政治的外交より寧ろ経済的外交を主とすべし」という提言の戦略的意図はここにあるといえよう。

　「経済的外交」の具体策として、かれは「日支合弁企業」の推進を主張しているが、「二十一か条要求」を契機に排日思想が勃興し、日本側の経済的利権を重視する「提携」の論理に対する不信感は現に高まりつつ

① 永井、前掲「支那大観（其二）」、16頁。
② 同上、18頁。
③ 同上。
④ 永井、前掲「支那大観（其四）」、16頁。
⑤ 同上。

ある。そこで、永井は「武断政策」を根底とした日本の「対支政策」を批判し、「日本人が支那人に接する光明正大にして、其合弁事業に於ても唯に日本人の利益のみならず、又支那人の利益を計」[①]らなければならないと主張している。「今日の国際的競争は、其本質に於て、文化的競争である」として、「日支提携」を成立させるための方策として、かれは真に「支那人を心服せしむる」「対支政策」への転換を求めている。[②]また、同時期の『新日本』に発表された「訴ふる能はざる者に代りて訴ふ」「東洋拓殖会社撲滅論」といった永井の植民地政策論には、植民地経営そのものは否定しないものの、従来の軍事的官僚的植民地支配を批判し、植民地住民の人格と利益を尊重すべきという非軍事的・非強権的植民政策論の提唱が見られる。[③]

しかし、以上述べてきたように、経済的「日支提携」を中心的内容とした永井の「対支政策」は、革命後の中国国内情勢が混迷し、列強の中国における利権獲得競争がますます激しくなるというリアルな認識から出発したものである。総力戦的様相を呈しつつあった第一次世界大戦下で、「支那人の心」を失ってはいけないとの主張とほぼ同時に、永井は国権主義的色彩が強い「日支共同武装的産業論」[④]を展開するようになる。日本の工業資源不足を補うため、鉄、石炭、石油など豊富な資源を持つ中国と提携し、兵器工場だけではなくほかの生産業をも含めて、「両国民の民族的生存のために」、「日支両国の産業組織」は「有無相通ずべき連絡を謀り、以て和戦両様の必要に応す可き準備をなす事」は「緊

---

① 永井、前掲「支那大観（其二）」、22頁。

② 永井「支那大観（其五）」『新日本』第6巻第5号、1916年5月、20頁。また「支那大観（其二）」では、永井は次のように述べている。「従来の如く不正直、不公正であり、不人情であり、事毎に支那人の心を失ふに於ては、仮ひ一時その領土を併せ、利権を獲得するを得るも、軈て其凡てを失はなければならない。実に日本人が支那人と共同して亜細亜を経営し得るか否やは、日本の官民が支那の官民の信頼を得るに値する文明を有するや否やに依て決せられるのである」（前掲「支那大観（其二）」、22頁）。

③ 『新日本』にあらわれた永井の植民政策論については荀涛前掲「『新日本』時代の永井柳太郎」を参照されたい。

④ 永井「日支共同武装的産業論（其一）（其二）」『新日本』第6巻第7号第8号、1916年7月8月。

急の要務」であるとする。①これはまさにかれ自身が批判した「武断政策」ではないだろうか。

三　革命の将来

　もともと政局が混沌としている時勢において、大隈が「瀕死」と評したように、ほとんどの論者は「支那の将来」に悲観的であった。特集に「制度より人物が主なり」を書いた貴族院議員仲小路廉は中国が将来どんな政治制度を取るかは「自ら民命の向ふ所」とし、形式は末で、「要は人物の如何にある」とし、「然るに今日の支那には惜哉人物がない」と断言している。②「支那」にはもう自ら統治する能力がないというのが、おそらく当時の一般的見方であったろう。「動乱を早く収めて欲しい」という、中国における日本の利権を優先させる中国革命論が圧倒的多数であるなか、革命の理念に対する理解から、はっきりと南方支持論を打ち出した寺尾亨と吉野作造の主張には目を引くものがある。

　「脱化運動を完成せしめよ」を主題とする論文のなかで、寺尾はまずこんにちの南北抗争の性質は「新旧思想の衝突」にあると判断し、現在の「南方は実に一大危機に瀕して居る」から、帝政から共和制へ移行する「南方の素志を貫徹せしむるやうに相当の道を開き、我邦国民も亦挙つて、応分の援助を与ふるべきである」と主張している。なぜかといえば、寺尾によると、まず南方は新しい思想を持ち、「第一次革命当時より憂国至誠の人物が多く、今日と雖も真に其国を憂ひ、四億有余の蒼生を懐ふものは先づ南方に求むるより外ない」。そして、こんにちの動乱は「大義名分に於てはどうしても南方側が正しいのである」。多少の例外はあるにせよ、日本の「国民の大部分は南方に同情を表して居る」。政府も帝政に警告を与えるなど、「従来の行動に徴しても南方に傾いて居ると云

---

　①　永井、前掲「日支共同武装的産業論（其二）」、17頁。第一次世界大戦後、永井は民族解放運動の「独立自主の精神」に改めて着目し、五・四運動を契機に進展した中国の国民革命へ共鳴し、日本の「対支那外交」を根本的に改革し、「支那国民の自主自決権を尊重」することを基本とする日中「共存共栄」関係を樹立するようと主張し、「日支共同武装的産業論」からの対中外交方針の転換が見られる（和田前掲「大正デモクラシーと政治的近代化」を参照）。
　②　仲小路廉「制度より人物が主なり」『新日本』第6巻第6号、1916年6月、31～32頁。

つて宜からうと思ふ」。したがって、「支那四億の人民を相手にして」、日本政府も南方側の名分を認めて援助すれば、「南方の成功も極めて容易なるべく、彼等も日本の厚誼に感じ又威力に服して将来の彼我の国交も愈々円満になり得る」というのである。[1]寺尾の結論は同じ「日本の使命」論となるが、他の論者のような国益論や国権論的主張ではなくて、理想道義の点から南方側の正当性を主張し、革命の貫徹による「新支那」の誕生を援助しようとする点は評価すべきである。

　ところで、「日本の使命」論をぬきに、純粋な中国革命達成を確信する主張は存在しないのであろうか。ここに、一つの例外として、「分裂か統一か」という主題で革命後の行方を客観的に分析した吉野作造の主張がある。寺尾は動乱の情勢を北方の袁世凱・段祺瑞と中間の馮国璋及び南方の革命軍という三つの勢力に分けたが、吉野はもっと明瞭にそれを北と南という二大中心勢力にし、実力の点からいうと北方が南方を凌いでいるが、「内外の精神的同情、精神的後援と云ふ点から見れば南方は遥に北方に優って居るのである」[2]と見ている。そして、袁世凱が追放されれば、南北は「たぶん何等かの形の妥協で治りがつく」と吉野は予想している。しかし、かれはその「妥協」という展望より、「妥協の結果、南北の両勢力が中央政府に集り来り、従つて両者間に思想上並に利害関係上からして互に反目抗争することゝなり、而して其結果が如何に落ち付くべきかは極めて興味ある、又極めて重大な問題である」[3]と考えている。吉野から見れば、もし最終的に南方側の勝利に帰すれば、「兎も角支那は一先づ落ち着くであらう」。「一時北方側の勝利に帰するとするも」、南方の革命派は「不撓不屈の努力を以て再び支那の革命を謀らうとするが故に、将来必ずや第四、第四の革命運動が起ると思ふ」[4]。在日中国人留学生や革命家との交流及び第一革命以来の中国革命史に対する研究を通じて、吉野は南方革命派支持の態度を明確にし、「南方に於ける年少憂国の士」の「若き生きたる精神こそ将来の支那を乗取るべく運命づけられてゐるのは明白である」[5]という確信を持つようになったのであ

　　①　寺尾、前掲「脱化運動を完成せしめよ」、1916年6月、44〜45頁。
　　②　吉野作造「分裂か統一か」『新日本』第6巻第6号、1916年6月、33頁。
　　③　同上、34頁。
　　④　同上。
　　⑤　同上。

る。その発言は日本の国家利益の観点からの立論というよりも、理想主義の立場から、真の理想と理念を抱く「革命青年党」に対する期待として読み取れよう。

二ヵ月後の『新日本』第6巻第8号は山路愛山の論文「日本の維新と支那の革命」を掲載している。そのなかで、愛山は「支那の革命史」と「日本の維新史」の類似点ははなはだ少ないとし、「必ず支那をして独立国の権威あらしめんとせば強固なる中央政府を要す」るから、四分五裂をもたらす地方分権説や「紛擾を生む」公議世論機関の建設を「愚劣」なものだと批判した。[①]一方、袁世凱が皇帝になったことについては「利己心の充満したる支那の心を集中する一術」として、「真に已むを得ざりしなり」と肯定的であった。かれによると、袁世凱の死後、南方が主権在民を規定した「中華民国臨時約法」の復活を唱えているが、「彼らにして若し挙国一致の実を挙ぐる能はず、徒らに空論に馳するのみならば」、また第二第三の袁世凱があらわれ、そして第二、第三のクーデターが起り、「支那の前途は唯暗黒ならんのみ」という。[②]

この愛山の「暗黒論」は吉野の楽観論ときわめて対照的である。中国人は利己的で、「組織的才能」(政治的能力)を欠如しているという中国人の民族性に対する愛山の見解は、前述の大隈などを含めて、当時の一般の中国論に共通するものであった。中国をその特殊性において捉えるか、それともより普遍的な、より開かれた範疇において中国を捉えるか、中国認識のあり方によって中国革命の将来についての見通しも根本的に違ってくる。[③]第二章で詳述するが、今後の中国の中心的勢力は「青年革命党」であることを予測していた吉野の先見性は、当時の大正デモクラシーの思潮と密接な関係をもっていると考えられる。

四　中国革命青年の声

前に触れたように、雑誌『新日本』の一つの注目すべき特徴としては、

---

① 　山路愛山「日本の維新と支那の革命」『新日本』第6巻第8号、1916年8月、108～110頁。
② 　同上、110～111頁。
③ 　近代日本の中国認識のあり方については、野村浩一「近代日本の中国認識──大陸問題のイメージと実態」(同前掲『近代日本の中国認識──アジアへの航跡』所収。論文初出は橋川文三・松本三之介編『近代日本政治思想史Ⅱ』有斐閣、1970年)を参照。

中国の革命派の論者も紙面に登場していることである。特集「新支那号特別記事」にも日本人側の中国革命論とともに王孟倫と戴天仇（季陶）の革命家自身の文章を掲載している。ここに、「新支那」からの声として、その論旨を簡単に紹介しておきたい。

「何処までも民本主義」を主題とする王孟倫の文章は、主に「支那は最早収拾すべくもない、殆ど亡国同様である」[①]という議論に対する反発である。王からみれば、動乱の原因は共和制「政体其ものが悪いのではなく偶ま仰いだ所の大統領の人物が悪いからであつて、若し袁世凱にしてワシントンに亜ぐ位の人物であつたならば、支那は今日の惨状を見る要がないのである」。[②]「新支那」の成功を全く「人物の如何」にかけたところには若い革命青年の甘さがあるが、その論理によってかれは「新支那を作る新人物」を持つ南方への支持を日本側へ呼びかけている。「日本は東洋の先進国であり、東洋を代表する世界の強国である。又支那は人種上、人文上経済上日本と不可離の関係を有するのであつて、飽くまでも日本の補導扶液（ママ）を要するのである。故に日支提携は両国共存の本義に叶ふ許りでなく長く東洋の平和を維持し得る所以である」[③]という。文面上から見れば、日本側の論理と全く同一である。[④]しかし、ここにいう「日本の補導扶掖」はあくまでも南北対立の中で南方革命派を支持援助してほしいという要請であって、けっして日本側が「革命乱」の収拾を目的とする「政治干渉」論や「武力干渉」論と同一の意味ではない。実際に革命を推進するために外国の援助を受ければ、中国にとってきわめて危険であることも革命派は承知していた。

---

① 王孟倫「何処までも民本主義」『新日本』第6巻第6号、1916年6月、42頁。
② 同上、42〜43頁。
③ 同上、43頁。
④ 「同文同種」によって日中提携を主張する論理は当時の中国革命派の言説にもよく見られる。孫文などの在員革命家が欧米列強に対抗する中日同盟を日本側に説き、「二十一か条」の内容とも重なる中日盟約の書簡を外務省に提出していた例もあったように、革命運動に日本の援助を得るための戦略的言動と捉えるべきであろう。第一次世界大戦後、これまで援助獲得のための利権提供と反帝国主義の不徹底性が見られる孫文など革命派の対日依存の態度が基本的に修正され、孫文が「二十一か条条約」を含む不平等条約の廃棄を公然と唱え、日本の対中政策を帝国主義政策として批判するにいたったことは周知の事実である。坂本前掲「永井柳太郎の日中提携論」（66頁）及び藤井昇三『孫文の研究──とくに民族主義理論の発展を中心として』（勁草書房、1966年）、同「二十一か条交渉時期の孫文と『中日盟約』」（市古教授退官記念論叢編集委員会編『論集近代中国研究』所収、山川出版社、1981年）を参照。

45

一方、第一革命から孫文の秘書兼通訳として活躍していた戴天仇の論文「為甚麼革命」（「何のための革命や」）はもっぱら革命派がめざす「真の革命」の理念を唱えるものである。戴は袁世凱の没落を革命の完了とし、これからは中華民国の建設期である、という議論を「早計」とし、「信仰上理想上要求する」「真の革命」を次のように説明している。武力と文明をもつ「欧州民族の世界侵略」によって「文明的敗残的、民族的落伍者として世界の競争場裡より除かれんとしたる中華民族」は漸次欧米文明に接触し、思想は次第に発達し、「遂に『新天下主義』——世界主義——の思想は漸く中国人の間に発展したり。有ゆる旧来の腐敗、因習、頽唐、を破壊して世界的永久の真生命を創造し、専制にして退嬰的、被征服的なる旧国家を破壊して民主的、文明的、進取的、発展的の新国家を創造するの気運を作りたり。是中国近代革命の原因にして、我徒の希望する革命の真意是にあり、我等の現に主張する革命も是に外ならな」い。[①]

　「新支那」の理想とする革命は従来の易姓革命のように王位を奪うものではなく、「中華民族の個人的、社会的、国家的、世界的真生命の創造」にあり、列強の侵略から独立しただけではなく、精神的にも「徹底的に覚悟」した「世界的文明民族」の建設である。孫文の「永遠の革命」論の思想にも通ずるこの若き戴の「革命論」こそ、内憂外患に迫られている当時の中国の本音を代表する声であろう。しかし、「世界的競争場」に進出して、「日本の使命」を唱える「新日本」の論者のなかで真にこの声に耳を傾けた人物は果たして何人いただろうか。

第四節　小括——「精神的信任」なき「日支提携」論の位相

　以上、雑誌『新日本』に掲載された大隈重信・永井柳太郎の中国関係論文や1916年6月の特集「新支那の政治組織を論ず」などを中心に、辛

---

①　戴天仇「為甚麼革命」（「何のための革命や」）『新日本』第6巻第6号、1916年、49頁。

亥革命から第三革命にかけて、当時の日本の言論界を代表する人々の中国革命論をとりあげて考察してみた。

　ほとんどの論者は辛亥革命が従来の易姓革命と異なり、政治組織を根本的に変革し、日本の明治維新と同じように専制政治を打破するための中国「近代化」の契機となる性質と歴史的意義を持つ点を認めている。[①]しかし、革命が長期化して、混迷が深まり動乱の兆を見せるなか、寺尾亨や吉野作造などのように南方革命派に同情し、革命を徹底させようという少数意見もあったが、全般的には「支那の将来」に光明を見いだした人は非常に少なかった。大多数の中国革命論は共和制か帝政かという政治制度の行方にも関心があったものの、革命の継続による列強の干渉を恐れ、やがて日本の政治的軍事的経済的利権が大きな損害を蒙るという懸念から、「内乱を早く治めて欲しい」という国益重視の視点に基き、「支那保全」を中心とする「日本の使命」を強調する論調が支配的であった。その中国に対する使命感の表明は、中国と日本の地理的文化的関係による自然的連帯感からくる必然的傾向を示すものもあったが、多くは日清・日露戦争以降「世界の日本」となった「新日本」が西洋列強に対して、アジアにおける勢力範囲と権威を確立するための自己主張でもあった。

　19世紀後半の「西力東漸」の厳しい国際的環境のなかで、帝国主義列強諸国の一員に仲間入りした「新日本」は、いわば避けがたい現実として、中国や韓国などアジア諸国からだけではなく、欧米各国からの排日運動にも直面していた。この二つの排日運動のジレンマに追われて、世界における日本のナショナル・アイデンティティを如何にして確立するかは当時の外交論の中心課題であった。本章で検討した『新日本』の

---

　① 辛亥革命の勃発に際して、当時の日本政府は革命に干渉し、清朝側を支持しようとする方針に出たが、英国政府の同意するところとならなかった。他方、当時民間にはこのような政府の態度を攻撃し革命軍を支持する政治結社が多数生まれた。そのうちの有力結社の一つに言論界ならびに法曹家を中心として組織された支那問題同志会がある。政府の干渉方針を攻撃する決議がなされたその第1回集会（1911年12月26日）に、雑誌『新日本』の代表も参加している。このことからも『新日本』は革命派に対して、政治的に共鳴していたことがうかがえる。XYZ「革命声援の諸団体——有隣会・支那問題同志会・善隣同志会・太平洋会」（『太陽』第18巻第2号、博文館、1912年2月）、曾村保信「辛亥革命と日本の輿論」（『近代史研究——日本と中国』小峯書店、1977年、138～139頁）を参照のこと。

諸論文からも、辛亥革命に対する評価がそういうコンテクストでなされたことがわかる。それらの言説では、中国と日本の関係はアジアと日本、日本と西洋との関連において捉えられ、アジアにおける日本の指導権の正当性は国防上の自衛権や西洋化に成功した「文明国」であることを根拠としながら、「同文同種」という一種の自然的文化的一体感を動員してアジア諸国に連帯感を呼び起こそうとした。その一方で、人種の違いという基軸によって「西洋文明」国から沸き起こった「黄禍論」や人種差別問題にも同時に対処しなければならなかった。[①]本章で詳しくとりあげた大隈と永井柳太郎の中国論はとくにそういうアンビヴァレントな様相を示している。

第三節で述べたように、「同文同種」を「唯一の武器」とすることの問題性をつきとめた永井は、政治的、経済的に密接な関係を持つことによって日中提携をはかろうとするが、皮肉なことに、実際に中国側に対して「日中提携」を呼びかける時に、かれも「日本は決して支那分割を夢見ていない」と弁明しながら、自らあの曖昧な「同文同種」の論理をしばしば使っていた。[②]いわゆる「同文同種」は日本と中国の地理的文化的関係によって安易に生じた意識であるが、当時欧米とのあいだに発生した人種問題とも大きくかかわっていた。

時代は「帝国主義的思潮から非帝国主義的思潮との一大衝突に引込まれんとしつゝある」[③]と認識しながら、帝国主義の競争による軍備拡

---

① 「文明」や「人種」「同文同種」などの概念は近代日本のアジアに関する言説のなかでいかに機能したかについて、日本を欧米―アジアとの繋がりのなかに位置づけ、思想基軸の視角から、「文明」「人種」「文化」「民族」といった、西洋から受け継いだ概念や枠組みによって構成された近代日本のアジア認識の歴史的位相に関する山室信一の分析を参考した（山室信一「第一部　アジア認識の基軸」同前掲『思想課題としてのアジア――基軸・連鎖・投企』所収。この論文の原型となる「アジア認識の基軸」は古屋編・前掲『近代日本のアジア認識』所収）。ほかに、文明論と人種論との関連で第一次大戦期におけるアジア主義の変容を分析した古屋哲夫「アジア主義とその周辺」（前掲『近代日本のアジア認識』所収）も参照されたい。

② 坂本健蔵は、永井が1915年夏の中国行を契機に、日本と中国が「同種」関係にあるという考えに変化が生じ、以後中国側に対して呼びかける際は「同文同色」（例えば、永井前掲「支那大観（其三）」、16頁）という言葉にいいかえていうようになったと指摘されている（坂本前掲「永井柳太郎の日中提携論――第一次大戦期を中心に」、62頁）。人種論の観点からいえば、「同種」と「同色」の間に根本的変化があるとは考えられない。

③ 永井「世界の煩悶」『新日本』第1巻第1号、1911年1月、8頁。

張の要求と国民の生活難を解決するための社会政策充実の要求の衝突にどう対処するかという「世界の煩悶」を、永井は「二〇世紀が解決すべき最大なる政治問題は、横に於て人種問題なるとゝもに縦に於ては社会問題なるなからんや」①といいかえている。帝国主義の問題を人種問題と同一化する永井の外交論は「白人種対有色人種」の構図も濃厚なものであった。「黄色人種は侵略人種だ」という有色人種排斥論に対して、かれは「世若し侵略的人種と称すべきものあらば、彼等白人は其雄なるものにあらずや」②という「白禍論」を唱え、白色人種の跋扈から有色人種の解放を求めている。したがって、かれは辛亥革命の意義を中国国民の「自主的運動」として捉える一方、「白人専制打破」の次元で評価した。すなわち、日露戦争は長年にわたる「白人の圧迫に対し、有色人種のために万丈の気焔を吐けるもの」とした見方とかさねて位置づけている。③

「白人専制打破」を主張した点において、永井の「白禍論」は徳富蘇峰の「白閥打破論」④と共通するところがあるが、武力による帝国主義的膨張を肯定する徳富とちがって、大正デモクラットの立場にあった永井は民族自決と機会均等の原理に基づく国際上の民主主義の見地から、

---

① 永井、前掲「非天下泰平論」、30頁。

② 永井「白禍論」『新日本』第2巻第3号、1912年3月、19頁。

③ 永井、前掲「非天下泰平論」、30頁。永井は辛亥革命はトルコ革命と同じような「自主的運動」だと評価して、「吾等は彼等が果たしてその運動に成功するや否やを知らずと雖ども、兎に角是より有色人種の郷土、また従来の如く白人の跋扈するを許さざるに至るべきは疑無からん」(同、31頁)といっている。

④ 徳富蘇峰の「白禍打破」論について、米原謙「第四章　ナショナリズムの隘路――徳富蘇峰」『近代日本のアイデンティティと政治』(ミネルヴァ書房、2002年)を参照。米原によると、蘇峰における「白閥打破」の主張は、日露戦争以降、日本の国際的地位が大きく変わったにもかかわらず、欧米諸国から正当な認知を受けていないという屈辱感に由来しており、最初は欧米のアジアでの既得権益と協調することを前提にしていた。「二十一か条」交渉以降、1916年頃から、蘇峰は中国をめぐる日米対立が不可避との考えを明確にし、「白閥打破」が「アジア・モンロー主義」に転換した。しかし、そこに、アジアとの連帯を積極的に唱えることはないという。このような蘇峰のアジア・モンロー主義において、中国の位置は欧米諸国との対立の中で決められ、中国との「同種」意識はあまり強くないと指摘できるであろう。

アジア・モンロー主義に批判的であり①、通商富国主義に依拠して軍拡を否定していた。「蘇峰先生の『時務一家言』を読む」という評論のなかで、永井は徳富の「若し富国弱兵と貧国強兵とを択まば吾人は寧ろ富んで弱からんより貧にして強なるを取らずんばあらず」という「貧国強兵」主義を批判して、「白人の跋扈」の非を咎めるため、「過つて国交を破り、事を砲火の優劣に決するに至らば、我国の財政恐らくは長期の戦争に堪ゑ」ないだろうというリアルな認識を示している。②人種競争に対処する急務として、「先づ年来我国の文明的発達を阻害したる貧国強兵主義と官僚専制主義とを打破せざるべからざること」③を主張し、日米開戦は「日米孰れにとつても、大損失であ」④り、「百年の大計」のため、「太平洋の平和を保障し、また支那に於ける機会均等を維持する」ことにおいて日米両国は共通の利益を持っているとして、「日米協商」を不可欠と説いた。⑤

　ところで、以上検討してきたように、帝国主義の問題を「人種問題」として訴える永井の意識構造には、すでに日本帝国主義の膨張を「人種の解放」という道徳的名目のもとに正当化し、「日本盟主論」や「大東亜共栄圏」につながる論理を含んでいることは否めない。⑥もともと中国側から

---

①　永井の「白禍論」は欧米帝国主義からのアジア解放を唱えているが、白色人種と覇権を争うことを危険視し、自由貿易主義と民族的個性の尊重を唱えて、「亜細亜を以て亜細亜人のみの亜細亜と為さんとするは愚」としている。また、東西文明の調和を日本民族のみの独特な事業とする「東西文明調和論」についても、「余りに民族的個性を無視した議論」として批判的であった。和田前掲「『民衆国家主義者』永井柳太郎の中国認識」（210～214頁）、岩本前掲「永井柳太郎における『デモクラシーの理念』」（158～159頁）を参照

②　永井「蘇峰先生の『時務一家言』を読む(其三)」『新日本』第4巻第4号、1914年4月、61～62頁。

④　永井「日米協商論」『新日本』第1巻第2号、1911年2月、13頁。

⑤　同上、14～16頁。

⑥　大正デモクラシー期の永井は国際協調主義・民族自決主義の見地から、中国ナショナリズムについて肯定的であったが、満洲事変以降の永井はそれを否定し、中国に対する侵略を正当化して、日本を盟主とする「大東亜共栄圏」構想の提唱にまで至る。なぜ大正デモクラットであった永井が天皇制ファシズムの一翼を担うようになったか。この思想的変容の契機が永井のデモクラシー論や国際主義の主張自体にすでに内包されていたことは、たとえば、前掲の岩本典隆や池田徳浩などの研究によって指摘されている。ここでとりあげた永井の辛亥革命評価にみられる非帝国主義的な主張と人種論との矛盾も注目に値するであろう。

見れば、日本の対中政策は日本がまぎれもなく帝国主義列強の一員であることを証明するものであって、日中両国は根拠の薄い「同種」という論理で一致できない利害関係にある。したがって、永井の白人列強を競争相手とする経済的「日支提携」論も中国側に受容されうるものではなかった。「同文同種」を「唯一の武器」とする危険性を指摘しながら、自ら「同文同種」の論理を使わなければならなかった永井の矛盾はその日中提携論の薄弱さを反映している。

「同文同種論や白禍論の如き抽象的の空論」によって唱えられた「日支親善論」について、吉野作造が批判したように、「利害の現実に一致しない日支両国を、強て一致せしむる為には、『共同の敵』と云ふものを挙げて来るのが一番都合好い。けれども、今日黄白人種の対照反目を牽き来るのは、一番尤もらしく聞えて而かも一番根拠の薄弱なる議論である」。[①]日本外交の全体的利益からいえば、「同文同種」の論理は中国などのアジア諸国に連帯感を訴えるには好都合であっても、欧米の黄禍論や移民制限を緩和させることはできない。世界における「新日本」のナショナル・アイデンティティを確立するには、西洋列強にもアジアにも通用する理念が必要である。論理の形式からいえば、大隈の「東西文明調和論」はその試みの一つといえよう。

東西文明の調和によって、人種の反感を除去し、「人種」のかわりに「文明」という枠組みに着目した大隈の試みには、白色人種対有色人種または日本（アジア）対欧米という対抗軸が色濃く見られる永井の外交論のような局限性を克服する可能性があった。しかし、実際に大隈の中国論を通観して検討してきたように、かれの「文明論」も日本を列強との国際競争場裡で「支配する大国」にする論理にほかならなく、矛盾に満ちたものであった。その言説における「文明」はイコール実力中心主義の「西洋文明」であり、平和的な「文化的膨張」を唱えながら、「非文明」の国民にして「他の国民に対すると自ら態度を異にせねばならぬ」という論理で、中国や朝鮮に対して「懲戒を避けざるべき」としている。アジアと西洋に対して、ダブル・スタンダードを使っていることは明らかである。つまり、

① 吉野「日支親善論」（『東方時論』第1巻第1号、1916年9月）『吉野作造選集』第8巻（岩波書店、1996年）所収、215頁。

「文明」の「西洋」に対する時は、大隈は「王道」をもって自分の優位性を主張するが、「非文明」の「東洋」に対する時は、「弱肉強食」の「文明」の論理で自己膨張を正当化する。そこには、「調和」ではなく「分離峻別」の論理を用いていて、「西洋文明」を超越した普遍的な「文明」の提示が見られない。

　自らのアイデンティティを見定めぬままに、いわゆる「文明」の競争にながれて、結局「東洋」からも「西洋」からも排斥されたのが近代日本が経験した悲劇であるともいえよう。ほとんど独善的に語られている大隈や永井の中国論に見られる矛盾はまさに近代日本のジレンマを反映するものである。単系的文明化の論理で合理化された大隈の中国論は日本の利権維持を重要視し、「新支那」の可能性や力量に無関心であった。そして、大正デモクラットの永井の中国論には反欧米帝国主義の精神と独立自主の主張が見られるが、最初から欧米に対する危機意識と日本の利己的ナショナリズムに規定され、それと共生している観すらある。

　大隈や永井をはじめ、本章で雑誌『新日本』を中心に分析してきた辛亥革命期における中国論の言説は赤裸々な侵略主義の主張が少なく、ほとんど政治経済あるいは教育面での「誘導扶掖」「日支提携」をスローガンとしているが、そこに真の意味での相互理解と相互尊敬が存在しないかぎり、かれらが願望した「日支提携」の夢もますます遠ざかっていくといわざるをえない。

第二章 吉野作造の日中提携論
——第一次世界大戦から国民革命期にかけて

第一節 　問題の所在

　近代日本と中国の相互理解に大きく寄与した知識人として、吉野作造を「戦前に於ける日中提携主義の代表」として位置づける評価がある。[①]その「日中提携主義」を裏付ける論拠として、五・四運動期における吉野の中国論及び多くの中国人との交流がとりあげられている。五・四運動の国民的基盤を否認し、第三者の煽動によるものと断定する輿論が圧倒的である[②]なか、吉野はいちはやく五・四運動を反侵略主義・反官僚軍閥を目標とした「自発的な国民運動」[③]と規定し、黎明会・新人会を中心に中国の新知識人・李大釗らとの交流運動をすすめ、反軍閥反官僚の日中民主主義運動の提携こそ、両国の親善と東洋の平和を実現する道であると提言し、第一次世界大戦後における国際秩序の再編の

　　①　黄自進「なぜ吉野作造なのか——近代日中関係史を考察する上で」『吉野作造選集』第8巻・月報14号所収、2頁。以下、『吉野作造選集』全15巻・別巻1（岩波書店、1995〜1997年）からの引用は、『選集』と略し、巻数と頁数をその下に示す。
　　②　五・四運動に対する当時の日本世論の反応について、藤本博生『日本新聞五四報道資料集成』（京都大学人文科学研究所共同研究報告、同朋舎出版、1982年）、野原四郎「五四運動と日本人」（中国研究所紀要2号『中国近代化と日本』所収、1963年）及び後藤孝夫『辛亥革命から満州事変へ——大阪朝日新聞と近代中国』（みすず書房、1983年）などを参照されたい。
　　③　吉野作造「支那の排日的騒擾と根本的解決策」（『東方時論』第4巻第7号、1919年7月）『選集』第9巻所収、「支那における排日事件」『中央公論』1919年7月。

一環として新たな日中連帯の方向性を打ち出している。①

　しかし、この時期の吉野は日中両国における民主主義の提携運動を呼びかける一方で、パリ講和会議で、中国が主張する山東権益のドイツからの直接還付要求を、けっして支持しなかった（たとえば「山東問題」『黎明講演集』第5輯、1919年7月）。また、五・四運動に対して、「支那人の暴行に対する自衛の策はけっして等閑に附してはならぬ。我の正当なる利権の飽くまで擁護に努むべきは言ふ迄もない」②という吉野の主張もある。したがって、この時期の吉野による日中間の民主主義連携運動の主張及び日中知識人の交流運動を「戦前の日中提携主義」として位置づけるとき、吉野における山東利権擁護の主張が不問に付されている点は問題になるのではないか。

　従来の研究では、吉野の中国論に見られるこのような矛盾した主張は、吉野における「民本主義と帝国主義」の関係という問題を主軸に把握されてきたといえる。「二十一か条要求」など1916年前後の対中国政策論を中心に、吉野を帝国主義者として評価した宮本又久③らの研究に対して、1970年代以降、松尾尊兌は、分析の対象期間を第一次世界大戦後にまで拡大し、戦中から大戦後にかけて（とくに1916年以降）吉野が「国際民主主義」の主張に大きく傾斜し、中国ナショナリズムを積極的に評価した部分をクローズアップして、吉野を反帝国主義者として評価

――――――――――

　①　吉野の五・四運動への対応とそれに引き続く中日両国の進歩的教授・学生の交流活動の具体的経緯及び実態について、1957年に、野原四郎がその論文「民本主義者の孫文像」（『思想』〈396号〉、1957年6月）ではじめて論及して以来、前掲「五四運動と日本人」、松尾尊兌「民本主義と五四運動」（『大正デモクラシーの研究』青木書店、1966年）、同「五四運動と日本」（『世界』1988年8月号）、王暁秋「李大釗与五四時期的中日文化交流」（『李大釗研究論文集―紀念李大釗誕辰一百周年』、北京大学出版社、1989年）、松尾「五四期における吉野作造と李大釗」（吉野作造『現代憲政の運用』付録、みすず書房、1988年）、同「吉野作造の中国論」（『吉野作造選集』第8巻・解説、岩波書店）、石川禎浩「吉野作造と1920年の北京大学学生訪日団」（『吉野作造選集』月報14号、同選集第8巻附録、岩波書店、1996年）及び小野信爾『五四運動在日本』（汲古書院、2003年2月）といった一連の先行研究がある。ところが、新しい日中連帯の可能性を示すものとして位置づけられるこの五・四運動期の日中知識人の交流運動が、なぜ北京大学学生団の訪日（1920年5月〜6月）をピークに一年で終わったのか。短期間に終わった原因をも含めて、この交流の歴史的意味については、まだ十分検討されつくしていないと思われる。
　②　吉野「狂乱せる支那膺懲論」（『中央公論』34年第7号、1919年7月）『選集』第9巻所収、256頁。
　③　宮本又久「帝国主義としての民本主義――吉野作造の対中国政策」『日本史研究』第91号、1967年6月。

している。①松尾の一連の研究は、戦後民主主義の源流として大正デモクラシーの歴史的意義を再評価する問題意識に基づいて、吉野の中国（朝鮮）論はその民本主義論とあいまって展開され、1916年から満州事変にかけて帝国主義意識を漸次に克服していったプロセスとして描かれている。②たとえば、五・四運動期の吉野における山東利権擁護の主張は、「帝国主義意識の残存」③とされている。しかし、近年、藤村一郎などの研究によって、国民革命・北伐期の吉野の中国論に対する具体的な検討が進み、外交政策論的に吉野が列強の在華権益を温存するワシントン体制を支持したことが新たに指摘されている。④

---

① 吉野のアジア認識についての松尾尊兊の研究は『大正デモクラシー』（岩波書店、1974年）、「解説」『中国・朝鮮論』（東洋文庫、平凡社、1970年）、『民本主義と帝国主義』（みすず書房、1998年）を参照されたい。また、「大正デモクラシー」に関する三谷太一郎や栄沢幸二などの研究も吉野作造を非帝国主義として評価する例としてあげられる。三谷『大正デモクラシー論──吉野作造の時代とその後』（中央公論社、1974年）、栄沢『大正デモクラシー期の政治思想』（研文出版、1981年）。

② 松尾尊兊の吉野研究は、吉野のテキストが置かれた問題状況が戦後の政治情況とは質的に異なる点を問わないまま、「民本主義」は戦後民主主義への、また「帝国主義」批判は戦後の植民地解放への「可能性」として読み替えられていくところに問題があると指摘されている。平野敬和「書評　松尾尊兊著『民本主義と帝国主義』」（『史林』通号420、2000年3月）参照。

③ 松尾、前掲『民本主義と帝国主義』、65頁。

④ 対象期間を従来あまり検討されなかった国民革命・北伐期まで拡大し、吉野の対中国政策を検討した近年の研究として、広野良彦「吉野作造中国論おぼえがき」（『法学論叢』京都大学法学会、第121巻第6号、1987年9月）、岡本宏「知識人の中国認識──国民革命を中心に」（熊本近代史研究会編『近代における熊本・日本・アジア』熊本近代史研究会、1991年）、藤村一郎「吉野作造の外交論・平和論とその軌跡──第一次大戦下にあらわれた現実主義と理想主義」（『久留米大学法学』39、2000年11月）、同「ワシントン体制と吉野作造──漸進主義における理想主義と現実主義」（『久留米大学法学』44、2002年10月）があげられる。とくに、藤村の研究は吉野の中国問題への認識と対応を中心に、日露戦争から国共合作にいたるまでの吉野における国際平和論・外交政策論の全体像を、「理想主義」と「現実主義」との相克を基軸として捉える。藤村によると、従来の研究で吉野を反／非帝国主義者と評価するものと、帝国主義者と批判するものに分裂するのは、一方は吉野の平和論とその周辺に着目し、一方は外交・戦略論を中心に分析したものであるから、同じ国際認識をテーマにしながらまったくかみ合わない結論を出すことになったのである。理想主義と現実主義の相克という基軸を用いることによって、藤村は吉野に見られる日本の権益擁護の主張を「現実主義」とし、五・四運動にはじまる中国ナショナリズムへの支持をウィルソン的国際主義による「理想主義」とし、両論理の不徹底を「現実主義」と「理想主義」の両立をはかろうとする「漸進主義」のあらわれだと見ている。しかし、藤村自身も指摘しているように、国民革命期以降になると、中国ナショナリズムの発展はやがて「漸進主義」による「現実主義」と「理想主義」の両立を不可能にし、「漸進主義」の枠組を解体しているのである。そうであれば、吉野の「理想主義」はいったいどのような歴史的意味をもっていたのだろうか。吉野の国際平和論・外交政策論の軌跡を東アジアの国際秩序の変動にそくして克明に考察した藤村の研究は、吉野の国際認識の全体像を究明する上で資するところが大きいが、明確な価値判断を避けた議論ともいえよう。本章では、上記の吉野の外交政策論についての研究成果を参考にしながら、吉野の日中提携論がもつ思想史的意味を明らかにしたい。

なぜ吉野は日中提携を主張しながら、在華権益の維持拡張を認めたのか。中国ナショナリズムへの支持と日本の在華権益擁護の主張は、当時の吉野において表裏一体で展開されていたところから考えても、第一次世界大戦後に吉野が展開した日中提携論の歴史的意義を、当時の「帝国日本」が置かれている政治情況にそくして再検討する必要があるといえよう。そのため、本章では「民本主義と帝国主義」という二元論的基準ではなく、吉野の中国論が持つ対中国政策論の性格に注目し、特殊権益の擁護を排除しなかった吉野における中国ナショナリズム支持の主張を、かれの対中国政策の長期戦略として統一的に捉える視点を提示したい。

　日中提携の主張は吉野の中国論に一貫してみられる主題である。本章ではそれが形成・変容する過程を、第一次世界大戦から国民革命期にかけて、大まかに次の三つの段階において考察してみる。まず、吉野が本格的に中国論を発表しはじめる第一次世界大戦中に焦点をあわせるが、最初から対中国政策の長期戦略として中国の「自強化」策を提起していたことが注目される。吉野が中国の革命運動に対する支持を明確にし、日中提携論を提出するようになる過程を、かれの「日本人教習時代」にさかのぼって検討する。

　第二の段階は、五・四運動からワシントン会議までにおいて、大戦後の国際秩序が「帝国主義から国際民主主義へ」と変化すると見なした認識のもとで、吉野は日中民主主義の提携運動という日中連帯の新しい方向を打ち出し、「侵略的色彩」をもつ既得利権を放棄してもかまわないという見方を示すにいたる。北京大学学生訪日団の実現を促進したこの時期の吉野の日中提携論は、日中間における国民レベルの「精神的交通」の開拓を重視し、すぐれて中国ナショナリズムに理解を示しているものである。だが、なぜ李大釗ら中国の新しい知識人との交流運動が短期間に中断してしまったのか、という点についてはあまり検討されていない。よって、逆に両者の交流が可能になった思想状況などを含めて改めて考察する必要があると考え、本章では吉野が連帯を呼びかけた李大釗とその周辺の新青年の同時代的思想考察を射程に入れて、両者の間に存在する思想的距離を明らかにしたい。

　第三の段階は、ワシントン体制の成立から中国国民革命の終結まで

である。吉野は中国の「自強」のプログラムは用意されたとして、列強の特殊権益を温存したワシントン体制の枠内で中国ナショナリズムを収束しようとしたが、1924年1月に国共合作が成立し、国民革命はソ連・コミンテルンの強い指導のもとにワシントン体制を打破する方向に進展する。中国の「自強」を長期的目標としてしか位置づけることができなかった吉野の日中提携論は修正を迫られる。そこにみられる吉野の日中提携論の限界を分析する。

　本章では、以上の三つの段階に基づいて、第一次世界大戦から国民革命期にかけての吉野における日中提携論の内実を具体的に検討し、それぞれの局面において、中国ナショナリズムとの提携と日本のナショナル・インタレストの確保を同時に模索する議論として、吉野の中国論がもつ思想史的意味を改めて考えたい。

第二節　中国の「自強化」
──吉野作造の対中国政策の長期戦略

一　吉野の「日本人教習」時代

　吉野と中国のかかわりはかれの「日本人教習」時代にさかのぼる。1906年1月から1909年1月にかけて、吉野は袁世凱の長男克定の家庭教師に雇われ、天津で三年間を過したことがある。その間、1908年9月から帰国するまでの一年あまり、吉野は袁家の家庭教師の身分でありながら、北洋法政学堂の専任教師も勤めた。法政学堂で吉野は主に国法学と政治学の講義を受け持っていたが、その時の教え子として李大釗が有名である。李は1907年から1913年まで北洋法政学堂に在籍している。後年、吉野が五・四運動に深い理解を抱き、李と提携して中日両国の進歩的教授・学生の交流に取り組むことになった因縁はこの時から始まっている。

　ところが、この「日本人教習」時代に関する吉野自身の記述及び日記を通して見れば、このころの吉野の中国に対するかかわりは、基本的に消極的であったといえる。[1]法政学堂の同僚であった今井嘉幸の回想に

<hr>

[1]　吉野の3年間の中国生活について、狭間直樹「〈解説〉吉野作造と中国──吉野の中国革命史と日中関係史について」(『選集』第7巻所収)を参照。

よると、午休と放課後には法政学堂の控え室に日本人教師が集まって、盛んに日本の改革や中国の将来について論じた。「何時でも支那は革命をやらねばだめだという結論であった」。①ところが、日記に残されている吉野の当時の生活記録をたどればわかるように、吉野は大半の「日本人教習」とほとんど変わりなく、身を中国に置きながら、租界にもぐりこみ、日本人同士で固まっていた。三年の滞在の間、袁克定にしたがって一度瀋陽に行った以外、吉野は天津を出ることはなかったのである。②後年、吉野が数多くの在日中国人と付き合うことになったのとは対照的に、このころの吉野は、実際に李大釗のようなのちに中国の政治改革あるいは革命の中核になる青年学生との交流は非常に少なかったと思われる。かれのネットワークは基本的に中国の上層階級と日本人に限られていた。

　1905年前後は清国において立憲政治の機運が高まる時期である。「支那保全論」という対中政策のもと、日本も清の改革を助ける姿勢をとって、自ら立憲政治の指導をしようとした。したがって、吉野が中国に渡った背景には、俊才青年の吉野を当時の政界の中心人物たる袁世凱の家庭教師にして、袁の長男克定を近代的に教育することによって中国の近代化を図り、同時に袁の相談役としてその他政務全般にあたらせる計画があったようである。③ところが、待遇面でのトラブルもあって、吉野は袁家にあまりよい感情を持たなかったし、袁家にとっても吉野は実際に「宣伝用に雇はれた」④一家庭教師に過ぎなかったのである。したがって、後年吉野はこの在華経験に触れて、次のように振り返っている。いろいろな人と交際して友人を求めたが、旧式の官僚畑の人が多く、「実はほとんど一人も心友を得なかつた。……故に支那に三年も居つたのだが、その時は支那に人物なしときめて、大いに失望して帰つたのであります」⑤と。「支那に人物なし」という思い込みは、吉野と李大釗らの青年

---

　　①　今井嘉幸「支那時代の吉野君」赤松克麿編『故吉野博士を語る』（書物展望社、1933年）所収、3頁。
　　②　吉野「清国の夏」（『新人』第10巻第8号、1909年8月）『選集』第12巻所収。
　　③　田中惣五郎『吉野作造──日本的デモクラットの使徒』（三一書房、1971年）、88頁。
　　④　吉野「あの時あの人」『経済往来』第7巻第2号（1932年2月）、112頁。
　　⑤　吉野「支那問題について」『黎明講演集』（第4輯、1919年6月）復刻版、龍渓書舎、1990年、357頁。

学生の交流を阻んだ一因とも考えられよう。北洋法政学堂は当時、袁世凱によって作られた官僚養成の専門学校であって、李などの若い学生は吉野には「官僚の卵」としか映らなかったのであろう。

「旧式の官僚畑の人々」との交際のなかで、吉野が実感した中国の異常なる形式主義の実態も、かれの当時の中国認識を大きく規定していたと考えられる。中国滞在中に『新人』に寄せた「支那の形式主義」という文章に、吉野は形式主義が「支那帝国と支那人民との進歩を妨げる最大源因」であると指摘し、清政府の立憲政治の動向について次のように述べている。最近の「所謂進歩改善の現象なるものは、只日本其他欧米の制度文物の表面を摸倣したものに過ぎぬからである……何事を見ても支那の改革進歩なるものは何か徹底せざる所の感がする。是れ必竟支那の所謂進歩は実は進歩にあらずして摸倣であるからである。所謂改革は実は新なる主義精神の採取に非ずして単に旧形式に代うるに新形式を以てせるものに過ぎぬからである」。[①]そして、現今の中国では革命的言論が盛んで、「革命的機運」がすでに切迫しているという見方に対して、吉野は「皮相の観」として否定する。なぜかといえば、「革命と云ふべきものは、兎に角一定の主義思想に指導せらるゝものでなければならぬ」けれど、中国には「此緊要な要素が欠けて居る」というのである。[②]吉野から見れば、中国における「不平党乃至革命党の大多数は、現制度其ものに疑問を有する純粋の主義の団体でなくして、只官吏の私利横暴に対する憎悪嫉妬の野党である」。[③]そして、中国の将来について、吉野は「支那といふ国が若し果して改善進歩すべき国であるとすれば、その改進の原動力は必ず平民より来ねばならぬ」[④]と指摘する。

以上、「日本人教習時代」の吉野の中国認識を概観してきたが、このころの吉野の中国に対するかかわりは基本的に消極的だったといえるが、他面、後述するように、かれの中国革命論を貫く重要な論点がすでにでそろっているといえる。つまり、一つは、革命というべきものは一定の

---

① 吉野「支那人の形式主義」(『新人』第7巻第7号及び第9号、1906年7月・9月)『選集』第8巻所収、181～182頁。
② 同上、184頁。
③ 同上、183頁。
④ 同上、186頁。

主義思想に指導されるものでなればならないという主張である。もう一つは、中国の改革の原動力は官僚ではなく、民衆の手にあるということである。このような中国認識の基盤があったからこそ、第二革命以降、「三民主義」の影響下にある中国の青年革命家に出会うに及んで、吉野は、改めて現代中国とその革命運動について関心を持ちえたのである。

二　中国の「自強化」策──対中国政策の長期戦略

　中国に「革命的機運」がまだ熟していないという認識から、「あまり支那の前途に光明を認めな」かった[1]吉野は三年の中国生活をへて帰国し、東京帝大法科大学助教授に就任、そして翌年より欧米留学に出かけて、1913年7月に帰国している。その間に起こった辛亥革命について、吉野は目立った反応を示していない。1914年2月開校の政法学校（寺尾亨と黄興らが中心となって、第二革命に失敗した中国の亡命者とその子弟のために東京神田で設けられた政治法律の専門学校。1919年6月、経営困難により閉鎖）で、吉野は政治史の講師として招かれ、第二革命に敗れて日本に亡命した革命派と接触することになる。そこではじめて「最近の支那に一つ大いに勃興するところの大精神あることを知り」「大いに感激するところがあって」[2]、中国の事物を研究してみようと思い立つようになる。

　吉野が中国研究に手をそめるきっかけは、革命派の民主主義運動に対する共感からくるものもあるが、帝国大学の政治学者として吉野の中国論は、多分に「対中国政策論」の性格をもつものであるという点も見過ごしてはならない。周知のように、1914年7月に第一次世界大戦が起こり、中国が欧米列強による利益獲得の競争場になろうとする形勢は火を見るよりも明らかで、帝国日本の存立はまさに対中国政策の成否にかかっていた。中国革命家との接触は吉野にとって大きな刺激となったが、一方で大戦の状況と日本の対中国対策を考えあわせたことから、かれは本格的に中国論を展開しはじめたと思われる。そして、1914年11月の『新人』に発表された本格的中国論の第一弾「支那の政治的将来」

---

① 吉野、前掲「支那問題について」、357頁。
② 同上。

は、さっそくその対中国政策の長期戦略をあらわしている。

　吉野によると、中国において日本が欧米列強と対抗しうる「最良の策」
は、アメリカのモンロー主義のように中国にのぞみ、できれば中国全体
を「日本の勢力範囲」とすることであろうが、日本の実力では不可能な方
針である。そうなると、第二策として、中国の強国化が必要である。中国
を日本が独占支配することが不可能である以上、中国が「自ら守る実力
を備へ」、列強の勢力範囲の拡大を防ぐことが、中国には勿論、日本に
とっても得策であるという主張である。①

　中国が強くなったら日本が危険である、という反対意見について、吉
野は「古来勃興した国は、皆強国と境界を接して常に油断をする事の出
来なかつた国に多い。弱国に隣して比較的国難を感ぜざる国は、とにか
く不真面目に陥り易い」と論じて、中国が強くなることは、「全く日本に取
つて危険がないとは云はれ」ないが、「日本国民の元気を鼓舞し、日本
国民の良心を鋭敏にし、真面目に国家の為めに尽くさんとするの精神を
作興するには屈強の刺撃剤である」。②その意味で、中国の勃興はむし
ろ「極めて歓迎すべき」③ことであると吉野は主張する。しかし、中国が独
立統一の国になったところで、排日運動がいっそう盛んになるのではな
いか。このような懸念に対して、吉野は「今日の支那の排日熱は、一つ
には其の根柢を事大主義におく」と説く。かれによれば、中国がつねに
何者かに恃む状態より一転して、自ら「独立の判断を以て其の提携すべ
き友を選ぶといふ事になれば、彼等は最早徒らに日本を排斥するとい
ふことはやるまい。否、却つて支那が強くなつて独立して自家の運命を
開拓して行くべき地位に立てば立つ程、支那は寧ろ日本との提携を進
んで要求するに至るであろう」。④ここで、日中提携という将来に対する吉
野の確信がよくあらわれているといえる。その確信は大戦の結果に対す
る予測によって裏付けられている。すなわち、大戦後、ヨーロッパの列強
は戦争の結果疲弊し、「支那より手を引く」にいたるが、日本は膠州湾を

　　①　吉野「支那の政治的将来」(『新人』第15巻第11号、1914年11月。『日支交渉論』
〈警醒社書店、1915年6月〉に付録として収録。)選集第8巻所収、157〜158頁。
　　②　同上、158頁。
　　③　同上、158頁。
　　④　同上、159頁。

根拠として、山東鉄道・満州鉄道を手がかりとして、「北支那全体を統制するの勢い」を得る。したがって、欧米列強も中国における日本の勢力を尊重することになり、「支那は到底日本に恃まない訳にはいかなくなる」という見通しである。[①]要するに、吉野から見れば、日本の在華勢力(権益)を背景とするこの中国の「恃み」こそ、中国が強国化するという条件下の日中提携につながり、それを保障するものである。

1916年の「日支親善論」(『東方時論』9月)以降、吉野は以上の「第二策」を「支那の自強」という表現を使って、くりかえし論ずることになる。ここで、注意しなければならないのは、吉野が期待する中国の「自強化」は「支那がどういふ風になつた方が日本の立場から見て宜しいか」[②]という自国中心的視座から論じられていることである。だからこそ、吉野において中国の「自強化」策は大陸での日本の権益拡張と矛盾なく同時に展開されている。周知のように、1915年6月の『日支交渉論』で、吉野は「二十一か条要求」を日本としての「最小限度の要求」であり、交渉の時機も「適当」で、「支那に対する帝国将来の地歩を進むる上から見て、極めて機宜に適した処置」であると結論している。[③]一方で、同書のなかでも吉野は「対支政策の理想」を掲げ、中国の「領土保全」「統一独立」をかなえる「自強化」策が日本の利益にかなうと主張している。「予は、支那の将来に対する我国の根本的且理想的の政策としては、出来得るだけ支那を助け、支那の力になり、支那の経済的並に政治的の開発を図り、支那をして強大なる真の独立国と為らしむることに努力せねばならぬと信ずる」。[④]また、「支那其者が強大なる者になつて、欧米各国と日本との直接の接触を避けた方が、日本に取つてどれ程都合が好いか知れない」[⑤]という。そして、「日本と支那は必ず提携しなければならぬものである」[⑥]という大前提のもと、「二十一か条要求」は中国に列強の勢力が相競う現実の状況に対応するための「応急の策」として正当化されてい

---

① 吉野、前掲「支那の政治的将来」、160頁。

② 同上、157頁。

③ 吉野『日支交渉論』(警醒社書店、1915年6月)『選集』第8巻所収、154頁。

④ 同上、138～139頁。

⑤ 同上、135頁。

⑥ 同上、137頁。

る。前記の「支那の政治的将来」という一文が、この『日支交渉論』の付録として改めておさめられていることもなかなか興味深い。この中国の「自強化」策は、第一次世界大戦中から中国の統一をもたらす国民革命の完成まで、吉野の中国論の主調をなすものであることを指摘しておきたい。

　ともに国際社会における日本の存立を目標に考案されたものとはいえ、財政的・軍事的負担が大きい「モンロー主義」に対して、中国の独立・自強化に方策をもとめた吉野の考えは、「国際的正義公道」という原則を尊重した柔軟な発想だと評すべきであろう。吉野は第一次世界大戦後の「帝国主義より国際民主主義へ」という国際関係の潮流を先取りして、大戦初期の早い段階で新しい日中関係の方向性をすでに予想していたといえる。しかし吉野の考えでは、この自強化の過程において、中国にとって日本はつねに提携を取り結ぶ対象でなければならない。日中提携は中国の「自強化」策という対中国政策の長期戦略の目標であり、前提でもある。日中の提携関係が担保されて、将来強国化した中国において、日本の利益がはじめてはかられるのである。そのような思考回路のもとに、吉野は中国の自強化に期待を寄せると同時に、日本の権益拡張にも賛成であった。中国と日本の関係が緊密になればなるほど、日本に好都合な日中提携の成立につながるという発想である。在華権益の維持拡張という主張が、吉野の長期戦略において、日中提携の物質的条件であるとすれば、南方革命派への支持の表明はその精神的条件と見てよかろう。

　「支那の政治的将来」で、中国が「将来果して吾人の期待する如く強くなるだらうか」という肝心の問題について、吉野はポスト袁世凱の選択として、「第二の袁世凱の如き雄傑が出現せない以上は、支那は今日第三第四の革命を企てつゝある青年の手に帰するであらう」[1]と述べて、中国の青年に期待を寄せた。そして、やがて1916年に中国革命史の研究をはじめることによって、吉野は中国の将来を担うものは袁世凱ではなく、いわゆる「青年支那党」＝「ヤング・チャイナ」であるという見方をはっきり打ち出すにいたる。

---

[1]　吉野、前掲「支那の政治的将来」、163頁。

三　中国の革命運動について

　1916年、吉野は南方革命派を支援していた頭山満、寺尾亨の依頼を受けて中国革命史研究に乗り出す。その時、材料の提供者である戴天仇、殷汝耕から「支那革命初期の歴史を知るに最もいい参考書」として、宮崎滔天の『三十三年の夢』を紹介された。のちに吉野は『三十三年の夢』を校訂復刻して、その題記に「私は本書に由て啻に支那革命の初期の史実を識つたばかりでなく、又実に支那革命の真精神を味ふを得たこと」[1]を告白している。すでに触れたように、かれは天津の「日本人教習」時代、中国の革命に「一定の主義思想」という「緊要な要素」が欠けていると見ていたが、『三十三年の夢』によって南方革命派の革命思想を知り、中国に真の革命運動があることを認めるようになったのである。

　それでは、吉野は中国の革命運動をどのように理解していたのであろうか。かれの中国革命史研究は第三革命以降から始まっているが、既発表の論文を集めて編集した『支那革命小史』(万朶書房、1917年8月)、『第三革命後の支那』(内外出版、1921年2月)に見られるように、吉野は民国初年の政治過程を第一革命から第三革命へと続く連続的な革命の流れとして捉えている。[2]そして、かれは実際の革命にかかわる孫文と黄興らの革命家の活動や思想的動向をリアルに捉えただけでなく、かれらの背後にある、日本政府や一般の輿論によって無視されがちな「新革命青年」の存在に着目している。

　1916年3月の『中央公論』に発表された「対支外交根本策の決定に関する日本政客の昏迷」で、吉野は日本外交の根本策の対象となるべき「支那の将来の永遠の中心的勢力」は袁世凱一派ではなく、「青年支那党」ともいえる、「現に祖国の改革を唱へて居るところの幾百の青年であ

　　①　吉野「『三十三年の夢』──その再刻について」(『帝国大学新聞』第168号、1926年5月31日)『選集』第12巻所収、314頁。

　　②　狭間、前掲「〈解説〉吉野作造と中国──吉野の中国革命史と日中関係史について」を参照。狭間によると、第X革命というタームは当時すでに用いられていたが、中国の近代革命史を第一革命から第三革命へと連続的な革命の流れとして捉えたのは吉野の創見である(400頁)。

る」①とはっきり指摘している。ほぼ同時期に発表された『支那革命小史』（万朶書房、1917年）の諸文章でも、この観点はくりかえし強調されている。吉野によると、「青年支那党」は日本などの外国に留学している青年が中心であるが、「熱烈なる愛国者たる点」において、甘んじて外国の援助に頼る孫文とは根本的に立場を異にする。②第三革命のような運動は、単一なる独立の運動と見るべきものではなく、前から連続して発展しつつある「大なる革命運動の、或時期に於ける一つの現はれ」③と見るべきものである。そしてこの「大なる革命運動」に流れる根本の思想は、「何処までも弊政を改革して新支那の建設を見んとするの鬱勃たる民族的要求」④にほかならない。まさにこの「生命がある」「弊政改革・新支那建設」の思想は、実際の革命運動の失敗と関係なく、愛国の革命派青年によって国民運動となり、「将来の支那を造る」ことを看過してはならないと吉野は指摘している。⑤現代の中国を動かす原則を近代の主権国家を立ち上げる「民族的要求」に発見した吉野は、ここに中国ナショナリズムに強い関心と正当な理解を示すにいたる。

　1916年は、吉野がかの有名な長論文「憲政の本義を説いて其有終の美を済すの途を論ず」を発表し、民本主義者として一躍論壇の注目を浴びる年である。松尾尊兌によって指摘されているように、吉野における民本主義の主張は、この「憲政の本義」論文とほぼ同時期に発表された「対支外交根本策の決定に関する日本政客の昏迷」、「満韓を視察して」（『中央公論』、1916年6月）の両論文とあわせて一体のものとして考察すべきである。中国と韓国のナショナリズムを直視した後者の二論文は、吉野が民本主義を対外的に適用した言論として位置づけられ

　　①　吉野「対支外交根本策の決定に関する日本政客の昏迷」（『中央公論』1916年3月。『第三革命後の支那』〈内外出版、1921年2月〉に「第三章〈四〉我が対支政策の改善」と改題・収録）『選集』第7巻所収、168頁。
　　②　吉野『支那革命小史』（万朶書房、1917年8月）『選集』第7巻所収、25頁。吉野の孫文像については、野原前掲「民本主義者の孫文像」及び黄自進『吉野作造対近代中国的認識与評価：1906－1932』（中央研究院近代史研究所、1995年）を参照されたい。
　　③　吉野「支那の革命運動に就いて」（『東方時論』第1巻第3号、1916年11月）『選集』第8巻所収、258頁。
　　④　同上、257頁。
　　⑤　同上、257〜258頁。

る。①そのような民本主義論の観点からすれば、吉野の議論は中国や韓国におけるナショナリズムの胎動を、日本の非立憲主義的な政治体制の変革につながる原動力として主題化しているところに特徴があるといえる。ところで、前述した中国の「自強化」策という対中国政策の長期戦略からいえば、中国の南方革命派・革命青年への支持の表明は、その「自強化」策の延長線上にあったとも考えられる。つまり、「弊政革命・新支那建設」をめざす革命派を支援することは、中国の「自強化」に対する援助にほかならないのである。

　吉野が注目したように、革命青年の中堅である留学生は「熱烈なる愛国者」で、現にかれら日本に留学したもののなかから多数の革命家を輩出している。北洋法政学堂でかれの教え子であった李大釗もその一人である。李大釗は1913年5月に、法政学堂を卒業し、人民を生活の疲弊から救う「社会経済学」を研究するため、同年の12月に日本に渡った。早稲田大学本科政治経済学科に学ぶかたわら、李は留日学生総会の幹部として、「二十一か条要求」反対運動や倒袁運動に積極的に参加している。1915年の「二十一か条要求」反対運動の時、李は留日学生総会を代表して、「警告全国父老書」（「全国の父老に警告する書」）という一文を執筆している。そのなかで、李は青島などの在華権益移譲に関する対ドイツ通牒で、日本は中国に還付するのが目標と声明したのに、いったん日本に青島の領有が決まれば公約をひるがえしてしまう、といった「不信」の行為などを指摘して、「二十一か条要求」交渉にあらわれる日本政府の「不義、不仁、不智、不信の行為は、日本に於いては自殺であり、世界に於いては賊害であり、中国に於いては吾四万万同胞の不倶戴天の仇である。神州の男子よ、共に之を誓え！」②と述べて、その反日本帝国主義の決意を表明している。その当時、吉野が教えている先述の政法学校でも、5月7日の中国に対する最後通牒を契機に、ストライキに入っていた。「二十一か条要求」交渉を支持する『日支交渉論』の執筆に没頭していた吉野はこのストライキについて、日記に「学生来らず

　①　松尾尊兊「解説」『近代日本思想体系17　吉野作造集』筑摩書房、1976年、486頁。
　②　李大釗「警告全国父老書」(1915年)『李大釗全集』(全4巻、河北教育出版社、1999年)第2巻所収、330頁。

当分休講なりといふ」[①]と淡々と短く記しただけである。

　1915年の時点で、吉野の青年革命派に対する態度はまだ傍観者的だったが、1916年を境に、中国革命史研究や戴季陶を中心とする在日の青年革命派との交流を通じて、吉野は中国ナショナリズムを直視するようになる。そして中国の「自強化」運動に必然的に伴う反日ナショナリズムについて、吉野はその対中国政策の長期戦略の立脚点である「日支提携」を保障できるような具体策を打ちたてなければならなくなった。次節で検討するように、祖国の弊政改革をめざす「愛国的革命主義者」こそ中国「将来の永遠の中心的勢力」であるという認識にいたった吉野の中国論は、「日支提携」をめぐって、これ以降日本帝国主義の対中国政策の転換、日中の「精神的交通」という両面から展開されていく。

第三節　吉野における「日支親善論」の展開

一　日本の「大陸発展形式」の転換

　「二十一か条要求」反対運動に見られるように、革命主義者が「皆一面に於て愛国主義者なるが故に、本来一転して排外主義者になる素質を有つて居る」[②]と認識した吉野は、1916年9月に時論「日支親善論」を発表し、いたずらに中国の排日運動を刺激する従来の日本の「大陸発展」は「不合理的発展政策」[③]であったとして、対中国政策の転換を求めた。「東亜保存主義」の旗印を掲げる『東方時論』(中野正剛主筆)の創刊号に寄せたこの文章で、吉野は「日支両国の間に親善なる関係」が成り立っていない原因を二つあげている。一つは根本的原因、すなわち「両国間の精神的交通の欠如」である。もう一つは附随的原因で、侵略的態度をとる「日本の大陸発展が図らず支那の嫉視を挑発して」いる現状を

---

　①　吉野「日記」1915年5月7日、『選集』第14巻所収、29頁。

　②　吉野「支那時局私見」(『外交時報』第23巻第11号、1916年6月)『選集』第8巻所収、204頁。

　③　吉野、前掲「日支親善論」、219頁。

指摘している。^①この二点を解決しなければ、「日支両国の完全なる親善関係」は到底、成り立たないという考え方なのであるが、ここではまず、第二の原因たる従来の日本の大陸発展政策に対する吉野の見解についてとりあげてみたい。

　吉野によれば、「我日本の大陸発展と云ふことは、本来経済的に社会的に発展すれば、足るので、けっして政治的に発展すると云ふ必要はない」^②のである。帝国日本の多くの知識人が持つ日中特殊関係観と同様に、吉野は中国を日本の「経済的生命」にかかわる生産原料の供給国、日本の商工業の市場と捉えている。^③大戦後、中国が列強によって「経済的に分割」されることは防がなければならないとし、大戦末期に吉野が「支那の全体」と結ぶ「経済的提携同盟」の必要性を説いているところ^④からもうかがえるように、吉野の議論において、中国は日本の経済発展の対象とされていた。この点もかれが中国論において、最初から「日支提携」関係にこだわる大きな理由である。以上のような日中関係に対する基本認識から、吉野は日中提携を妨げる政治的・軍事的進出にかわって、「経済的社会的」進出へと大陸発展政策の転換を主張し、段祺瑞政権を積極的に援助する当時の寺内内閣の「国防本位の外交主義」^⑤に対して厳しい批判を展開する。

　この時期の吉野における帝国主義批判は、「経済的社会的」進出の方向は第一次世界大戦の終息にしたがって、軍国主義を打破し、平和的発展をはかる「世界の形勢」とも合致するというものである。こうした強硬外交からの政策転換の主張は、かれが「大正デモクラシー」運動の旗手として活躍した同時期の華やかな言論活動と符合する。しかし、具体的な「経済的社会的」進出の方法に関しては、吉野は日中「両国親善の物質的基礎」を築くため、「両国の経済関係を一層開拓して経済的利益

---

　　①　吉野、前掲「日支親善論」、208頁。

　　②　同上、209頁。

　　③　吉野「東方経営の三大問題」(『東方時論』第3巻第1号、1918年1月)『選集』第8巻所収、298～299頁。

　　④　同上、301～304頁。

　　⑤　吉野「対支外交政策に就て」(『横浜貿易新報』1918年6月16～17日)『選集』第8巻所収。

の一致する範囲と程度とを拡張すること」[1]といった抽象的な説明に終始する。いわゆる日中の「経済的提携同盟」の成立を展望しながら、現実に半植民地的な状況に置かれている中国に対する列強の「経済的社会的」進出こそが中国の国民運動の基盤を醸成する、という情況に対処する視点を持たなかった吉野の議論は、根本的に帝国主義の枠組を否定するものとはいえない。吉野の主張は、せいぜい大戦後の新しい国際環境の中で、武力的侵略的帝国主義を「国際的正義公道」に合致する自由貿易的帝国主義へと方向転換させようとする、帝国主義の改造論として捉えるのが妥当であろう。[2]

したがって、寺内内閣の武断主義的・反民衆的対中国政策を批判する一方で、吉野は「二十一か条要求」交渉の時と同じように、日本の在華権益の「合理的」維持拡張を認めている。とくに日本の「経済的生命」と大きくかかわる満蒙特殊権益について一層、そうした態度が鮮明にあらわれている。たとえば、1916年8月の鄭家屯事件の際、吉野は、日本側が自ら要求した南満州及び東部内蒙古における日本警察官の駐在所の増設といった条件を譲歩したことに対して不満をあらわしている。[3]そして、日本の在華権益をアメリカに認めさせ、日米対立を緩和させたとして、かれは1917年11月に締結された石井・ランシング協定をも激賞しているのである。[4]

要するに、中国が独立国として「甚だ弱い」状況では、列国の勢力競争という現実を前にすれば、日本の「政治的進出」は認めざるをえないという捉え方なのである。理想とする「経済的社会的進出」と現実の「政治的進出」の必要との間の落差を、吉野は1914年以降唱えている中国の「自強化」策を持ち出して埋めようとする。かれは次のように主張している。「要するに支那に於ける諸外国の発展が、本来経済的・社会的性質

---

[1]　吉野、前掲「日支親善論」、216頁。

[2]　平野敬和「吉野のアジア──第一次世界戦争から国民革命の終結まで」(『吉野作造記念館研究紀要』創刊号、2004年3月)を参照。

[3]　吉野「我が対満政策と鄭家屯事件の解決」(『東方時論』1917年3月)『選集』第8巻所収。1916年8月13日、鄭家屯(遼源)駐在の日本軍が奉天28師団と衝突し、双方に十数人の死者が出た。

[4]　吉野「日米共同宣言の解説及び批判」(『中央公論』1917年12月)『選集』第5巻所収。

のものに止つて宜しいのを、遂に一歩を進めて政治的性質をも取るやう
にならしめたのは、畢竟支那が弱いからである。……蓋し支那が実際に
強い国になつて、吾々が支那に経済的発展を試むるに当り、安じて其
法権に我々の生命財産の安固を托することを得るに至るならば、其時に
於て最早吾々は何も政治的の形式を取つて支那大陸に発展するの必
要はないのである。従つて支那から色々怨まるゝ理由も消滅する。且又
支那が実際に強くなると云ふことになれば、吾々も従来の態度を改めて
心から支那を尊敬すると云ふことになり、かくして新にまた日本と支那と
の間の相互の尊敬と云ふことが開拓さるゝことにもなる。斯くして予輩は、
日支両国の疎隔の直接原因たる日本の大陸的発展と云ふ問題を考へ
るに当つて、常に支那の自強を計ると云ふことが先決問題であると主張
せんと欲する者である」。①

　引用がやや長くなったが、吉野における大陸発展方法の転換の主張
は、中国の「自強」を「先決問題」としており、ほぼ1914年の考えの延長
線上にあるものと理解されよう。このように中国の「自強」を「日支親善の
根本」と位置づけた吉野において、「支那が自から強くならんとして為す
所の総ての努力に対しては、吾々の同情を以て之に臨むべきことは当
然の結論」②となる。「是れ我輩が従来最も熱心に支那の革命運動等に
同情を表した所以である」とかれは述べている。③1916年以降、南方革
命派の「革命の精神」を広めるための中国革命史研究のほか、吉野は
大学やYMCAのネットワークを通じて、多くの在日中国留学生・革命派
と親交を持ち、「尊敬と同情」をもって彼らへの経済的精神的援助を惜
しまなかった。このような中国の「自強」に対する期待があったからこそ、
五・四運動に直面した時、卓越した吉野の言動が可能となったのであら
う。④

　「経済的社会的進出」への転換を唱える吉野の対中国戦略におい

　　①　吉野、前掲「日支親善論」、210〜211頁。
　　②　同上、213頁。
　　③　同上、213頁。
　　④　吉野が多くの中国人と接触した情況や在日中国留学生の反日運動に同情的で
あった事実について、松尾尊兊「吉野作造と石橋湛山の中国論・断章——井上・姜論文に
触発されて」（『近きにありて』通号32号、1997年11月）または同前掲「吉野の中国論」を参照。

て、日本の大陸発展はあいかわらず絶対の前提であるが、中国ナショナリズムの発展と両立しうるように日本の大陸発展政策の調整が必要だという問題意識が読みとれる。しかし、中国ナショナリズムの発展が日本の大陸発展それ自体を敵視するようになる可能性については、吉野も重々承知していた。したがって、かれは中国が独立統一された強国になっても、日本の「経済的生命」にかかわる「日支親善」または「日支提携」関係が成り立つ「根本的」保障として、「両国民族の精神的交通の開拓」問題を同時に提起した。次に、吉野の日中提携論をさらにその精神的基盤の面から検討してみたい。

二　日中の精神的「提携」

　吉野によれば、中国が独立国になるまでの間、日本の大陸発展が「稍々政治的の色彩」を帯びるのは「已むを得ない」事情があった。[①]この「政治的進出」が中国の排日感情を高め、「日支親善」の関係をますます悪化させることに対して、かれは植民政策を改善し、日本の大陸発展の方法を「合理的にする」対策を説く。「政治的」色彩をもつ日本の大陸発展は「手段であってけっして侵略其者が目的ではない」から、「出来るだけ合理的でなければなら」ないというのが吉野の考えであった。[②]ところが、このような方策は根本の解決策にならないことはかれも認める。日本と中国の関係が対等でない以上、両国の政治関係が「到底完全に親善なるを得ないのは、残念ながら如何ともすることが出来ない」のである。このような認識から、かれは中国人に対して「若し支那が如何にもして此不幸なる地位より脱せんと欲するならば、大に奮発して自から強くなるを心掛けねばならない」と指摘して、中国の「自奮自発」を促している。[③]

　これは、中国が侵略されている現状をまったく中国自身の責任に転嫁するような論理であるといえるが、ある意味で吉野は日中関係における侵略と被侵略のリアル・ポリティックスに関して非常にさめた認識をもっているといえる。徳富蘇峰や永井柳太郎のような日本人だけではなく、黄

---

① 吉野、前掲「日支親善論」、214頁。
② 同上、214頁。
③ 同上、215頁。

興などの中国人革命家が、「日支親善」を説くために、日中間の本質的不平等関係を隠蔽する「同文同種論」や「白禍論」のような言説を持ち出すことに対して、かれは徹頭徹尾反対であった。吉野によると、「予輩の理想とする所は日支両国を提携せしむる所の原理は、また之に依つて東洋人と西洋人とをも提携せしむる所の原理でなければならぬといふに在る」。[①]大正デモクラットとして、五・四運動中に吉野がよりグローバルな「東洋人と西洋人とをも提携せしむる所の原理」として日中「民主主義の提携」を打ち出したところに、「同文同種論」や「白禍論」との異相を見出すことができよう。

　吉野から見れば、当時の日中両国の交渉は、もっぱら政治的または経済的方面に限局され、たとえば欧米の人道事業にみられるような「精神的方面の交通」はないから、両国民の間に「精神的信任関係」が生れない。もし「国民的信任尊敬」の関係があれば、政治上経済上の問題で「反目や誤解」が生まれても、そのことによって根本的に両者が反目の関係に導かれる心配はない。[②]したがって、「日支親善論」のむすびに、吉野は「日支親善の関係を恢復するには根本的には、両国民間の精神的関係を開拓すると云ふことが急務である」と強調し、「支那の問題に注意する我国一般の識者」に反省を求めるとともに、「支那人の中より精神的の意義に於て真に吾人の尊敬に価する学者、思想家、文学者、芸術者、宗教家、慈善家等の輩出」することにも期待を示している。[③]

　以上で検討してきたように、日本の「経済的生命」にかかわる大陸発展を絶対の前提とする「日支親善論」から、日中の「精神的交通の開拓」の必要性を説いた吉野は、第一次世界大戦後の「国際民主主義」の「世界の大勢」のなかで、五・四運動に直面し、やがて李大釗をはじめとする中国の新しい知識人との交流に「日支親善」の曙光を見る。

---

① 　吉野、前掲「日支親善論」、216頁。
② 　同上、217〜218頁。
③ 　同上、219頁。

第四節　大戦後日中知識人の「黎明運動」の思想的基盤についての考察
――吉野と李大釗・北京大学学生訪日団

一　帝国主義から国際民主主義へ

　1914年以降、吉野は一貫して対中国政策の長期戦略として中国の「自強化」を主張しつづけているが、それは勢力均衡という従来の国際秩序において、「日支提携」を確保するために提出した一つの方策であった。ところが、第一次世界大戦後、非併合・無賠償・民族自決を掲げた抽象的原則による講和条件の提示は、国内における自由平等の精神が対外関係にも拡大適用される国際協調体制の成立を予兆するものであった。吉野はこの戦後の「世界の大勢」をいちはやく「帝国主義から国際民主主義へ」として捉え、それへの順応を説いた。しかし、かれが国内政治論において唱えてきた持論の「民本主義」が国際関係にも適応され、「国際平等主義」としてあらわれたることは、同時にかれの中国「自強化」策が大きな試練の場を迎えることをも意味した。

　一つは、パリ講和会議での山東問題に発端する五・四運動の勃発を機に、中国ナショナリズムが民衆運動として再燃する局面に直面したことである。そしてもう一つは、「日支親善」をさまたげてきた、力を重視する従来の国際関係に、「道義」という新たなファクターが導入されたことである。中国の「自強化」策が列強の生存競争に直面して提唱されたものであることを考えると、これは吉野にとって歓迎すべき新しい国際形勢である。かれがウィルソン主義に共鳴し得たのは、基本的な立場としてのキリスト教的ヒューマニズムや民本主義思想によるほか、かれが苦悩していた旧来の勢力均衡的国際秩序を打破する可能性が「道義」的国際関係論によって提示されたことにも一つの要因が見られる。これまで中国の「自強化」に期待しながら、日本の在華権益の維持拡張あるいは「合理的」な「政治的進出」の必要を認めた吉野は、自らの対中国政策の修正を迫られる。

パリ講和会議で、山東問題が日本の要求通りに解決されたことに対して吉野は一応満足するが、同時にかれは「道義的原則」が国際関係を支配する戦後の新しい形勢を無視して「利己的立場にのみ執着」する日本の旧式官僚外交を厳しく批判している。[①]中国外交代表がベルサイユ条約の調印を拒否したために山東還付交渉が難航した時、かれは条約といった「形式上の根拠」を超える中国側の「道徳的」判断に理解を示し、日本が宣言した山東還付条件の一つである青島専管居留地設定について「絶対に反対の意」を表明している。吉野からみれば、「二十一か条要求」交渉の時とまったく「時勢が違う」戦後において、「侵略的色彩」を帯びる既得利権の主張は「甚だ道徳的困難」がある。「此の点が即ち我々の寧ろ此の際小の虫を殺して大の虫を生かさんが為めに、小なる空名の利権を棄てゝ実質的に本当の親善を支那に於て確立せんが為めに、此の如き小問題は快く之を譲歩すべきものである」と吉野は述べている。[②]また、講和会議でアメリカが提唱する新四国借款団への加入条件として、原内閣がこれまで日本の勢力範囲とされてきた南満州及び東部内蒙古を借款団の活動範囲から除外するよう要求したことについても、吉野は「大国の面目として余りに意地穢い」[③]と批判した。吉野にしてみれば、日本が満蒙地域の留保によって得られる利益は、「支那民衆の心を喪ひ、排日気勢の緩和阻止に何等劃策する所なきの今日」、親日の北方軍閥に頼って「無理な利権を設定」するほか、「何の得る所もあり得ない」のである。[④]

　外交政策論の視点からいえば、青島専管居留地の撤廃論にしても、新四国借款団への「留保なき参加」という主張にしても、それは実質上アメリカの門戸開放主義への順応を意味している。[⑤]第三節で検

①　吉野「山東問題」(『黎明講演集』第5輯、1919年7月)選集第9巻所収、「山東問題解決の世界的背景」(『中央公論』1919年6月)などを参照されたい。
②　吉野「青島専管居留地問題に就いて」(『東方時論』第5巻第1号、1920年1月)『選集』第9巻所収、275～276頁。
③　吉野「満蒙除外論を排する」(『中央公論』1919年9月)『選集』第6巻所収、81頁。
④　同上。
⑤　大戦後、対米英協調の一環として、吉野は門戸開放主義への順応を積極的に主張していたことについて、藤村前掲「ワシントン体制と吉野作造──漸進主義における理想主義と現実主義」は詳しい。アメリカとの摩擦要因を最小化するため、門戸開放主義の受容をすすめ、その過程で問題化した権益のみの放棄を容認していたという藤村の指摘は示唆に富む。

討したように、「軍事的政治的進出」から「経済的社会的進出」への転換を内容とする吉野の対中国政策の戦略において、アメリカが要求する「門戸開放、機会均等」という新しい国際秩序は、従来の日本の強硬外交から脱却し、日中の「親善」関係を修復する絶好のチャンスと映じた。1920年9月の時論「対支政策の転回」で、吉野は「贈賄と外圧によって利権を獲得する」寺内内閣の旧式外交を批判し、過去に獲得した利権の処遇について次のように述べている。「支那と日本と親善ならざるべからざる一つの理由は経済的方面にある。故に外交関係の開拓の基礎の上に、各種の利権を獲得するは夫れ自身けっしてわるい事ではない。只其獲得の手段方法が、飽くまで公明正大でなければならない。而して其一旦獲得したる利権は之を適当に擁護するは固より勿論であるけれども、之が為めに、外交方針を左右する事は大いに慎まなければならない」。[①]

　大戦後の吉野は大戦中の「二十一か条要求」交渉の時と比べて、確かに「国際的道義」論に基づいて「侵略的色彩」をもつ既得権益を放棄してもかまわないという見方を示すようになったといえる。しかし、以上の文章でもうかがえるように、在華権益をめぐる吉野の対中国政策の修正は、日中経済提携の必要性から「日本の大陸進出の方法を合理化」する方向をめざすものといえよう。後述するように、吉野の対中国政策の修正は結局、ワシントン体制を前提に行われた。したがって、五・四運動に際して、吉野は官僚軍閥財閥による「侵略の日本」に批判の矛先を向け、日中両国における民主主義の共同運動という新しい連帯の方向を打ち出した一方で、国際法の慣例を理由にパリ講和会議での中国全権による山東権益直接還付の要求を退けたのである。

　ところで、「侵略の日本」に対抗すべく、「平和の日本」と中国の青年運動の提携[②]に自らの理想とする「日支の精神的交通」の形を見た時、そこにはすでに吉野の日中提携論の行方を困難なものにする思想的距離が存在していた。その思想的距離とは何か。その点を解明すべく、五・四運動期に吉野をはじめとする黎明会・新人会と李大釗

---

　①　吉野「対支政策の転回」(『中央公論』1920年9月)『選集』第9巻所収、297頁。
　②　吉野「支那の排日的騒擾と根本的解決策」(『東方時論』1917年7月)『選集』第9巻所収。

らの中国の新知識人との交流活動が行われた思想状況を検討してみたいと思う。

二　李大釗の「世界の大勢」観

　松尾尊兊や石川禎浩の実証的研究によってすでに明らかになったように、五・四運動期における日中知識人交流活動の直接のきっかけは、黎明会の創立にあった。1918年12月23日、吉野作造と福田徳三の提唱のもとに結成された黎明会は、講演会の開催と講演集の刊行といった言論活動を中心に、日本が内政においては「民本主義の徹底」、外政においては「国際的平等主義の確立」[①]という「世界の大勢」に順応することを妨げる「頑冥思想」と思想的に闘争することを主な目標に掲げている。[②] 李大釗がこの黎明会の創立を知り、一日はやく同年12月22日に自らが陳独秀とともに創刊したばかりの『毎週評論』(1919年8月30日に廃刊、通号37期)を黎明会に送呈したところ、さっそく吉野から『黎明会講演集』の寄贈を約束する返信をもらったのが、両者の交流の始まりであった。[③]

　五・四運動について、吉野が「吾人は多年我が愛する日本を官僚軍閥の手より解放せんと努力して来た。北京に於ける学生団の運動は亦此点に於て全然吾人と其志向目標を同じうするものではないか」[④]と表明したところにあらわれているように、反官僚反軍閥というデモクラシーの視座こそ、吉野と李大釗らの中国知識人が連帯する思想的基礎である。ところが、両者の交流のきっかけが黎明会の創立であるという事実から、ここでは第一次世界大戦後の「世界の大勢」を「デモクラシー」として把握する時代認識が「国民外交」の必要を共感させ、両者の接近をもたら

---

　①　吉野「世界の大主潮と其順応策及び対応策」(『中央公論』1919年1月)『選集』第6巻所収、15頁。
　②　『黎明会講演集』(大鐙閣、1919年3月〜1920年4月)の巻頭に黎明会の綱領を次のように掲げている。「一、日本の国本を学理的に闡明し、世界人文の発達に於ける日本独特の使命を発揮すること。二、世界の大勢に逆行する危険なる頑冥思想を撲滅すること。三、戦後世界の新趨勢に順応して、国民生活の安固充実を促進すること」。
　③　松尾、前掲「吉野作造の中国論」、1〜3頁。
　④　吉野「北京学生団の行動を漫罵する勿れ」(『中央公論』1919年6月)『選集』第9巻所収、238頁。

したのではないかという点を指摘しておきたい。この意味で、吉野の提唱によるこの時期の日中知識人の連帯は、まさに大戦後の新しい日中関係の可能性を模索する「黎明運動」といえよう。しかし、一方でこの「世界の大勢」認識に見られる相違も、また両者の交流を短期間にしてしまった要因だったと考えられる。

第一次世界大戦の結果について、当時中国の輿論は、おおむね「強権に対する公理の勝利」として受け止めた。ウィルソンによる民族自決原則の提唱は、日本をはじめとする帝国主義の支配下にあった中国の人々に、民族独立に対する明るい希望を抱かせるものであった。陳独秀の執筆になる『毎週評論』の「発刊詞」では、大戦の終結を、「強権」をふるって他国の「公理」、つまり自由平等を侵害したドイツの敗北と見て、発刊の主旨を「公理を主張、強権に反対」と唱えている。この大戦の結果をうけて、これからの世界は「公理を講ずる」の時代であり、強権はもう頼りにならないと陳独秀は述べている。[1]『毎週評論』は、政治を正面から論じない『新青年』雑誌を意識して、現実の生きた政治問題を報道し論評しようと李大釗が陳独秀とともに企画したものである。南北平和会議の問題や日華軍事協定など、民国政府を支配する軍閥勢力(特に段祺瑞の安徽派)やその背後にある日本帝国主義の侵略勢力に鋭い批判を加える『毎週評論』の論陣は、『黎明会講演集』と同様に、大戦後の自由平等思想という普遍主義の影響に成ったものである。

ところで、この「公理」への期待は李大釗が陳独秀と共有するものであるが、ロシア革命に関心を抱いた李大釗は、むしろ大戦の終結を「庶民の勝利」「ボリシェヴィズムの勝利」として受け止め、今後の世界の形勢を見据えている。パリ講和会議を前に、陳独秀は当時の多くの青年学生と同じように、連合国、特に米英に対して大きな期待をよせ、十四か条の講和原則を発表したウィルソンを「世界で一番いい人」[2]と手放しで讃えた(もっとも、パリ講和会議開始後に、陳は連合国の態度を批判するようになる)。それに対して、李大釗は1918年11月末北京中央公園で行われた講演「庶民的勝利」で、大戦の結果を政治と社会の両面から

① 　陳独秀「発刊辞」『毎週評論』第1期、1918年12月22日、1頁。

② 　同上。

論じている。まず、政治的結果というのは、「大…主義」の失敗、民主主義の勝利である。李において「大…主義」はいわゆる「専制の隠語」であり、「大ゲルマン主義」「大アジア主義」など国際政治に見られる対外覇権の「Pan…ism」をさすだけではなく、中国の軍閥割拠に見られる「大北方主義」「大西南主義」をも意味する。範囲の広狭はあるが、「専制の精神を以って、他人の自由を侵害し、己の勢力を固有の範囲外に拡張せんとす」るところは軌を一にしている。[①]李によると、ヨーロッパの戦争にしても、国内の戦争にしても、結局はデモクラシーの勝利であり、つまり庶民の勝利でもある。そして、社会的には「資本主義の失敗、労工主義の勝利」という結果に終る。李によると、大戦の真の原因は「資本主義の発展」にあり、ロシアとドイツの労働者（「労工社会」）が起した社会革命が連合国の労働者の連帯を得て、大戦の終結をもたらしたのである。[②]すべての列強が資本主義国として同じ性格をもっていることを見抜いた李は、同年12月に書かれた「ボリシェヴィズムの勝利」という文章で、いまは大戦の勝利に沸き立つ連合国の諸列強もやがてドイツと同じく滅亡するだろうと指摘し、「民主主義」「労工主義」のほか、さらに「社会主義」「「ボリシェヴィズム」といった言葉を使って、これからの世界の「新精神」を提示している。李は以下のように予言する。ロシアにおいてすでに「群衆の運動」となった「ボリシェヴィズム」がやがて20世紀全世界人類共通の精神となり、「今よりのち、至る所に現れるのは、ボリシェヴィズム戦勝の旗である。至る所に聞くのは、ボリシェヴィズムの凱歌の声である。人道の警鐘は響いた！自由の曙光は射した！みよ、将来の地球はかならずや赤旗の世界であろう」と。[③]

　以上の言説によって明らかなように、十月革命を契機にマルクス主義の研究をはじめた李大釗は、1918年後半からすでにマルクス主義の世

---

　　①　李大釗「Pan…ism之失敗与Democracy之勝利」（『太平洋』第1巻第10号、1918年7月）『李大釗全集』第3巻所収、88頁。

　　②　李大釗「庶民的勝利」（『新青年』第5巻第5号〈1918年10月〉、1919年1月発行）『李大釗全集』第3巻所収、101頁。

　　③　李大釗「Bolshevism的勝利」（『新青年』第5巻第5号〈1918年10月〉、1919年1月発行）『李大釗全集』第3巻所収、110頁。日本語訳は西順蔵編『原典中国近代思想史』第四冊（岩波書店、1977年、21頁）を参照した。

界観と方法を身につけはじめている。[①]マルクス主義や「ボリシェヴィズム」の理解はまだ初歩的であるが、かれはマルクス主義こそ20世紀を導く思想であることを発見したのである。このような認識から、李は、大戦終結の功労は、アメリカ大統領のウィルソンよりもむしろ社会主義革命の指導者であるレーニンやリープクネヒトあるいはマルクスにあるとしている。[②]最初から、李大釗と英米流の「デモクラシー」を信奉する吉野の思想的距離は拡大する方向にあったのである。次で検討するように、両者のこの思想的距離は1920年に、吉野と李大釗の努力によって実現された北京大学学生訪日団と黎明会・新人会の交流活動のなかで顕在化し、最終的に両者の連帯を遠ざけてしまった。

三　北京大学学生訪日団に関する思想的考察

　よく知られているように、1919年2月に発表された「大亜細亜主義与新亜細亜主義」（「大アジア主義と新アジア主義」）という一文で、李大釗は徳富蘇峰・建部遯吾・大谷光瑞・小寺謙吾等の「大アジア主義」を「大日本主義」「弱小民族を併呑する帝国主義」と批判し、またアジア諸国の「自由独立自主」、「日支協同」を主張しながら、日本を「東洋の保護者」とした浮田和民の「新亜細亜主義」[③]をも「現状維持」の主張として斥けている。これらの主張に対して、李は国家の境界を打破する世界連邦（「世界大同」）の意義を説き、その実現過程を次の順序で描いている。まず、すべてのアジア被圧迫民族が解放され、そして、民族自決主義が実現

---

　①　李大釗の思想形成について、森正夫『李大釗』（〈中国人物叢書　11〉人物往来社、1967年）、丸山松幸「李大釗の思想——中国におけるマルクス主義の受容」（『アジア経済旬報』654号、1966年）、今村与志雄「五四前夜の思想状況の一側面——李大釗に即して」（『東京都立大学人文学報』第25号、1961年7月）及び石川禎浩「第一章　中国におけるマルクス主義受容」（『中国共産党成立史』岩波書店、2001年）を参照されたい。石川の研究は李大釗をはじめ、中国の初期マルクス主義者のマルクス主義受容を可能ならしめた外的要素（活字媒体の状況、海外思想の影響など）の具体的状況を社会史的に考察し、中国のマルクス主義受容史の骨格を従来の日本経由のマルクス主義学説研究から、1920年代後半以降ソビエト・ロシア経由のボリシェヴィズム理解、実践に移り変わっていくという過程として描いている。石川の論考によると、李大釗におけるマルクス主義学説の受容も多くを河上肇、福田徳三などのマルクス主義研究の成果に負っていたが、それと平行して、英語文献を介してボリシェヴィズム理解を深めていった。このような共産主義運動のテキストの転換は、1920年以降、日中間の知識人における共通の言説空間がますます狭くなっていく思想状況を象徴しているともいえる。

　②　李、前掲「Bolshevism的勝利」、106頁。

　③　浮田和民「新亜細亜主義」『太陽』1918年7月。

した上で、アジア民族の「一大連合を結成し、欧米の連合と鼎立し、共同して世界連邦を完成し、人類の幸福を」増進する、というものであった。[1]1920年代の北京大学学生訪日団と黎明会・新人会の思想的交流を考察するにあたって、李の提案の意味をこの一文が発表された『国民』雑誌の性格と引き合わせて考察する必要があると思う。

雑誌『国民』は、「北京学生救国会」が救国会の意義を宣伝するために1919年1月に創刊した月刊誌である。「北京学生救国会」とは、1918年に日中共同防敵軍事協定に反対するために帰国した留日学生救国団の一部によって結成された学生団体で、当時「やむにやまれぬ愛国心に迫られて」[2]いた会員百八十余名を擁していた。そして留日学生総会の先輩として、李は学生救国会と国民雑誌社に積極的な指導と援助を行っていた。のちに北京大学学生訪日団のメンバーとなる黄日葵、孟壽椿はこの『国民』雑誌の同人であり、李大釗と親密なかかわりを持っていた。「反日愛国」の情熱に燃える『国民』雑誌に、帝国主義に対置するにはアジアの「大連合」、「世界連邦」が必要であることを主張した李大釗は、ともすれば過激な運動に走りやすい学生たちに対して、かれらが狭い愛国主義思想に走ることなく、国際連帯の思想を身に付けるように望んでいた。

近年刊行された高一涵の胡適宛書簡によって明らかになったように、反日ナショナリズムが高揚しているなかでは、中国人学生の多くが、日本人と交わること自体すなわち売国的行為だと見なしていたことがあって、五・四運動直後に吉野によって出された、北京から「教授一名学生両三名」を招いて交流するという提案に対して、パイプ役を務めた高たちは疑惑の目を向けていた。[3]一般の排日風潮と官憲の監視のもと、北京大学学生側がなぜ滞在費や旅費を自弁してまで、最終的に訪日を実行したのか。その背景には吉野らの働きかけや中日両国の進歩的知識人の交流に対する熱意があったからだけではなく、李大釗が主張するようなアジアの「大連合」、国際連帯の運動に対する期待もあったと考えられ

---

[1]　李大釗「大亜細亜主義与新亜細亜主義」（『国民』第1巻第2号、1919年2月）『李大釗全集』第3巻所収、148頁。日本語訳は伊藤前掲『中国人の日本人観一〇〇年史』を参照した。

[2]　蔡元培「序文」『国民』第1巻第1号、1919年1月。森、前掲『李大釗』、185頁を参照。

[3]　石川、前掲「吉野作造と1920年の北京大学学生訪日団」、7頁。

る。「大亜細亜主義与新亜細亜主義」の中で、アジアないし全世界の平和を脅かす「大アジア主義」の危険を防ぐには「日本以外の東アジア民族だけではなく、およそ世界上の人類は、日本の真正善良な国民までも、その責任を負わなければならぬ」[①]と李が述べているところに注目したい。訪日団の一行が東京で参加する最初の活動が留日学生総会によって主催される5月7日の国恥記念大会であったことにもあらわれているように、訪日団は反帝国主義の運動を「日本の真正善良な国民」に訴えることを自らの使命と見なしていたのではないかと考えられる。

　1920年5月5日に来日した北京大学学生訪日団の一行は、方豪、康白情、黄日葵、徐彦之、孟壽椿の五人で、みな五・四運動の学生活動家たちであった。一行は東京で三週間、京都など関西に約一週間滞在し、新人会のほか、建設者同盟・暁民会・労学会・六日倶楽部などの民本主義・社会主義的団体・労働運動組織と交流し、吉野作造はもちろん、大山郁夫・北沢伸二郎・長谷川如是閑・森戸辰男・河上肇などの著名な学者・思想家を私邸に訪問し、あるいは会合の席で懇談の機会を得るなど充実した日程を過した。[②]興味深いことに、この一ヶ月にわたる訪日団の活動を検討してみると、今回の日中学生の交流活動を発起し、訪日団招請の責任者であった吉野は、実際に交流の場で二回講演しているが、その演説は「明確な態度を表明するあたわざりき」と評されたように、訪日団のメンバーや来聴した中国留学生にそれほど注目されなかったのである。[③]

　前述したように、吉野は黎明会が発足してから、李大釗らと交流を持つようになった。中国の進歩的知識人の間に吉野が広く知られるようになったのも、かれが『毎週評論』紙上で黎明会運動を主導する「日本の平民政治思想家」としてたびたび取り上げられて以来のことである。ところが、吉野の具体的な思想的立場については、当時の中国知識人は必ずしも正確に把握していたとはいえない。日本最近の思想動向を紹介する記事で、吉野のことは次のように紹介されている。「日本社会における資本家と労働者の利益の差異が大きくなり、労働社会は常に不平を鳴らしている。吉野博士は普段から社会主義を論ずることが好きである。帝国大

---

　①　李大釗、前掲「大亜細亜主義与新亜細亜主義」、147頁。
　②　北京大学学生訪日団の経緯については、松尾前掲『民本主義と帝国主義』及び小野前掲『五四運動在日本』を参照。
　③　『民国日報』「覚悟」1920年6月11日。石川、前掲「吉野作造と1920年の北京大学学生訪日団」、7頁。

学政治史の講座では、もっぱら社会主義の歴史を講義している。したがって、かれが組織した黎明会も幾分社会主義的色彩を持っている」①と。当時の吉野は従来「国政の運用に参与する」ことを要求する民本主義の「純政治的要求」に加えて、国民生活を「安固充実ならしむる」という「社会的要求」を打ち出し②、国民の物質生活に関する「広義の社会政策」③として、社会主義に対するある程度の共鳴を確かに表明していた。しかし、過激な階級闘争や革命を否定する吉野にとって、民本主義の「政治的要求」＝政治制度としてのデモクラシーの実現こそかれが執着しているものであった。④日本の社会主義者からも、吉野は「論理を重んずる」ものとして敬遠され一線を劃されていた。⑤したがって、中国のメディアによって吉野が「社会主義論者」であるという先入観をもっていた訪日団の学生らが実際に吉野の演説を聴いたとき、かれについて「青白きインテリ」⑥という印象を抱いても不思議ではなかったであろう。しかし、このようなイメージと現実の落差は、逆に吉野や黎明会の社会主義的要素が中国の知識人に重視されたことを意味しており、日本の知的社会における社会主義に対する訪日団の学生たちの関心を刺激したともいえよう。

① 「日本政治思想的新潮流」『毎週評論』第七号、1919年2月2日、1頁。

② 吉野「デモクラシーに関する吾人の見解」『黎明講演集』(第2輯、1919年4月)復刻版、龍渓書舎、1990年、186頁。

③ 吉野「民本主義・社会主義・過激主義」(『中央公論』、1919年6月)『選集』第2巻所収、152〜153頁。

④ 1922年に吉野は、ある会合で数名の青年に「吉野の馬鹿生（ばかせ）、今頃デモクラシーをかつぐ間抜けがあるか」と罵られたことに触れ、「僕はデモクラシーの信者たることを恥づるものではない。僕は今なお団体生活上の或る意味の理想としてデモクラシーを奉じ、政治上の制度としても所謂デモクラシーに執着して居るのである」と所信表明している(「板挟みになつているデモクラシーの為めに」『明星』〈第1巻第6号、1922年4月〉臨川書店復刻版、1964年、909〜910頁)。

⑤ 大正期日本社会主義運動の機関誌である『新社会』は黎明会第一回の発会講演会について批判聴講記を発表している。その中で、黎明会の趣旨を説明し、不合理なる思想の撲滅を唱える吉野の主張を次のように冷評している。「斯の如く論理を重んずる吉野博士(而してその思想が黎明会全体を代表するとせば黎明会其者)に従へば社会主義は浪人会の有する頑冥思想と共に当然排斥せらるべきものである。論理を重んずる吉野博士は勿論社会主義に就いての卓抜なる識見を有してゐらゝに違ひない。然らば世界の『大勢に応じて国民生活の安固を図らん』とする吉野博士は如何なる立場に立つて如何なる態度を以て『今や世界思潮の基調』を形成している社会主義を排斥せんとする乎」(尾崎士郎「黎明会聴講の記」『新社会』第5巻第6号、1919年2月、7頁)。高畠素之も同号に黎明会のことを「牛の涎の如くダラゝ」と締りのない『民本主義』の吉野、木村某々輩」(「老荘会と黎明会」、6頁)とコメントしている。「色彩過濃」という理由で、高畠は黎明会への参加を拒否されていた。

⑥ 『民国日報』『覚悟』1920年6月11日。石川、前掲「吉野作造と1920年の北京大学学生訪日団」、7頁。

訪日団のメンバーは、方豪をのぞく四人が1919年7月に成立された少年中国学会の会員でもあった。少年中国学会は五・四運動期に成立した数多くの新文化運動団体の一つで、最盛期には会員百人ほどいて、北京本部のほか、南京・成都に支部を持ち、その会員は国内だけではなく、フランスやアメリカ、日本などにも広く分布していた。李大釗は少年中国学会の発起人の一人であるが、毛沢東をはじめ、初期中国共産党の多くの幹部も少年中国学会のメンバーであった。1925年には会員の思想的傾向が社会主義、共産主義や国家主義などに大きく分化したため活動停止になるが、1920年の初期の段階では、李大釗の指導を受ける少年中国学会の北京グループは社会主義の思想研究に力を注いでいた。[①]かれらのこうした思想傾向は訪日団の日本の労働問題、工業や貧民窟に対する問題関心にもあらわれている。一行は、6月5日に神戸で「貧民窟」を見学したのを最後に離日した。

　小野信爾によって指摘されているように、少年中国学会は北京大学学生訪日団を実質的に自分たちが派遣した代表団だと見なしていた。少年中国学会の機関誌『少年世界』は、訪日団の視察報告の意味もかねて、1921年4月に『増刊日本号』を臨時に発行している。誌面の内容構成は、浮世絵の紹介から日本の社会主義運動・労働運動・思想界の現状考察、中日貿易の問題まで多岐にわたっているが、訪日団のメンバーであった黄日葵は堺利彦の『日本社会主義小史』の翻訳、方豪は「日本労働運動の両面観」というリポートを寄せている。そして、この『日本号』の巻頭を飾ったのは、森戸辰男と河上肇の写真である。両者は最近の日本思想界の二大グループ、つまり「クロポトキンの人道主義」と「マルクスの『唯物史観』」研究のそれぞれの代表人物として紹介されている。[②]そして今回の訪日を実現させた功労者で、二年ばかり前には日本思想界の中心人物として取り上げられた吉野はもはや置き去りにされている。

　ここで検討してきた吉野に対する中国新青年の受け止め方は、新人

---

　①　中共中央馬恩列斯著作編訳局研究室編『五四時期期刊介紹』第1集〈上〉（三聯書店、1978年、235～269頁）を参照。
　②　ここでの『増刊日本号』についての叙述は小野前掲『五四運動在日本』（204頁～205頁、及び225頁注〈30〉）を参照。

会と吉野の関係と非常に似ている。周知のように、新人会は結成の契機や人脈において吉野と密接な関係がある。結成当初の新人会は思想上、吉野の民本主義思想から少なからぬ影響を受け、大正デモクラシーのいわば申し子ともいうべき存在であったが、両者はそのスタンスにおいてきわめて短期間のうちに共通点が失われ、亀裂が生じた。その原因は新人会が急速にアナルコ・サンジカリズムやマルクス・レーニン主義の影響を受け、それらの思想に傾倒したことにある。[①]「戦後恐慌」(1920年3月)と原内閣による普選弾圧、そして労働争議に対する圧迫を背景に、日本の労働運動は政治運動否定、普選反対の路線をとるようになり、思想界における主潮もデモクラシーから急進的な社会主義思想(サンジカリズム)に転じつつあった。新人の機関誌が『デモクラシー』(1919年3月～12月)『先駆』(1920年2月～8月)『同胞』(1920年10月～1921年5月)『ナロオド』(1921年7月～1922年4月)へと頻繁に改題した過程自体、新人会の思想的立場の変化をよく反映している。こうしてみると、新人会と少年中国学会は、社会主義・マルクス主義への傾倒という点において共通性をもっているといえる。しかし、この共通点によって両者の相互理解と交流がとくに深められたわけでもなかった。

　北京大学学生団の滞日中に接待に当った新人会は、今回の交流を「若き支那の先駆者的一グループである少年中国学会と若き日本の先駆者的一グループである新人会との堅き握手」[②]と位置づけて、機関誌『先駆』に巻頭言「民国の友を迎ふ」(1920年6月号)の一文をもって紹介している。ところが、「生等は従来から国内に於ける虐げられし無産階級のために義憤を感じて極力資本家の横暴を弾劾して来たものであるが、今列強の侵略主義の為に苦しめられつゝある貴国の現状を見ては、同じ憤を発せざるを得ない者である。……生等は卿等の運動が、人類の理想郷への純潔にして大胆なる歩みである事を信ずるが故に、深き同

　　①　新人会と吉野の思想上の関連性について、玉井清「新人会と吉野作造」(中村勝範編『帝大新人会研究』所収、慶應義塾大学出版会、1997年)を参照。また新人会の思想傾向については、H.スミス著、松尾尊兊・森史子訳『新人会の研究:日本学生運動の源流』(東京大学出版会、1978年)、菊川忠雄『学生社会運動史』(海口書店、1947年)を参照。
　　②　「新人会記事」(『先駆』1920年6月)法政大学大原社会問題研究所編『新人会機関誌』法政大学出版局、1969年、285頁。

感を禁じ得ないのである。生等は特権階級に反抗する無産者の諸運動と同じ意味に於て卿等の運動を賛美する者である」[1]という文章にあらわれているように、階級闘争を高唱する新人会の若い知識人たちに、隣国への加害者意識はまったく欠如しており、かれらには中国ナショナリズムを受け止める視点はなかったといえる。訪日団帰国後の1920年7月号以降、新人会の機関誌で中国問題が論じられることも二度となかった。「日中民主主義」の提携運動が短期間に終ったこと自体、この段階における「日中提携」の困難さを象徴している。

　以上、1920年の北京大学学生訪日団を中心に、日中両方の当事者をめぐる当時の思想状況を簡単に見てきた。日中知識人の間、ないし交流活動にあたった日本の知識人の間に見られる心情的バイアスは、交流当初に吉野が望んでいたような「日中民主主義」の連帯をますます困難にするものであった。当時、1919年を一つの転換点に、「反軍閥反官僚」の連帯以上に、より徹底した反帝国主義の国際的連帯が必要とされる状況下にあった。ところが、すでに検討してきたように、対中国政策論として出発した吉野の日中提携論には、中国ナショナリズムを直視する思想的要素が内包されていたものの、その世界認識は基本的に日本帝国主義の合理化の志向に導かれていた。そして、中国ナショナリズムが日本帝国主義の枠を打ち破るほど強く成長したとき、中国の「自強」をあくまで長期的目標として位置づけていた吉野において、「日支提携」「日支親善」はもはや唱えられなくなる。次節では、ワシントン体制と国民革命の狭間にある吉野の日中提携論のあり方を考察してみたいと思う。

第五節　吉野の日中提携論の限界
——ワシントン体制と国民革命の狭間において

一　ワシントン体制への順応と吉野の中国統一国家構想

　1921年11月から22年2月にかけて開催されたワシントン会議では、中

---

① 「民国の友を迎ふ」(『先駆』1920年6月) 法政大学大原社会問題研究所編前掲『新人会機関誌』、286頁。

国に関しては、領土保全・門戸開放・機会均等を列強の対中国政策の原則として規定する九カ国条約が調印された。しかし、その実質は当事国の中国を排除し、中国利権の温存をめざす列強の協調システムを確立することにあった。中国は山東租借地の返還、「二十一か条要求」の第五項の撤回などさまざまな利権の回復を約束されたが、そこには周到な停止条件がついており、実質的内容に乏しいリップ・サービスにすぎなかった。ワシントン会議において中国が実際に回収した既得権益は、ドイツが租借していた膠州湾のみであった。[1]

　ところで、ワシントン会議前から門戸開放主義への順応を積極的に唱えてきた吉野から見れば、国際協調主義に基づくワシントン体制の確立は賞賛すべき成果であった。具体的に中国問題に関していえば、列国の協調によって、中国は関税自主権や治外法権といった国権回復へのプログラムが用意された。そこには、中国のような「実力なき者に対して啻に野心の手を引込めるばかりでなく、進んで発達の機会を与へよう」[2]という列国の「対支政策」の変化と思惑が見られる。その変化の原因は、「弱い者にも夫れ相応の地歩を認めてやらねばならぬ」「時代の新精神」つまり「国際的デモクラシー」の発現にあると吉野は主張している。[3]かれによると、ワシントン会議での中国の地位向上は、中国自身の実力の成果ではなく、「時代の恩寵」のために「得をした」[4]からである。

　以上のような考えから、吉野はワシントン会議に反対する中国のナショナリズム運動を「時代の恩寵に嫺れて、徒に隴を得て蜀を望むの態度を逞しうする」[5]動きとして掣肘を加えている。1921年12月、「山東

---

① ワシントン体制と中国について、藤井昇三「『平和』からの解放——中国」(『年報政治学』岩波書店、1969年)、同「ワシントン体制と中国——北伐直前まで」(「国際政治と国内政治の連繋」『国際政治』通号46、1972年10月)、佐藤誠三郎「協調と自立との間——日本」(『年報政治学』岩波書店、1969年)、入江昭『極東新秩序の模索』(原書房、1968年)、細谷千博・斎藤真編『「ワシントン体制と日米関係」(東京大学出版会、1978年)を参照。

② 吉野「支那問題概観」(時論)『中央公論』1922年1月、305頁。

③ 同上。

④ 同上、304頁。

⑤ 同上、305〜306頁。

86

直接交渉反対・二十一か条要求廃棄」をかかげた大規模な国民大会やデモが北京、上海などの都市で展開されたが、吉野はこの「国民的示威運動」を「道理を内容とせざる力の誇示」[①]とみて、次のように冷評している。「昨今の国際問題処理の標準は、凡ての国に通ずる道理である。道理は声援によつて枉ぐる事は出来ない。此点に於て国民大会の示威運動の如きは一円の正札の物を五十銭に買はうとして、妻子眷族がぞろぞろ主人公の後に随いて三越に押懸けるやうなものである」。[②]

ここで、吉野のいう「道理」は明らかにワシントン体制のなかの「強者」が決めたゲーム・ルールであり、中国のような弱小者が主体的に選び取るものではなかった。岡本宏によって指摘されているように、ワシントン体制を基本的前提とする吉野の立場において、利権回復とは、「その線に沿い列強も承認しうる条件とプロセスを重視」するものであり、その枠を超えた民衆の圧力による『無秩序な』国権の回復要求には批判的ないし否定的である」。[③]その主張は、幣原外交と基本的には同じ立場にたつもので、国民革命における国共対立問題では国民党支持、共産党批判へと連なっていくのである。

かつて五・四運動を「国民的自発の愛国運動」とした吉野の日中提携論は、ワシントン体制を是認することですでにその思想的限界を明らかにしているといえる。吉野は、この後もワシントン体制の打破をめざす中国ナショナリズムに対して否定的な態度を取り続けている。1923年3月に、北京政府が「二十一か条」条約取消声明を発表した時、吉野は「必ず取れる筈の借金を意外にも返すに及ばぬといふ様な形に於て催促する類のものである」とたとえて、日本は「嫌でも応でも断乎たる拒絶に出づるの外はない」と主張している。[④]たとえば、ワシントン会議で決定した膠州湾などの租借地返還についても、吉野は次のように述べるなど、その内容を完全に諒解していなかったのである。「膠州湾を還付するのが正当の理なりとするも、兎に角数年の経営をへた今日、右から左へと手

---

① 吉野「外交における国民的示威運動の価値」(『中央公論』1921年1月』『選集』第6巻所収、237頁。

② 同上、236頁。

③ 岡本、前掲「知識人の中国認識——国民革命を中心に」、1991年、352頁。

④ 吉野「小題小言数則」『中央公論』、1923年4月、232〜233頁。

放す訳にもいくまい。『理論』が『実際の政治』に適用さるゝ場合には順序もあれば手続きも要る」。[1]

　要するに、中国の「自強」化を対中国政策の長期戦略として位置づけている吉野にとって、ワシントン体制の成立は、中国の「自強」を育成する枠組を提供したもので、中国のナショナリズム運動は当面、この枠内に収束されるべきものである。かれによると、「支那の前途には希望がある。彼が漸次実力を養つて来れば、其求むるが侭に何時でも渡すと云ふ態度を取つてゐると云つて可い。そこで支那も奮発の仕甲斐があると云ふもの、此処にも国際的デモクラシイの精神の躍動を看取する事が出来る。吾人は切に隣邦の友人の自重を望まざるを得ない」。[2]つまり、中国の実力が権益を還付される段階に増進するまで、列強はなお自らの在華権益を擁護せざるをえないという国益保護の論法である。それでは、吉野はワシントン体制の枠内で、いかなる中国統一の道程を想定していたのか。

　1916年に中国革命史の研究をはじめて以降、吉野の中国認識は、一貫していわゆる「ヤング・チャイナ」を中国の政治的将来を担う「中心的勢力」としているところに大きな特徴があったといえる。1920年代の早い段階から、湖南など中国の南西部より興隆した省民自治、及びそれを基礎とした連省自治運動に注目した吉野は、その底流に国民生活の実質的向上をはかるヤング・チャイナの努力があることを指摘し、自治主義及び連省主義による「和平統一」の実現に期待を寄せていた。[3]ここで注目したいのは、吉野は、「和平統一」に向うヤング・チャイナの革命運動を指導する精神を、「世界的協調主義」[4]としている点である。北京政府の外交総長を務めた顔慶恵や王正廷をヤング・チャイナの代表としてあげていることからもうかがえるように、かれは北京政府などの現行支配体制の政治的役割を重要視し、外交面ではワシントン体制のルールをわきまえる「ヤング・チャイナ」の省民自治運動による漸進的な中国統合のプロセ

---

①　吉野「支那近時」(時論)『中央公論』1922年3月、195～196頁。

②　吉野、前掲「支那問題概観」、306頁。

③　吉野「支那の近状」『中央公論』1921年1月。

④　吉野「支那雑感の二三」『新人』1922年6月、4～5頁。

スを構想していたのである。①

　五・四運動以降、北京政府と直隷派による全国統一化への反発とし
て、広州の護法政府を支えていた西南諸省では、省の独立、省憲法の
制定及び省民自治を基礎とした連省自治、すなわち一種の連邦化運動
が、新たな国家統合の方法として輿論の大勢を占めつつあった。②ここ
で見逃してならないのは、連省自治の前途を楽観視した吉野は、この時
期に張作霖を援助し、満州からシベリアにかけて日本の勢力を拡張しよ
うとする軍部に対して批判を試みていることである。③1922年2月に発表
された「所謂帷幄上奏に就いて」をはじめとする吉野の一連の軍部批判
論に、軍部が政治の実権を握る非立憲的状況に対する危機感があらわ
れているとすれば、それは中国内部に「民衆政治的輿論」が発達し、連
省自治運動によって「武断主義と官僚主義の終末」を告げる「平和的進
歩の萌し」④が見えてくるという、隣国民衆の自主独立に対する楽観的な
展望によって裏付けられているものである。

　前述のように、中国のナショナリズム運動をワシントン体制の枠内で
収束させようとした吉野にとって、そもそも、連省自治運動以外、ワシン
トン体制と両立しうる具体的な中国統合の方策は考えられなかったであ
ろう。ところが、連省自治運動はかれが期待していたよりも脆弱なもので
あった。省民自治のモデル地域であった湖南省では、省憲法体制はは
やくも1923年に在地軍閥同士の抗争の道具と化し、民衆の支持を失っ
た。省民自治は国外の帝国主義勢力や省外部の軍閥に対抗する確乎
たる手段を持たないだけではなく、省内の地方軍閥支配さえ排除する事
が出来なかった。省民自治運動は、実質的には軍閥による中央及び地

---

　①　省民自治やヤング・チャイナに着眼した吉野の中国国家構想について、藤村前
掲「ワシントン体制と吉野作造──漸進主義における理想主義と現実主義 」は詳しく論じ
ている。このような吉野の中国国家構想を「漸進主義」とする藤村の評価に従えば、のちに
国共合作を軸に展開されていく国民革命運動は、吉野にとってあまりにも急進的な流れで
あったため、それを正面から論じる意義を認め得なかったといえよう。

　②　省民自治運動について、栃木利夫・坂野良吉『中国国民革命──戦間期東アジ
アの地殻変動』(法政大学出版局、1997年)を参照。

　③　吉野「武器問題に依て惹起せられたる我が東方対策の疑問」(『中央公論』1922
年11月)『選集』第9巻所収。

　④　吉野、前掲「支那の近状」、188頁。

方の支配体制を温存した民主主義的改良運動であり、中国の統一を遂行するために必要な反帝国主義・軍閥打倒の自覚的論理と組織的条件を備えていなかったのである。こうした連省自治運動の退潮を契機に、反体制派は広州の国民党に吸収されてゆき、第一次国共合作を軸とした統一戦線の革命運動がやがてクローズアップされてくる。すなわち国民革命期(1924-1928)の到来である。吉野が期待していた中国の「自強」そのものが、ついにかれの「自強化」策と在華権益擁護の主張の両立を打破する勢力にまで勃興してきたのである。

二　吉野の日中提携論の到達点──国民革命を経過して

興味深いことに、ワシントン会議以降、連省自治運動に関する数編の小論以外、約三年間にわたって、吉野の中国の政治状況についての評論活動はほとんど途絶えてしまう。そこには、朝日新聞入社後の筆禍事件(1924年5月)やその後の肋膜炎による入院(1925年1月から6月まで)といった事情もさることながら、吉野には帝国主義的不平等条約の全面撤廃を訴えるレーニンの「民族自決主義」に共鳴し、ソ連・コミンテルンの支援のもとに行われる国民革命運動を受け止める視点は持ちあわせていなかったのである。そのため、1927年に国共分裂が現実化するまで、吉野は日中提携論を唱えることがなかった。かれは中国青年の間にロシアの影響が大きくなりつつある事態に注目するが、その意義を「地方的小自治行政体を基礎とする露西亜流の段階的連邦制度」による中国の統一の可能性と関連付けて論じている。[1]中国に「赤化」の危険性はないという考えが、その後の吉野に一貫してみられる主張である。[2]

---

　　①　吉野「支那の将来」(『婦人公論』1924年11月)『選集』第9巻所収、320〜321頁。1924年10月に行なわれた雑誌『改造』主催の「対支国策討議会」でも、中国将来の情勢について、吉野は国共合作の動きにまったく触れずに、実際に退潮期に入った連省自治運動を相変わらず中国統合の唯一の進路と見ていた(「対支国策討議会」『改造』第6巻第11号、1924年11月、16〜17頁)。
　　②　穏健な社会主義を許容していた吉野にとって、階級主義、人格主義否定を掲げるロシアの「過激主義」は受け入れがたいものであった。かれは、二月革命をデモクラシーのあらわれと捉え、「過激派」のロシア政府が、国際関係に理想主義的な「非併合・無賠償・民族自決」の方針を導入し、「世界の大主潮」ウィルソン主義を促したとして、国際関係に与えた影響という観点から十月革命の意義を評価する(吉野「帝国主義より国際民主主義へ」〈1919年7月〉『選集』第6巻所収、59〜60頁)。吉野作造のロシア観について、広野好彦「吉野作造とロシア」(『大阪学院大学国際学論集』第14巻第2号、2003年12月)を参照。

1926年以降、国民革命の進展によって、満蒙における特殊権益の保護問題が緊迫化し、東北への日本の介入を拒絶する郭松齢らの東北国民軍が張作霖の下野を要求して反乱を起した事件（1925年11月〜12月）を契機に、対中国政策をめぐって日本の輿論は「出兵論」と「不干渉論」に二分するなか、吉野は再び中国の政治について論じ始める。国民革命期の吉野の対中国政策論は、寺内内閣の援段政策批判と同じような「道理的根拠」にたち、「田中外交」路線が唱える武力干渉策に反対する、「幣原外交」の不干渉方針にほぼ一致するような形で展開されている。[1]本章で検討してきた吉野の「日中提携論」の到達点として、その主張を以下の三つの点にまとめてみたいと思う。

　第一に、国民革命軍はソヴィエトの援助をうけているにしても、それが共産主義思想に接近しているとは考えられないということである。吉野は、中国の革命派が辛亥革命にあたって日本から多くの援助を受けたにもかかわらず反日派になっていることをあげて、「自国本位」という中国側の「真面目」を指摘したうえ、「支那の青年が露西亜に同情を表はすのは、寧ろ軍閥憎悪の反映と観るべきであつて、之が為に支那の赤化を苦慮するは、甚だ失当の見解でないかと考へる」[2]と述べて、中国の「赤化」阻止を掲げる日本の反国民革命軍勢力を牽制している。

　第二に、南北対立の混乱期から一貫して「南方革命派」を中国将来の「中心勢力」として捉えていた吉野は、国民革命の統一戦線が分裂するなかで、蒋介石が率いる国民党右派を国民党の「正系」として支持していることである。1927年に四・一二クーデターが勃発し、広東国民政府が、国民党左派と共産党によって樹立された武漢政府と、国民党右派による南京政府に分立する直後に、吉野は「日支両国大衆の精神的連繋」（『中央公論』1927年5月）という一文を発表した。そのなかで、かれは「徹頭徹尾軍閥と相容れざること」と「所謂共産党の事実上の指揮を受けざること」という二つの「消極的標準」をあげて、「支那の中心勢力は、

　①　吉野の外交論と幣原外交の共通性について、岡本前掲「知識人の中国認識──国民革命を中心に」及び臼井勝美『中国をめぐる近代日本の外交』（筑摩書房、1983年）を参照されたい。
　②　吉野「支那と露西亜と日本」（『中央公論』1926年9月）『選集』第9巻所収、331〜333頁。

また中心勢力足るべきものは、巨人孫文先生の遺鉢をつぎ三民主義の綱領を厳守する国民党の外にはないと確信する」と述べ、南京政府を中国の「中堅勢力」に据える日中提携に改めて期待を示した。しかし、国共分裂の少し前、1926年末に日本の無産政党運動が分裂しており、吉野が顧問であった社会民衆党が共産党反対、南京政府を支持した方針をとったことに対して、労働農民党が武漢政府を支持し、日本労農党は中立的立場をとった。こうした複雑な事情を背景に、五・四運動期に比べて、吉野が求める「日支両国大衆の精神的連繋」の内容はさらに困難になっている。実際、四・一二クーデター直後に、無産政党による「対支非干渉同盟」結成の動きがあったが、社会民衆党は、「従来の主張精神を異にするためこの問題のみ共同戦線に立つは不可能」として共闘を拒絶したのである。[①]

　第三に、日本の在華権益とくに満蒙権益に関して、吉野の見方はワシントン体制下の列国協調を前提として擁護する立場から、南京政府による中国の統一をもって中国の「自主権」の回復と見なし、日中間の不平等条約を「合理的基礎」[②]に基づいて改訂するという方向を打ち出すにいたる。吉野は北伐戦争の初期の段階から、張作霖などの軍閥支援のための強硬策を批判しているが、中国の政界が事実上無政府状態にあるという事実認識を根拠に、日本の在華権益を地方軍閥の手から保護するために「必要あらば相当の実力干渉をも辞せない」[③]としている。それは形式上中国の自主権を侵害するものであるが、永久に侵すものではなく、中国が秩序回復するまでの「已むを得ない」方策であると位置づけ、それを「新干渉主義」と呼んだ。[④]このうえ、干渉のさいにはイギリスとの協調の必要はないと、かれは主張する。中国において列強が複雑な利害関係にあるため、日本は「わけても独自一個の立場に依りて自由に行動するの必要がある」[⑤]からであると吉野は述べているが、

　　①　大野節子「1927年の対支非干渉運動──無産諸政党の対応を中心に」増島弘編『日本の統一戦線（上）』所収（大月書店、1978年）、77頁。
　　②　吉野「対支政策批判」『中央公論』1928年9月、86頁。
　　③　吉野「最近の英支葛藤」『中央公論』1926年10月、99頁。
　　④　同上、99～100頁。
　　⑤　同上、100頁。

それは、ワシントン体制を支える日英米の列強協調が中国のナショナリズム運動の高揚によって打破された例証ともいえよう。そこには、国民革命の進展によって吉野がワシントン体制下の協調外交という枠組を自ら離脱し、「自強化」した中国との提携を模索しはじめている姿がうかがえる。

1928年7月、蒋介石主導の北伐の成功を国民革命の完了と認定した吉野は、日本の対中国政策の方針は国民党政権を交渉の相手に根本から改める必要があると主張し、既得権益について「一旦白紙の状態に還りて別に新に両国の利害を省量し、純然たる理義の指示に遵つて決めらるべきである」[1]と述べて、従来の条約にこだわらないという柔軟の態度を表明している。以上のような主旨の表現から、国民革命後の吉野はもはや満蒙権益維持に執着していないと指摘されている。[2]確かに、この時期の吉野が、済南事件についての日本政府の責任を追及し、田中内閣の満蒙分離政策を批判する立場は鮮明である。[3]しかし第三節で検討したように、中国を日本の「経済的生命」にかかわる存在として位置づける吉野において、南京政府を国際政治の主体として認めることは、実際に日本帝国主義の「大陸発展」に根本的な制限をもたらすことを意味する。南京政府に対して、「我国民衆一般の生活に直接の関係を有するもの〔特殊地位〕に付ては、その発生原因の如何に拘らず、之を合理的に整生するに際し特に穏当な顧慮を加へられんこと」[4]を期待する吉野

---

① 吉野「支那の形勢」(『中央公論』1928年7月)『選集』第9巻所収、356頁。

② 松尾、前掲「吉野の中国論」、368頁。

③ 吉野前掲「支那の形勢」、または「対支出兵問題」(『中央公論』1927年8月)、「対支出兵」(『中央公論』1928年6月)など『選集』第9巻所収の諸論文を参照されたい。

④ 吉野「無産政党に代りて支那南方政策代表者に告ぐ」(『中央公論』1927年5月)『選集』第9巻所収、337頁。この文章のなかで、吉野は国民党の代表として来日している戴天仇に訴える形で、「一独立国」となりつつある中国に対して、日本の「無産階級」は満蒙権益をふくめて中国における特殊地位を引き続き主張する考えはないとしたうえ、次のように述べている。「侵略方策の原則的放棄に関連して諸君に一つ折入つて頼みたいことがある。そは外でもないが、支那における我々既占の特殊地位の中、一部の階級の私欲を充たすに過ざるものはどうでもいゝが、我国民衆一般の生活に直接の関係を有するものに付ては、その発生原因の如何に拘らず、之を合理的に整生するに際し特に穏当な顧慮を加へられんことである。之に由て永く侵略主義の残欠を留めんとする意図は毛頭ない。支那の好意に縋つて民生の生活に急変ならしめんとするに外ならない。而して原則として一切の侵略方策を棄てて完全に隣邦の自主権を尊重すべきは勿論である。知らず、戴君は以上の根本原則の下に我々無産大衆と真の共存共栄を策する意はないか」(337頁)。

には、「民族の生存の必要に根底する帝国主義的進出」[①]そのものを批判する視座が内在されていたかどうかは疑問である。[②]かれは南京政府を交渉相手に、中国側との不平等条約改訂に応じ、協調主義という「合理的基礎」において日中の「共存共栄」関係が構築されることを新たに構想していたと考えられる。[③]しかし、実際に中国のナショナリズムと日本の満蒙権益の衝突は「合理的」に解決されることなく、「満州事変」、「満州国建国」といった時局の進展において、吉野の対中提携の主張も現実的な効力を喪失していくほかなかったのである。

第六節　小括——吉野の日中提携論の思想史的位置

　本章では吉野の中国論を、従来の「民本主義と帝国主義」という視座ではなく、日中提携を立脚点とする対中国政策の長期戦略として統一

---

　①　「民族と階級と戦争」（『中央公論』1932年1月）『選集』第9巻所収、364頁。満州事変について書いたこの文章で、吉野は満州事変を侵略と認定しながら、「民族生存上の絶対必要と云ふに基く帝国主義的進出の一応納得せらるべき理由が存する」（364頁）と述べている。

　②　吉野は南京政府との外交折衝の過程で、日本の特殊権益の維持を追求する立場にたっていたといえる。かれは国民党右派の民族主義の特徴を次のように捉えている。「勿論共産党とおなじく、主権の回復を希望し不平等条約に基く種々の結果を極度に忌む。けれども彼等は之れを合理的な方法を以て平穏確実に奪還せんことを期する」（「国民党正系と共産派」〈1927年5月〉『現代憲政の運用』一元社、1929年、413頁）。広野前掲「吉野作造中国論おぼえがき」を参照。

　③　両大戦戦間期の日本外交に関する服部龍二の研究によると、日本における対中政策の潮流として、原内閣の時から対米英協調派と対中提携派との路線対立が見られる。とくに、第二次幣原外交期において、外務省亜細亜局では、重光葵駐華公使をはじめ、中国への譲歩を率先して提供して良好な対中関係を築きつつ、外交面での日本の主導権を求める対中提携論のほうがむしろ主流であったという。満州事変に導いた「陸軍中堅層」によるアジア覇権論、つまり中国を従属的に取り込みつつ、日本を中心とする国際秩序をアジアで確立しようとする議論に対して、服部は重光らの対中提携論を「いわば健全なるアジア主義」として評価している（『東アジア国際環境の変動と日本外交1918－1931』有斐閣、2001年、310～314頁）。1927年以降、蔣介石が率いる南京政府との提携を唱える吉野の議論は、重光らの対中提携論とは同じ系譜に属するものとも見られるが、「健全なるアジア主義」にあたるかどうかについての評価はここで留保したい。本論の検討で指摘してきたように、吉野の日中提携論は根本的に「帝国主義的進出」について批判する視点を持たなかったのである。

的に捉える視点を軸に、その形成・変容の過程を考察してきた。吉野における日中提携の主張は、第一次世界大戦中における列強との勢力競争への対策として、中国の「自強化」が一番日本の利益にかなうという、対中国政策の長期戦略に基づいて提起されている。そこには、旧式の勢力圏外交より協調外交へと転換する国際秩序の動向を鋭く汲み取る時代感覚があるだけではなく、「支那は確かに覚めつゝある。惰眠を貪る時は、兎も亀に追ひ越さるゝことがある」という「隣邦近時の内面的発展の大勢」[①]にいちはやく着目する大正デモクラット、政治学者吉野の真骨頂があった。この意味で、吉野の中国論は日清戦争以来日本社会に広がった中国蔑視論とは異なり、中国ナショナリズムの潜在的「脅威」、中国近代国家化の可能性を、1914年という早い時点から日本の対中国政策の視野に入れて展開された先駆的な議論として位置づけられよう。

　ところが、日中提携関係の必然性を日本の対中国経済的依存性に見ていた吉野において、中国ナショナリズムとの提携は日本のナショナル・インタレストの確保と両立しうる課題として同時に追求されていた。中国を日本の「経済的生命」にかかわる存在として位置づけることから出発しているため、かれには根本的に「民族の生存の必要に根底する帝国主義的進出」そのものについて批判する視座を持たなかったのである。この局限性によって、吉野の日中提携論は五・四運動、ワシントン体制の成立及び国民革命期といった局面において、中国ナショナリズムを対等の他者として接近しようとしながらも、日本のナショナル・インタレストの確保にとらわれ、保守的な姿勢になってしまうという限界をついに突破できなかった。

　満州事変に対する軍部の行動を吉野は一貫して批判しているが、最晩年に発表された「東洋モンロー主義の確立」(『中央公論』巻頭言、1932年12月)という一文で、かれは「東洋の平和並に東洋住民の幸福なる生活の為に東洋モンロー主義の確立は絶対に必要である」と述べ、「日支満三国の緊密協同の下にその強固なる支持を」うける「東洋モンロー主義の理想」に賛同の意を示している。しかし、文章の後段では、吉

①　吉野「果して理想派の凋落か」『中央公論』1919年9月、222頁。

野はその理想の前提となる「中華民国との関係に開拓の余地大に残されて居るを遺憾」とし、方向を誤まれば「東洋モンロー主義」が「永く我々並子孫を苦むる重圧の因となる」ことをも指摘している。文章発表の三ヶ月後に、長年病気と戦ってきた吉野はこの世を去っている。この絶筆の文面の曖昧さから、吉野が「転向」したか否かについて、今日研究者の間で意見が分かれている。本章の考察からいえば、「東洋モンロー主義」に関する吉野の以上のようなアンビヴァレントな態度は、中国ナショナリズムとの提携と日本のナショナル・インタレストの確保との両立をはかることに苦慮しつつも、最後まで方途を見出せずにいたその日中提携論の限界を意味するものではなかったろうか。

第三章 大正期社会主義思想における「階級」とナショナリズムの問題

——堺利彦と雑誌『新社会』を中心に

第一節 大正期社会主義という問題状況

一 問題の所在

　すでに多くの研究者によって指摘されているように、近代日本の知識人における戦争観やアジア諸民族に対する認識は、その思想的営為において大きな歪みを秘めていた。その意味でも、日露戦争期に、『萬朝報』や『平民新聞』などを中心に、反帝国主義・平和主義的な非戦活動を積極的に展開し、非戦論を基軸にその思想的基盤を固めていた初期社会主義者の一群は、日本近代史において特筆に値する存在であるといえよう。

　戦前日本の中国認識への反省にたち、戦後、とくに1970年代以来、幸徳秋水をはじめとする初期社会主義者の中国認識に関する研究がす

でに数多く行われている。[①] それらの研究において、日本の社会主義者の対外認識が内包する問題点として、ほぼ一致した指摘が見られる。それは、日本の社会主義者には、当初からアジア諸国のナショナリズムに対する問題意識がきわめて希薄であったということである。つまり、国家や人種、民族を横断する「階級」という視点が優位を占めるがゆえに、中国そのものの現実認識に基いた中国論が形成されないで、一つのケース・スタディとして、民族主義的観点よりも階級的視点が優先する中国革命の分析が行われ、中国認識が展開された、というのである。[②]

　しかし、このような見解に一つの疑問を感じる。つまり、国家や人種、民族を横断する「階級」という視点ははたしてありうるのか。マルクス主義の階級概念は生産手段に対する所有・非所有関係によって構成されている。マルクス主義の階級論にとって、近代社会の歴史は資本家またはブルジョアジーと自分の労働力以外になにものも所有しない労働者またはプロレタリアートの二大階級による闘争の歴史にほかならない。国家は本質的に階級抑圧ないし支配の機関である。そして、プロレタリアートが最終的に勝利して、階級社会（国家）がなくなり、無階級社会がそれにとってかわることが社会主義の理想である。こういう意味で、社会主義はインターナショナルでなければならない。しかし、現実の社会運動の段階では、階級闘争は民族や国家という枠内で行なわれるのであり、後者の枠組みが階級闘争の射程・様態・結末を方向づけるのである。当時の歴史状況において、日本の社会主義者がもつ「階級」という視座は、ナショナリズムといったいどういう内面的連関の構造にあったのだろうか。

　上述の問題関心から、本章では、近代産業が開花し、階級闘争に根ざした労働運動が台頭し、階級の問題がメディアに盛んにとりあげられる

---

　①　初期社会主義者の中国認識についての主な先行研究は次の通りである。石母田正「幸徳秋水と中国」（『続歴史と民族の発見――人間・抵抗・学風』東京大学出版会、1953年）、野村前掲「近代日本の中国認識――『大陸問題』のイメージと実態」、安藤彦太郎『日本人の中国観』（勁草書房、1971年）、三石善吉「山川均と藤枝丈夫」（竹内好・橋川文三編『近代日本と中国』〈下〉所収、朝日新聞社、1974年）、石坂浩一『近代日本の社会主義と朝鮮』（社会評論社、1993年）、上村希美雄「初期社会主義者の辛亥革命観――片山潜と堺利彦を中心に」（『海外事情研究』第20巻第3号、1993年2月）、川上哲正「社会民主党創立者たちと中国」（『初期社会主義』13号、2000年）、同「堺利彦と山川均がみた中国」（『初期社会主義』14号、2001年）。

　②　川上、前掲「社会民主党創立者たちと中国」、123頁。

ようになった大正期に焦点をあて、「階級」という視座を有する日本の社会主義者が、ナショナリズムの問題に対してどのような思想的営為を行ったのかという点を考察したい。

　「日本社会主義運動の発生に二つの系統があった。一つは自由党の左翼、一つは基督教の進歩派であつたが、後にその二系統が合流して、明治34年〔1901年〕、初めて社会民主党を組織した」[①]という堺利彦の証言があるように、自由民権思想とキリスト教という二つのルートをもった明治社会主義の思想と運動が、1905年、週刊『平民新聞』の廃刊や平民社の解散をへて、石川三四郎、木下尚江、安部磯雄らを中心とする月刊『新紀元』に結集したキリスト教社会主義（精神主義的な社会主義）派と、幸徳秋水、堺利彦など旧週刊『平民新聞』以来の多くの同志が集まる半月刊『光』のマルクス派（唯物論的な社会主義）という二つのグループに分化する。両グループは1906年、日刊『平民新聞』でもう一度結びつくが、その廃刊によって再び分裂、こんどはマルクス派のなかで議会政策か直接行動か——アナーキズムないしアナルコ・サンジカリズムかマルクス派社会主義かといった新しい分化の要素が発生した。[②]そして、大逆事件後の「冬の時代」の到来により、国家権力の厳しい弾圧にさらされ、社会主義者の運動は完全に閉塞状態に陥ったが、第一次世界大戦を機に、資本主義の急展開と同時に、日本の労働運動や社会運動は質量ともに大きな進展をみせる。明治の社会主義は大正期にいたって思想的な充実をみせるようになった。[③]第一次世界大戦当時、社会主義の大きな流れとして、『近代思想』（第一次1912年10月〜1914

---

①　堺利彦「黎明期総説」『社会科学』特輯「日本社会主義運動史」、1928年2月、3頁。

②　山川均「ある凡人の記録」『日本人の自伝9』平凡社、1982年、390〜422頁。

③　日本初期社会主義の思想状況については、松沢弘陽『日本社会主義の思想』（筑摩書房、1973年）、荻野富士夫『初期社会主義思想論』（不二出版、1993年）及び南博『大正文化』（勁草書房、1965年）を参照。とくに「初期社会主義」の研究史に対する荻野の整理はたいへん詳細で、示唆にとむ。同氏はいままでの「初期社会主義」の定義についての各説を検討したうえで、1898年社会主義研究会が設立され、社会変革の思想・手段として受容された社会主義が、1922年の日本共産党の成立・日本農民組合結成を指標として、「総体として思想段階から運動段階へ転換する」までの時期を「初期社会主義」と新たに区分している（荻野前掲「序—研究史の概観と視角の設定」『初期社会主義思想論』、27〜28頁）。社会主義思想の主体的受容の視点からすれば、この区分は妥当だと思う。本稿では社会主義者がもつ「階級」という視座とナショナリズムの関係を考察の対象とし、その時代状況をより重視するため、便宜的に「明治期社会主義」「大正社会主義」といった表現を使う。

年9月、第二次1915年10月〜1916年1月）による大杉栄らのアナルコ・サンジカリズムと『新社会』による堺利彦らのマルクス主義、という二つの流派が注目される。

　しかし、明治期の社会主義運動との連続性をも考慮して、ここでは、「冬の時代」をへて、「正統派社会主義の旗印を守り抜」いた[①]堺利彦を研究対象としてとりあげたい。本章では、大逆事件後の日本社会主義運動の機関誌として位置づけられ、堺が中心になって1915年9月から1920年1月にかけて発行された雑誌『新社会』をテキストとして、第一次世界大戦と欧州社会党の動向に関する論説を中心に、「国家」・「民族」と「階級」の問題をめぐる堺の認識、次いで、より具体的な事例研究として、辛亥革命論や在日中国人と朝鮮人労働者問題の捉え方を検討することによって、「階級」という視座に秘められた陥穽の問題を考察してみたい。まず、本論に入るまえに、ここでの研究対象となる堺の動向と雑誌『新社会』を簡単に紹介しておこう。

二　堺利彦と雑誌『新社会』

　堺利彦は、『萬朝報』・『平民新聞』のころから、幸徳秋水とともに初期社会主義運動の中心的メンバーのひとりであった。1908年、赤旗事件に連座して入獄し、偶然にも大逆事件を免れた堺は、1910年に出獄後、自宅に売文社[②]を創設し、文章代作の営業をしながら、隠忍自重しつつ時機を待つ姿勢をとっていた。

　売文社は一面、浪人に衣食の途を与える組織でもあったわけで、創業当初は大杉栄、荒畑寒村、岡野辰之助などが社員に名を連ね、ややのちには高畠素之も加わっている。「社員」たちは月に一度か二度売文社に集まって、警察官の臨検の下に茶話会などを催したりした。いわば売文社は生き残った社会主義者たちの「小倶楽部」となり、「冬の時代」の厳寒を凌いで、細々と主義の命脈を保持しつづけた。みずから進んで

　　①　荒畑寒村「『近代思想』と『新社会』」『思想』第460号、1962年10月、1397頁。
　　②　1915年9月の『新社会』創刊号の広告欄には売文社の営業内容を次のように書いてある。「文章一切代作添削　欧文和訳和文欧訳　欧文漢文立案代作　新聞雑誌原稿製作　新聞雑誌書籍編輯　校正写字及タイプ　印刷物及出版代弁　広告文案意匠図案営業案内御報呈上」。

機運を作るべきだと主張して、非時事雑誌『近代思想』を1912年に発刊しはじめた大杉栄、荒畑寒村とは対照的に、堺は売文社を経営しながら、時機の到来を待っていた。1914年1月に、堺は「売文社の営業機関紙として、かねて文芸的娯楽物として」[1]、月刊のリーフレット『へちまの花』を発行したが、それは戯文に満ちた紙面構成で、わずかに「主義者」の存在をかいまみせるものであった。[2]第一次世界大戦がはじまって一年たった1915年9月、堺は『へちまの花』を『新社会』と改題して、いよいよ「小さき旗上」を宣言した。[3]

　『新社会』は薄黄色のザラ紙の菊版32頁、定価1部金5銭の月刊小雑誌であったが、「政治、経済、社会、文芸、科学、道徳、宗教等の事項を記す」[4]、大逆事件以降はじめてあらわれた本格的な社会主義機関誌といえる。「鬨(とき)を作つて勇ましく奮ひたつと云ふ程の旗上では勿論ないが、兎にかく是でも禿びた万年筆の先に掲げた、小さな紙旗の旗上には相違ありません」[5]と、創刊号の巻頭論文「小き旗上」(ママ)に示した決意通り、『新社会』の発行を機に、堺は「持久の策を講ずる」態度と「時機を待つ」決心をひそかに堅持しながら、「大逆事件」以来の閉塞状況の突破

①　堺「日本社会主義運動小史」(改造社版『マルクス・エンゲルス全集』月報、1928年)川口武彦編『堺利彦全集』(以下『堺利彦全集』とする)第6巻所収、法律文化社、1970年、346頁。同「日本社会主義運動における無政府主義の役割」(『労農』第2巻第7号〜第3巻第1号、1928年7月〜1929年1月。『堺利彦全集』第6巻所収、308頁)にも同じような記述がみられる。

②　売文社と『へちまの花』の状況について、堺は「社会主義運動史話」(『中央公論』、1931年7月。『堺利彦全集』第6巻所収)のなかでとくに詳しく述べている。

③　『新社会』の発行や誌誌状況などについては、主に堺前掲「日本社会主義運動小史」「社会主義運動史話」「日本社会主義運動における無政府主義の役割」のほか、荒畑前掲「『近代思想』と『新社会』」、隅谷三喜男「小さな旗上げ」(「第Ⅰ部　推薦のことば」『新社会』解題・総目次・索引)不二出版、1982年)、松尾尊兊「復刻版『新社会』全7巻——明治社会主義から昭和マルクス主義への架橋」(「本・思想と潮流」『朝日ジャーナル』24〈42〉、1982年10月15日)及び荻野富士夫「第14章　堺利彦論——唯物論的社会主義への道」(同前掲『初期社会主義思想論』所収。この論文の原型は『日本歴史』第360号〈1978年5月〉に掲載されたもので、鹿野政直・由井正臣編『近代日本の統合と抵抗』第3巻〈日本評論社、1982年4月〉にも収録されている)を参照。

④　堺「編輯者より」『へちまの花』第19号、1915年8月。

⑤　堺「小き旗上」『新社会』第2巻第1号、1915年9月、3頁。本章での『新社会』からの引用はすべて復刻版『新社会』(不二出版、1982年)による。

を本格的に試みはじめた。

『新社会』の創刊号の印刷部数は千五百[1]、1915年9月（第2巻第1号。『へちまの花』を第1巻としているため、『新社会』は第2巻からはじまる）から1920年1月（第6巻7号）まで続いた。その後、継続誌の『新社会評論』(1920年2月〜7月)も発行されている。その延長線上の発展として日本社会主義同盟の機関誌になった『社会主義』(1920年9月〜1921年9月)がある。最初は堺個人によって経営、編集責任がとられたが、1917年7月には『新社会』の編集体制の整備が行われ、堺のほか、荒畑・高畠・山川・吉川守圀・山崎今朝弥・渡辺政太郎が加わって共同経営となり、編集は荒畑・山川・高畠・堺の輪番制とした。1918年、山川・荒畑の二人が出版法違反で入獄しているあいだ、主として編集にあたった高畠は、急激に国家社会主義へと方向を転じていった。そこで堺は共同経営をやめ、1919年5月から自ら編集の任にあたった。したがって、堺は一貫して『新社会』編集陣の中心的位置にあったといえる。

「冬の時代」から『新社会』誌上に「小さき旗上」があらわれた背景としては、第一次世界大戦の影響がきわめて大きい。荒畑寒村によって指摘されたように、対独参戦による軍需産業の隆盛と海外貿易の繁昌につれて、いわゆる成金時代が現出し、資本主義は急速に大発展をとげた。一方、英仏側はドイツの軍国主義に対する民主主義の防衛戦をスローガンとしていたから、同盟国の日本としては、従来の社会主義思想に対する拘束を多少とも緩和せざるをえない。そこへ、産業化の進展の結果としてあちこちで労働争議が発生し、明治30年代の労働組合期成会に次ぐ活発な組合運動がおこり、普通選挙の獲得運動が隆盛をきわめ、論壇には民主主義の議論が活発に展開されるにいたった。[2] 応援するものがあるならば、「戦術の相違、軍略の差異、それらは今深く争ひだて

---

① 荒畑、前掲「『近代思想』と『新社会』」を参照。1915年12月の『新社会』（第2巻第4号）の「発行者より」に「『へちまの花』以来の直接読者が五百計りある」という記述がみられる。

② 荒畑、前掲「『近代思想』と『新社会』」、120〜121頁。松尾尊兊によると、荒畑が指摘したこのような諸事象が顕著にあらわれたのは、『新社会』刊行後のことに属する。『へちまの花』から『新社会』に大きく進展した態度の変化にはむしろ社会主義運動にうって出る堺の決意が示されているという(松尾前掲「復刻版『新社会』全7巻——明治社会主義から昭和マルクス主義への架橋」、62頁)。客観的要因と主観的要因はどちらが重要かという議論であるが、筆者は『新社会』の「小さき旗上げ」の条件として両方とも不可欠だと考える。

をする必要はない。只大同に従て相共に謀れば善い」①という大同団結の考え方のもとに、『新社会』は多様な社会主義思想を内包していた。『新社会』の誌面には内外時評や社会主義学説・理論の紹介だけではなく、欧米社会主義の動向、片山潜や石川三四郎など海外在住の同志から寄せられた通信も掲載されており、大正期社会主義の見取図をうかがう手がかりになっている。そして、第一次世界大戦の進展につれて、さまざまな新しい思想も紹介しつつ、「国家と階級」、「社会と個人」や民本主義といった思想上の問題から普選運動や労働運動の政策論まで多彩な論者による活発な議論がみられる。このように、社会主義陣営の思想動向を考察するには、『新社会』は第一級の資料というべきであろう。

　国の内外において、国家主義と民主主義の衝突が顕著になるなか、非戦論という明治期社会主義の伝統をくむ大正期の社会主義者たちは、帝国主義化する日本の現実及び勃興するアジア・ナショナリズムの動向をどう捉えたのか。「階級」とナショナリズムの問題に対する一考察として、本章では、先行研究に指摘されたアジア認識における近代日本の社会主義思想の問題点を踏まえながら、第一次世界大戦や中国の辛亥革命、五・四運動といった事件に対する堺の認識を具体的に検討してみたい。

第二節　「国家戦と階級戦」
──第一次世界大戦をめぐって

一　　国際闘争（国家間闘争）か階級闘争か
──国家観をめぐる堺と愛山の相克

　「吾人社会主義が非戦論を唱ふるや、その救治の方法目的如此く茫漠たる者に非ず、吾人が此点に於て一貫の論理を有し、実際の企画を有す、吾人の所見に依れば今の国際戦争はトルストイ翁の言へるが如く、単に人々が耶蘇の教義を忘却せるが為めにあらずして、実に列国経

---

　①　堺、前掲「小き旗上」、3頁。

済的競争の激甚なるに在り、而して列国経済的競争の激甚なるは、現時の社会組織が資本家制度を以て其基礎となすに在り、この故に将来国際間の戦争を滅絶して其惨害を避けんと欲せば、現時の資本家制度を転覆して社会主義的制度を以て代へざるべからず、社会主義的制度一たび確立して、万民平等に其生を遂ぐるに至らば、かれ等は何を苦しんで悲惨なる戦争を催起するの要あらんや」。①

　日露戦争期に、戦争の原因は個人の堕落、宗教感の喪失にあるため、人を悔い改めて神意に従わせるべきだとしたトルストイの非戦論を批判する幸徳秋水の上記の発言は、唯物論的社会主義者の戦争認識を端的にいいあらわしているといえる。戦争の原因は資本主義諸国間の経済的競争にあり、戦争を根絶するには、資本家制度を転覆して社会主義的制度の実現を待たなければならないという主張であったが、第一次世界大戦に対する堺の認識は基本的にそれと同じ見解を継承している。1916年4月号の『中央公論』に発表された大山郁夫の「政治を支配する精神力」という一文にあらわれた「帝国主義に道徳的色彩を施した理想論」を批判して、堺は第一次世界大戦の性質を次のように論じている。「僕等の見た所を以てすれば、今日の戦争は国家的資本主義の当然の結果であつて、而も其国家的資本主義が世界的資本主義に変転せんとする、進化過程の一段階である。そして将来其の世界的資本主義と世界的労働運動との闘争の結果、労働が遂に資本を征服して前古未曾有の新社会を現出するのである」。②

　堺の見取図からいえば、各国間の資本家階級の矛盾の激化と利益争奪戦である世界大戦はくりかえしおこるが、そのたびに、資本制度の世界化が進むと同時に、労働階級の世界化も拡大し、世界大戦はくりかえし生ずるなかで、最終的には国家組織という枠組みを超越した、世界

①　幸徳秋水「トルストイ翁の非戦論を評す」『新社会』第3巻第4号、1916年12月、19頁。この一文は秋水が1904年6月27日のロンドンタイムズ紙上に発表された「璽曹悔改めよ」というトルストイの日露戦争論に対する批評。トルストイの本文（幸徳・堺共訳）とともに『週刊平民新聞』39号、40号に掲載。のちに「璽曹悔改めよ」が単行本として文明堂から出版された時、付録となった。『新社会』第3巻第4号では堺、荒畑寒村、山川均、白柳秀湖らのトルストイ論とならんで、「トルストイ」特集として再録。

②　堺「痒いところ」『新社会』第2巻第10号、1916年5月、26頁。

的規模の資本家階級と労働者階級の二大階級の戦いとなり、最終的勝利は世界のプロレタリアートに帰着する。[①]

　山川均などにも共有された、国家間における「横の国際闘争」を否定し、「縦の階級闘争」を中心とするこのような世界大戦認識に批判を加えたのは山路愛山である。人間がもつ「相殺す」という獣性に適合する「戦争は人の常態にして変態にあらず」[②]という戦争観を持つ愛山によると、今度の世界大戦は新興国のドイツが、旧国のイギリスが不能力ながら「現状維持という惰性」のみによって広漠な植民地と多大な利権を支配している「世界の厭ふべき現状を打破し世界の不公平なる地図を整頓する」[③]ために勃発した。そして、戦争の勝敗は「国力の結果」であり、「国民の運命は唯須らく国民自身の量と質とに求むべし」。[④]ドイツに対する宣戦の詔勅がすでにくだった以上、この激しい生存競争を勝ち抜くため、挙国一致を実現し、「日本帝国民」の国家に対する献身的奉仕が不可欠である。しかし、国家は資本家階級の掠奪機関にすぎないという堺らの非戦論者の論理は「必ず国民をして弱兵たらしむべきものなり」[⑤]と愛山は憂慮していた。山路愛山は自らの編集責任で発行している雑誌『独立評論』に、自由討論の必要を主張する一方、堺らは「余り階級の生存競争に執着し、国と国、人種と人種の生存競争を閑却す」[⑥]と難じている。愛山の非難に対して、堺は、「反対に愛山君は全く階級と階級の生存競争を閑却してゐる」[⑦]として、第一次世界大戦にあたって国際闘争か階級闘争かの問題をめぐって愛山と論戦を交している。

---

①　山川均においても、同じような議論がみられる。「世界の大勢が資本制度の世界化と労働階級の世界化とに依って、現在の国家組織を超越した何等かの新組織に向って進んで居る事だけは明白な事実である」(「世界帝国か欧州連邦か」〈「若葉青葉(時評)」〉『新社会』第2巻第10号、1916年5月、18頁)。

②　愛山「欧州戦争に関する我等の日誌(1)～(14)」『独立評論』第2巻第9号、1914年9月、10頁。

③　愛山、前掲「欧州戦争に関する我等の日誌(1)～(14)」、12頁。

④　同上。

⑤　愛山「欧州戦争に関する我等の日誌(14)～(36)」『独立評論』第2巻第10号、1914年10月、10頁。

⑥　愛山「自由討論の必要」「社会主義者の看過したる事実」〈「1日1題」〉『独立評論』第4巻第1号、1916年4月、52～53頁。

⑦　堺、前掲「痒いところ」、27頁。

愛山の主張は主に次の三点である。①「人類の歴史は一国民若くは人種が一個の集合体として諸国民若くは諸人種との絶へざる生存競争の記事た」り。②「社会主義者は単に眼界を一国内、若くは一人種内の生存競争に限れることに於て見遁し難き短所を有」す。③「国民は生存競争の一機関として発達したる一個の単位なり。一個の形式なり。国民は歴史的進歩の産物なり。国家は強者が自己の利益の為に弱者を虐ぐる機関に非ず、他の国家の攻撃と圧迫とに対し共同生活を維持せんとする機関なり」。①このような主張を唱える愛山への回答として、1916年6月の『新社会』（第2巻第11号）に、堺は「国家戦と階級戦」と題する論文を発表している。

　堺はまず、いまの政治批評家、社会批評家を次の三種類に大別している。すなわち、「a、人類の生活を縦断して考へる者。即ち国家と国家との関係を根本視する者。国家主義者、帝国主義者の類。b、人類の生活を横断して考へる者。即ち階級と階級との関係を根本視する者。社会主義者の類。c、右両者を折衷する者。国家社会主義者。社会政策論者の類」。堺は「山路君はcに属する如く、またaに属するが如き人である」②として、上述の「階級と階級との関係を根本視する」社会主義者の立場から愛山の三つの論点を逐一批判している。

　堺の愛山批判の要旨は以下の通りである。愛山の論点①は原始社会だけにあてはまる。マルクス、エンゲルスが『共産党宣言』のはじめに書いたように、原始氏族制社会が消滅し、私有財産制度が生まれ、国家の発生後は、「一切社会の歴史は階級闘争の歴史である」。他国民他種族との闘争もあるが、「然しそれも自国内の人民を統治するの新権利（及び其利益）を獲得しようとする闘争である」。甲大名に属するか、乙大名に属するか、農民からみれば何の違うところもない。他国と競争する場合、たしかに愛山の論点③のように、「共同生活を維持する」ため、国内の闘争が緩和されて、治者が仁政を施行し、人民は愛国心を発露する。しかし、「此の仁政は時として甚だしく政略的であり、従ってそれに対する愛

①　愛山、前掲「社会主義者の看過したる事実」〈「一日一題」〉、53頁。
②　堺「国家戦と階級戦」『新社会』第2巻第11号、1916年6月、2頁。

国心は時として甚だしき迷想的である」。上下一致団結しているようにみえても、「階級闘争の事実、治者被治者の関係を抹殺する事は出来」ない。そして、いまの労働者の国際的団結運動を見れば、愛山の論点②も事実に合わない。「山路君自身こそ、単に眼界を国際間の闘争のみに限り、国内の階級闘争及び階級闘争と国際闘争との関係を無視した点に於いて、実に『見逃し難き短所を有す』る」①　と、堺は批判している。

　上述した論点から、堺と愛山の立場の違いは主にそれぞれの国家観に由来していることがわかる。「国家は強者が自己の利益の為に弱者を虐ぐる機関に非ず、他の国家の攻撃と圧迫とに対し共同生活を維持せんとする機関なり」という文章にあらわれているように、愛山にとって「国家」というのは「共同生活」を維持する機関である。この見方と、国家を支配者階級が被支配者階級を圧迫する機関とみなす堺の階級闘争史観との対立は、実は日露戦争の時代にさかのぼる。

　堺と愛山は1897年、毛利家編輯所で知りあって以来個人的に親しく、「その説のゆえをもってその友情を捨てず」②、晩年にいたるまで互いにしばしば往来していた。③1903年、堺らが平民社を設立し、『平民新聞』を創刊した年に、愛山は個人雑誌『独立評論』を刊行した。日露開戦間近となり、対露強硬論が熱狂的に盛り上がるなか、平民社は「非戦論」を全面に打ち出したが、それに対して、愛山は「非非戦論」をもって応じたのである。愛山によれば、国際社会に「ダルウィニズム」が蔓延しているこんにちにおいて、「国家の武装を壮んにし、他国の権利に向つて侵害を加へんとするもの」に「言論以上の制裁を与ふる」ことは、実に

---

　①　堺「国家戦と階級戦」『新社会』第2巻第11号、1916年6月、4～6頁。

　②　堺「平民社籠城の記」(『週刊平民新聞』1904年3月6日、第17号)『堺利彦全集』第3巻所収、31頁。

　③　『新社会』第4巻第8号(1918年5月)の「カライドスコープ(時評)」に寄せた「山路愛山君の一周忌」という一文に、堺は「愛山君は僕より六つの年長で、才学から云つても、社会的地位から云つても、固より僕の先輩であつた。僕は今更、愛山君から学ぶ所の多かつた事を覚らざるを得ない」(21頁)と書いている。愛山が亡くなった直後の1917年4月にも『新社会』(第3巻第8号)に「人の面影――山路愛山君」という追悼文を発表している。

「已むべからざる」ものというべきである。①愛山のこのような主戦論は、現実の日本とロシアの対抗関係が直接的なきっかけとなっているが、その背後には、世界全体が「国民的運動」（国民国家の確立）の時代から帝国主義の時代に突入したという認識があった。②列強諸国は新たな時代の趨勢にそくして、それぞれ領土の拡大に狂奔している以上、日本においてもこうした列強への対抗措置として「帝国主義」的政策を推進すべきである。なぜかといえば、「人間は存在の権利」があるからである、と愛山は言明している。③

「余は嘗て国家の存在が今日ほど大いなる問題とならざりし昔日に於て、先輩に従つて個人の自由のために論戦の一兵卒たりき。今や世界の運命は急転直下して国家の存在は昔より切要なる問題となれり。余たるもの何ぞ時勢の変化と共に其論歩を一転せざることを得んや」。④　ここにみられるように、愛山にとって国家の存在は個人の自由を確保する先決条件になっている。民友社の一員として平民主義をといた愛山の帝国主義への思想的転回には、かれの国家観が大きな決め手となっていると思われる。

自らの「帝国主義」の主張を具体化するものとして、1905年2月から翌年の4月にいたるまで、愛山は『独立評論』に「国家社会主義」をめぐる論説を数次にわたって掲載した。この諸論稿はのちに『社会主義管見』（金尾文淵堂、1906年）と題して一冊にまとめられた。ここでは、この『社会主義管見』の内容にそくして、かれの国家観念を簡単に紹介しておこ

---

①　愛山「非非戦論」『独立評論』第12号、1903年12月、18頁。

②　19世紀末葉から20世紀初頭までの世界情勢の変化を愛山は次のようにまとめている。「総ての人種は活動して一国民となるべく予期し、その或る者は目的を達したり。第十九世紀の過半は実に此の如き国民的運動の為めに費やされたり。国民的運動は略ぼ成功して近世国家は生れたり。世界は此処にしばらく静止の状態に止るを得べき乎。何ぞそれ然らん。進化は上帝の大法にして、活動して已まざれば人事の通則なり。……而して世運は更に国民的運動の時期より進んで帝国的運動の時期に入れり」（「余が所謂帝国主義（上）」『独立評論』第2号、1903年2月、3頁）。

③　愛山「余は何故に帝国主義信者たる乎」『独立評論』第1号、1903年1月、95頁。

④　愛山「余が所謂帝国主義（上）」『独立評論』第2号、1903年2月、2頁。

う。①

　愛山によれば、「日本歴史は国家（主権及び其代表者たる国家機関の全体を指す）と豪族と人民との三階級が国の内外の情況に依りて或は争闘し、或は調和し、依つて以て共同生活の理想を実現せんとしつゝある動作の連続に外ならずと解釈するものなり」②。このような日本歴史のユニークな理解から、かれは「日本国民の総体は一家族なり」と宣言し、人民は兄弟で、皇室は人民の父母で、「共同生活は日本王道の根本義」であると述べている。③ この日本歴史のうえに定位された家族国家像をかれはそのまま普遍的国家観に投影して、「国家」というものは元来、「共同生活を目的として起こりしものなり」と定義している。そして、この「共同生活」は対内的と対外的という二つの面において意味がある。一つは、「経済的の意義に於てするものにして、樹液の全樹を循環するが如く一国の富の人民各個を潤す為めに有機的に活動する」ことを目的とする。そして他の一つは「防衛的のものにして他国の略奪より人民の生命財産を保護する」ことを目的とする。ところで、共同生活の目的を達するために、国家が個人の権利を妨害する可能性について、愛山は家族共同体に対する信頼を理由として、これを政策の問題として斥け、「法律に於ては国家の権利は絶対なり」と述べている。④

　愛山の以上のような国家観に対して、批判を加えたのはほかでもない堺であった。1905年12月20日号の週刊『光』に「『国家社会主義梗概』を読む」と題して発表された一文に、堺はまず愛山のいう「国家」が、場合によっては、「日本国民の総体」をさし、あるいは「政府」をさしたり、「天

---

　①　愛山の国家観について、隅谷三喜男「明治ナショナリズムの軌跡」『日本の名著40　徳富蘇峰　山路愛山』（中央公論社、1971年）、木村時夫「山路愛山の国家社会主義」『ナショナリズム史論』（早稲田大学出版部、1973年）、岡利郎「明治日本の社会帝国主義──山路愛山の国家像」（日本政治学会編『年報政治学1982』岩波書店、1983年）、同「解題」「解説」（岡利郎編『民友社思想文学叢書』第3巻、1985年）、坂本多加雄「山路愛山の政治思想」（『学習院大学法学部研究年報21』、1986年）、同『人物叢書　山路愛山』（吉川弘文館、1988年）を参照。

　②　愛山「国家社会主義と社会主義」『独立評論』1906年4月号、4頁。

　③　愛山「国家主義梗概」『独立評論』1905年12月号、1～2頁。

　④　同上、2～4頁。

皇」を意味したりして、意義「明瞭ならず」と論駁した。① これに対して、愛山は『独立評論』の1906年2月号及び7月号に「堺枯川君に答ふ」という文章を書いて次のように答えている。

「万物は一物の為めに存し、一物は万物の為めに存す。君主は本幹なり、政府は枝葉なり、国家は全躰なり」。「本幹を離れて枝葉なく、幹、枝を離れて全躰な」いように、「君主も、政府も、国家も、人民も均しく国家なり」。②

堺が「君主」、「政府」、「人民」をそれぞれ別個のものとして捉えていたのに対して、愛山は「共同生活の目的」を実現するためにこの三者が互いに不可欠な関係にあると見なしていた。階級闘争史観から、堺は愛山の「国家」概念のなかに階級的支配関係を隠蔽するイデオロギー性を敏感に感じとったのであろう。しかし、前述したように、愛山は歴史を構成するものとして国家、豪族、人民の三つをあげている。かれはそれを三元論とよび、「国家は必ずしも紳士閥の奴隷に非ずと信ずるが故に、平民級の輿論を以て国家と相呼応し紳士閥の専横を抑へ依つて以て共同生活の目的を達せんとするものなり」と述べ、国家は「その健全なる時に於ては」常に人民を保護するという見方から、マルクス主義の階級闘争説を二元論（「紳士閥と平民級」）と批判した。③ すなわち、堺が現実の政治関係を念頭において問題を提出したのに対して、愛山はあくまでも理念上の、あるいは当為としての国家像を説きつづけたといえる。そして日露戦争のような国家的危機の場面に直面すると、「共同生活」を防衛する観点から、国内の利害対立よりも、国家全体の対外的利害を優先すべきであるという論理の展開になる。その意味で、平民主義から帝国主義への思想的転回はかれの国家観からの当然の帰結といえよう。

富の分配の不公平という国内の現状に対する社会主義者の分析と批判に、愛山はある程度共感をもっていた。しかし、それは共同体内部に

---

① 　堺「『国家社会主義梗概』を読む」（『光』第1巻第4号、1906年1月）『堺利彦全集』第3巻所収、178頁。
② 　愛山「堺枯川君に答ふ」『独立評論』1906年第2号、37〜38頁。
③ 　愛山「（七）社会主義は二元論。国家社会主義は三元論。」「国家社会主義と社会主義」『独立評論』1906年4月号、9〜13頁。

おける「親族的精神」の復活や各種の社会政策の徹底によって調和可能な矛盾であり、「国家と国家、民族と民族との争」こそ死活問題であるという判断から、愛山は非戦論を批判することになったのである。帝国主義をもって侵略主義とし、したがって自由主義から一変して侵略主義に転じたという非難に対して、愛山は帝国主義は正が不正を、健康が不健康を競争場裡から駆逐する、適者生存の原則の具体化であるという。[①]「人は生存せんが為めに生存し。生存せんが為めに戦ふと云ふは裸体的真理」[②] なのである。愛山にとって、戦争とは、自然界に普遍的にみられるような弱肉強食の生存競争という「裸体的真理」の発見にほかならなかった。

　このような戦争観は、日本人移民排斥運動の高まりや第一次世界大戦の勃発にうながされて、ますます強固なものとなっていった。1916年、愛山は、国際戦争の結果として「世界混一」の形勢にむかうが、必ず「武力を以て世界を統一する帝国の出現」[③] をみると断言している。[④] そして、「此帝国的競争の時代に於て何ぞ独り人後に落つべけんや」といって、日本がこの弱肉強食の国際的競争を勝ち抜いていくことを課題とする。「愛山君も矢張り大いに侵略的戦争を主張する論者である」[⑤] と堺は容赦なく批判している。

　前述した「国家戦と階級戦」の論争にもあらわれたように、国家という共同体の内部にある階級的征服の事実を看過するため、国際戦争を共同生活体相互の征服闘争としている愛山に対して、堺は唯物史観の立場から、いわゆる共同生活体内部における階級的闘争、治者と被治者の闘争を重要視する。そもそもいったん共同生活体内部が階級的に分裂したのちには、厳密な意味での共同生活体はもはや存在しない。そのため、「横の闘争」のようにみえる国際戦争も、共同生活体の名によっ

　①　愛山、前掲「余は何故に帝国主義信者たる乎」、96頁。
　②　愛山、前掲「非非戦論」、21頁。
　③　堺前掲「痒いところ」から孫引き、26～27頁。
　④　山川均は愛山の「世界統一論」について、「階級闘争を看過して国家間の闘争をのみ凝視した愛山君が、世界の武力的統一てふ水溜りに飛び込んだのは当然の事である」とコメントしている（「愛山君の世界統一論」〈「若葉青葉（時評）」〉『新社会』第2巻第10号、1916年5月、18頁）。
　⑤　堺、前掲「痒いところ」、27頁。

て行われたとはいえ、実は征服階級と被征服階級との闘争であり、治者と被治者とのあいだの征服であつた。「資本の国際主義は今度の戦争を期に更に一歩進めている。次の世界大戦は国際的資本対国際的労働の戦争になるかどうかは問題」[1]といった戦時中の発言にもみられるように、堺は国際戦争を機に、階級闘争がさらに激化して、国際的階級戦争に発展していくことに関心をよせている。

　大逆事件ののち、社会主義者がその活動の場をほとんど奪われた時、愛山は堺に『国民雑誌』『独立雑誌』の紙面を提供して文章を書かせた。愛山の国家社会主義の構想への反論という形をとり、堺は「公然」と史的唯物論を発表してきたといえる。[2]明治期の論戦以来、両者の立場は基本的に変わっていないと思われるが、「人類最初の世界大戦」という緊迫した現実が突きつけられた時、理想的な国家観を持つ愛山の国家間闘争観のほうが、現実の資本主義制度に対する分析にもとづく階級闘争観よりもリアリティと説得力をもっていたのはなかなか興味深い。

　「山路君は或は云ふかも知れぬ。現在の欧洲戦争は国家と国家との生存競争である。然るに平生から階級闘争を根本視して居た社会党が、各自国の政府を助けて戦争して居るのは矛盾ではないか」。[3]現に開戦前まで戦争に強く反対していたヨーロッパ各国の社会党員が、戦争がはじまると態度を一変して戦争に協力するようになった。国家より階級を重視する堺は、実際の戦争という非常状態において「愛国心」――堺はそれを「迷想」と理解していたが――をどのように捉えたのか。それを探る手がかりとして、次小節においては、欧州社会党が戦時中に戦争協力に転身したことに対する堺の認識から考察してみたい。

---

　①　堺「次の欧州大戦」〈「蕾と芽」(時評)〉『新社会』第2巻第8号、1916年4月、16頁。

　②　前掲の「『国家社会主義梗概』を読む」は平民社解散後の堺から愛山への最初の批判であった。それに対して、愛山は『独立評論』の1906年2月号及び7月号に「堺枯川君に答ふ」という文章を書いている。大逆事件後、1912年1月15日号の『国民雑誌』(第3巻第2号)に堺は愛山の批評を求める形で「唯物的歴史観」という一文を公表しており、その次号に「唯物的歴史観――堺枯川に与ふる公開状」と題する愛山の論文がみられる。

　③　堺、前掲「国家戦と階級戦」、6頁。

二　愛国心──欧州社会党の「変節」問題をめぐって

　1914年7月28日、オーストリア皇太子暗殺事件を契機として、ドイツ・オーストリアとロシア・フランス・イギリスという対立の構図のもと、第一次世界大戦がはじまった。それまで開戦に反対していたドイツ社会民主党は、祖国を守るという理由から、政府提出の戦時予算案に対してカール・リープクネヒトを除くすべての議員が賛成した。フランスではドイツの軍国主義を打倒するために社会党議員がこぞって戦争協力に走り、戦時内閣に入閣するほどであった。イギリスでも当初、労働党は平和維持を要望する決議文を下院で読みあげる予定であったが、対独宣戦布告が発表されるや、委員長のマクドナルドやケア・ハーディら数名をのぞいて反対者が続出し、結局、決議文はとりさげになった。[①]

　こうした欧州社会党の「変節」問題は、日本の社会主義者にとっても深刻な事態として受けとめなければならない事実であった。堺は社会主義の主張からいって「如何にもそれは矛盾である」とその非を率直に認めたが、それはしかし「単に一時の変態に過ぎない」[②]として位置づけ、将来の欧州社会党が中心となって展開されるであろう非戦運動と平和運動に明るい希望を抱いていた。[③]

　堺によれば、列国の社会党ははじめから提携して戦争を未然に防止

────────

　①　第一次世界大戦における欧州社会党の転身について、出原政雄「第一次大戦期における安部磯雄の平和思想」(『志学館法学』創刊号、2000年3月、117頁)を参照。
　②　堺、前掲「国家戦と階級戦」、6頁。
　③　1915年12月の『新社会』の時評欄に、堺は仏白伊方面とロシア方面の戦場形勢から「戦争はまだゝ終結に近づきそうにもない」という戦争の長期化を予言し、交戦国「国内の苦痛と悲惨が増大する」にしたがって、非戦運動と平和運動はいよいよ「其の気勢を高めて来るに相違ない。吾人が唯一の希望を繋ぐのは、実に是等の諸運動の発展である。此意味に於いて、交戦国及び中立諸国における社会党と、無政府党と、労働組合との行動が此際最も多くの注目に値する」(「非戦運動の発展」〈「紅葉黄葉(時評)」〉『新社会』第2巻第4号、1915年12月、8頁)と主張している。山川均もかなり早い時期に「万国主義の精神は漸次社会党内に復活しつつある」事実を突き止め、「万国社会主義運動の精神は、戦争熱、愛国熱の裡からも既に光輝を放ってゐる」(「大戦の後」『新社会』第2巻第2号、1915年10月、14頁)と述べ、インターナショナルな傾向の復活に期待と信頼をよせていた。それを示すように、『新社会』の「万国時事」欄などにおいて、非戦的国際社会党の動向が積極的に紹介されていた。戦争後期になると、国際社会党が平和回復の中心勢力となって、遂に大戦の終結をみるにちがいないと論じる堺の発言が多数みられる。たとえば、「人民の力と平和の光」〈「サーチライト(時評)」〉『新社会』第2巻第13号、1916年8月。「ストクホルム大会」〈「火の見台(時評)」〉『新社会』第3巻第11号、1917年7月。「豆人形の踊り」〈「火の見台(時評)」〉『新社会』第4巻第2号、1917年10月。

しようと努力したが、その「団結がまだ十分鞏固でなく、一般労働階級の自覚がまだ十分明瞭でなく、佛のジョーレスは為に暗殺の難に遇ひ、彼等は遂にその目的を達することが出来なかった」。そして、すでに戦争が勃発した以上、「彼等〔列国の社会党〕も亦或は政略的の愛国心鼓吹に動かされ、或は半ば迷信的に人種的本能を燃し、或は又絶望的に古き戦闘的本能を現はし」[1]、ついに今日のような「変態」を示すにいたったという。

　すでに引用した論文「国家戦と階級戦」にもみられるように、堺は真の共同生活は利害が一致する階級内部のみに存在するため、より包括的な近代民族国家への献身を要する「愛国心」は、支配階級が対内抑圧と対外侵略を行うために政略的に操縦され、動員された国民大衆の「半無意識」の「迷想」にほかならないとしている。「愛国」という名の大義名分によって継続されている戦争は、結局、「多数国民に過大の負担を甘んぜしめ、それに依って少数上流階級が専権自恣の生活を世界に誇示するの結果になる」[2]のである。

　しかし、ではなぜ社会党がこのような「迷想」にとらわれるのか。1917年4月号と6月号の『新社会』に、堺はブジンの「社会主義と戦争」を翻案し、前後して「欧州戦争の経済的原因」、「欧州戦争の精神的原因」という長論文を寄稿し、精神的原因が経済的原因の反映であり、道徳的必要（上部構造）が物質的必要（経済的基礎）から変化してきているという唯物史観から、第一次世界大戦の精神的原因に指称されている国民主義、人種主義、文化主義といった思想の由来を資本主義経済の発達史にそって丁寧に解説している。要するに、国民国家や人種の形成は資本主義の経済単位の変化と密接なかかわりをもっていることをかれは説く。近世の織物製造時代では、織物を販売するという物質的必要から、自由主義が精神的必要となって登場し、政治上において共和主義及び民主主義が叫ばれ、国際上において門戸開放の世界主義となり、国民的文化主義は世界的人道主義となった。しかし、いまや鋼鉄産業の時代となり、鉄鋼を販売するという物質的必要から帝国主義という精神的

---

① 　堺、前掲「国家戦と階級戦」、6頁。
② 　堺「四種の半無意識活動」『新社会』第2巻第6号、1916年2月、5頁。

道徳的必要に変化させられた。そこでは、世界規模の市場拡大と支配を正当化するために、民族を序列化し優劣づける人種主義、文化的国粋主義が理論的に精緻化されていく。したがって、最近二三十年のヨーロッパでは、共和主義、民主主義から離れて、専制主義、貴族主義に近づく傾向が一般の現象となり、大戦の勃発にいたった。[①]帝国主義の唱道家が「必ず偽善的だと云ふのではない」。個人的にみても心理的にみても、かれらの多くは「極めて純潔な理想家」である。大事な点は、「社会的必要が個人的道徳に変形された」[②]ということである。「社会の物質的必要が個人の心中の道徳的必要となって現れる時、個人は自己の物質的必要を犠牲にして、純乎たる精神主義の発揚に満足することになる」[③]のである。堺からみれば、帝国主義や愛国心の高揚は「物質的必要」——資本主義諸国間の産業競争の結果にほかならない。この指摘は欧州社会党の転向を「変態」とする論拠とみてもよかろう。

　多くの学者に指摘されているように、素朴で自発的な共同体への愛情がパトリオティズム（patriotism）に組織されて、それが国家（government）に対する忠誠観念に動員される近代的な愛国心の発展は、政府・統治機構の念入りな国民統合政策に大きく依存している。[④]国家の本質を階級的搾取の機関としているため、堺は政略的に動員された愛国心の「迷想」としての一面を鋭く見抜いているが、その発生の契機を単純化している傾向がある。堺がいうように、集団の「物質的必要」のために、なぜ個人は「自己の物質的必要を犠牲にして、純乎たる精神主義の発揚に満足することになる」のか。そこには、国家権力の操縦だけではなく、もっと複雑で歴史的社会的な契機や情動的な人間心理が存在するはずである。ところで、堺の愛国心の捉え方においては、たとえば民族問題に対する考察は十分に行われていない。

　戦争の終盤に近づき、講和条件として民族自決主義が掲げられ、日本国内においても、室伏高信などによって、「民族的国家」の独立、自

　①　堺「欧州戦争の精神的原因」『新社会』第3巻第10号、1917年6月、2〜11頁。
　②　同上、6頁。
　③　同上、8頁。
　④　丸山真男「愛国心」（『政治学事典』平凡社、1954年5月。『丸山真男集』第6巻所収、岩波書店、1995年）を参照。

由、平等を内容とする「民族主義」が「今日の国際文明の、基底的主潮と成つて来た」という主張が盛んに唱えられるようになる。民族について、「民族精神の主体であ」り、「人種や言語や宗教や権力と無関係に成立し得る」[1]という室伏の観念論的な説明がもつイデオロギー性に着目して、室伏の民族主義の主張を『新社会』では幾度もとりあげて批判を加えている。[2]堺によると、近世国家は資本主義生産の経済単位の要求として出現し、民族主義は国家形成にあたっての「思想上の現れ」であったが、「今日の大経済はすでに超民族、超国家の大単位を必要として」いて、「民族的国家は既に過去の夢である」。[3]そして、連合国側が打ち出した「民族自定主義」は「戦勝者が自分の利害関係のある小民族（ママ）（もしくば小国家）を敵国に与へまいとする」、あるいは「戦勝者が自分の勢力圏内にある小民族（ママ）（もしくば小国家）をそのまま体裁よく自国の保護の下に置かうとする口実」にほかならない。そのような連合国のエゴからきた「民族自定主義」をみて、「民族的国家の主張は即ち今度の戦争の目的だ」という室伏の民族主義の主張は後向きで、非常に皮相な見方である。レーニンも立派な民族主義者であるという室伏の指摘に対して、堺は「レーニンが他民族の労働階級と結託提携して、自国同民族の紳士閥を滅ぼそうとして」いるではないかと反駁している。

　以上の議論からみられるように、堺において、民族は国家と同じく政

---

　　①　室伏高信「現代民主主義の要求」『新小説』第23巻第3号、1918年3月、46頁。
　　②　室伏高信の民族主義に対する『新社会』の批判は、主に堺と山川によって書かれている。山川は民族の歴史にある征服の事実を見過ごした室伏の「民族的伝統主義」を帝国主義の追認と批判しつつ、民族は人類の歴史の一定の段階にいたって形成されたものだから、民族についてのみ永遠性を主張するのは誤りだとした（「民族的伝統主義」〈暴風の前（時評）〉『新社会』第4巻第3号、1917年12月）。山川は『新社会』において、民族の問題に関して階級の問題を対置し、後者の優位を説く論理を提起している。社会が「掠奪階級」と「被掠奪階級」とに分裂してからは、「生存上の闘争に於ける真の対敵たるものは一つの民族と他の民族との間にあると云ふよりも、寧ろ同一民族の内部に対立して居る階級と階級との間にあ」り、民族間の戦争が絶えないのも支配階級同士の利害の衝突のためである。階級社会では「最早真の共同生活は民族全体に亘つて存在しないで、共通の利害に立脚する一階級の内部にのみ存するものである」（「闘争と人道——トルストイの非戦論を評す」『新社会』第3巻第4号、1916年12月、25頁）と山川は説く。
　　③　堺「室伏君の眼と蛙の眼」「民族精神の不思議」〈「カライドスコープ（時評）」〉『新社会』第4巻第8号、1918年5月、17頁。

治権力によってつくられたものであり、その本質も階級的対立関係にある。パリ講和会議後の1919年10月に、唯物史観に基づいた研究成果として、堺はこれからの人類歴史の発展を展望する「恐怖・闘争・歓喜——人間と自然、国家と国家、階級と階級」という一文を著した。その副題に示されているように、人類生活における闘争として、人間と自然の闘争、国際競争及び階級闘争をあげているが、民族間の問題についてはほとんど触れていない。室伏の民族主義に対する批判にもあらわれたように、堺の民族の問題に対する冷やかな態度は、非政治的な「民族精神」によって政治的な階級的対立が隠蔽されてしまうことに対して、有力な抵抗の姿勢につながる。しかし、他方、かれの民族主義に対するこのような否定は、大国主義や侵略主義に反対し、弱小民族の独立解放を支持する、といった室伏のこの時期の「民族主義」の主張に含められている積極的な部分まで抑圧してしまう恐れはあるのではなかろうか。

　たとえば、階級という視座からインターナショナルをめざす堺は日本の社会主義者として、日本の侵略に抵抗して起こる三・一運動や五・四運動といった民族解放運動をどのように捉えたのか。次節では、堺の中国論及び在日中国人と朝鮮人労働者問題の捉え方を中心にこの点を検討してみたい。

第三節　「階級」という視座の陥穽

一　辛亥革命論

　「社会党の運動は万国運動である、人種や国境の区別はない」[①]　という方針のもとに、明治期社会主義者とアジア諸民族の留学生・革命家とのあいだに盛んな交流が行われた。1907年3月に、中国同盟会の張継・劉師培・章炳麟・蘇曼殊・陶冶公・何震・陳独秀らの革命派がインド人と協議して、ひろくアジア被圧迫民族の連帯によって反帝国主義の民族独立をめざす亜細亜和親会を結成した。それは章炳麟会長のもとに、日本・ベトナム・ビルマ・フィリピン・朝鮮など、アジアの革命家をうっ

---

①　幸徳秋水「大久保村より」『日刊平民新聞』第66号、1907年4月4日、第1面。

て一丸とする組織であった。約一年半続いた同会の活動に、堺も大杉栄・山川らとともに参加していた。亜細亜和親会が発足した同年8月に、張継・劉師培・章炳麟・何震らが社会主義講習会を発起し、その講演会の講師に幸徳や堺・山川・大杉らが招かれた。講演の通訳を担当した張継が通訳の際に自分自身の主張を織り交ぜていた、などと当時を回顧する堺や山川の文章もみられる。[1]幸徳秋水が主催していた「社会主義金曜講演」や「社会主義夏期講習会」にも中国人のほか金如春などの朝鮮人が参加しており、このような中国や朝鮮への社会主義理論の導入に日本の初期社会主義者が深くかかわったことはひろく知られている事実である。[2]

　しかし、社会主義運動に対する厳しい取締りと国内の民族独立解放運動への規制によって、日本の社会主義運動家とアジアの革命家との連携は退潮期を迎えざるをえなかった。1908年1月金曜会の屋上演説事件に連座して張継がパリに亡命、さらに1908年6月の赤旗事件のために堺・山川らは入獄、中国及びインドの同志も日本政府の弾圧の前によぎなく各地に離散し、亜細亜和親会もなんの効果もあげることなく解散してしまった。大逆事件以降、堺らの中国・アジアの留学生・革命家との交流はもはや活発さを取り戻すことはなかった。だが、第一次世界大戦が勃発し、社会主義勢力の陣営が再建されはじめると、堺はときおり『新社会』の時評欄で中国の現状に対する論評を行った。ここでは、まず『新社会』の雑誌を中心に、堺の辛亥革命観を考察してみたい。[3]

　1911年に勃発した辛亥革命について、堺がようやく口を開きはじめるのは『新社会』の第3号からである。1915年11月号の「橙黄橘緑」(「社会

<hr />

　[1]　たとえば、『新社会』第3巻第5号(1917年1月)に堺は「人の面影――張継君」という一文をよせて、「東京に居た支那の革命家我々と交際したのは、老輩として章炳麟君、若手としては張継君、劉光漢君などで、それらの人々を中心に更に印度人朝鮮人安南人等を加え、東洋各国社会主義者の集会を催した時は実に愉快」(46頁)だったと、約十年前の亜細亜和親会のことを追想している。

　[2]　社会主義講習会と亜細亜和親会については、山室信一「第二部　第六章　知の回廊」(同前掲『思想課題としてのアジア』)を参照。

　[3]　堺の中国認識について、野村前掲「近代日本の中国認識――『大陸問題』のイメージと実態」、上村前掲「初期社会主義者の辛亥革命観――片山潜と堺利彦を中心に」及び川上前掲「堺利彦と山川均がみた中国」などを参照。

時評」)のなかで、堺は「支那革命の性質」について次のように論じている。

「支那共和国は再び帝国の形に跡戻らんとしつゝある。フランスの共和制が幾度も王政帝政に跡戻つた事を思へば何の不思議もない。

先達ての支那の革命は、百廿年前のフランスの革命、五十年前の日本の革命と同じ性質のものである。封建制度を破壊して資本家的国家を建設する、自然の運動の一種である。

思ふに支那は今後まだ幾度かの小革命、小撹乱を経て、初めて資本家制度の近代国家になるであらう。そして其後に於いて初めて真の社会主義運動、労働運動が起るであらう。」[1]

短評ではあるが、堺の辛亥革命観の基本的輪郭を明確に現している。要するに、堺にとって辛亥革命はフランス革命や明治維新と同じく、一種のブルジョア民主主義革命であり、封建国家から資本主義国家へと移行する中国近代化の一過程にすぎない。しかも今度の革命は未完成で、帝政に逆戻りする可能性を秘めており、いわばそれは資本主義を確立した近代国家を建設するプロセスに属する変革である。その意味で、社会主義運動は中国にとってまさにその後にくる課題なのである。

このような中国革命観はその後の堺の中国論に貫徹されていた。たとえば、1916年初頭、袁世凱が帝政を復辟し、中国の政局が混迷を深めるなか、堺は南方の孫文らの中華革命党をはじめとする運動に着目[2]しながら、「袁世凱は没落を免れないだろうが、その後においてはたして革命党の理想は実現されるであろうか」[3]と述べて、革命党の前途について悲観的であった。堺によれば、革命党の理想は多種多様で、明確な共通点は存在していない。たとえば、孫文は「ヘンリー、ジョージ流の (ママ)

---

① 堺「支那革命の性質」〈「橙黄橘緑（時評）」〉『新社会』第2巻第3号、1915年11月、9頁。

② 中華国民党の成立について、堺は「東洋天地の多事」と題する時論で、「支那は帝制問題で動揺してゐる。黄興は遠く米国に病み、章炳麟は幽閉の中に呻吟してゐるが、多数革命党の志士は東京に集合して謀計を回らしてゐる。南清地方には既に種々なる実際運動が勃発しかけてゐる」と述べている（「霜ばしら（時評）」『新社会』第2巻第5号、1916年1月、14頁）。

③ 堺「支那革命の将来」〈「蕾と芽（時事短評）」〉『新社会』第2巻第8号、1916年4月、16頁。

土地国有主義」を抱いている。「張継君の如きは純粋なる無政府主義者である」。日本の維新前の志士あるいは自由民権家と同じように、中国の革命党もただ「未だ明瞭に彼等の意識に上らざる経済的原因の為に刺激せられて、今の革命運動を起してゐるのである」。しかし、その理想は「必ずしも精密に其の経済的原因と一致して居らぬ。従つて革命成就の暁、其の理想の実現されぬに失望する事になるに相違ない」として、革命の前途多難さを予見していた。[①]

1916年7月、袁の帝政がすでに破綻した時期においてもその見方は変わらず、堺は『新社会』の時評「孫逸仙と板垣君」では、同様の悲観論をくりかえした。「支那は袁世凱の死に依つて形勢の急変を見やふとして、然しながら又存外行悩みの姿である。謂ゆる革命党が何処まで果して革命的の理想を実現し得るか。思ふに今後猶幾度かの反動又反動を経過して、結局生ぬるい妥協に終るであらう。そして孫逸仙君の将来は或は日本の板垣君の如く、張継君の将来は或は日本の中江兆民の如くなるではあるまいかと、僕は窃かに気遣つてゐる。支那の本当の革命はそれから後の事である」。[②]

堺にとって、孫文が率いる革命党は「大体において南方紳士閥の代表者」であり、「彼等は十四億人民のために正義の戦ひをしてきたと信じてゐるのであらう。然し其の実際は、北方の武力に対する南方の財力の戦であつた」。南北対立の「煮えきらぬ状態」は当分続くだろうが、孫文一派の将来は「我の板垣伯の如くにして老いるか、或は渋沢男の如くにして富むであらう」と予言し、孫文などの革命家を終始ブルジョア階級の代表と見ていた。[③]

上述した堺の中国革命認識の基底をなすのはマルクス主義的唯物史観の立場から発した封建主義社会→資本主義社会→社会主義社会という二段階革命論の図式にほかならない。ブルジョアジーの代表者と

---

① 堺「支那革命の将来」〈「蕾と芽（時事短評）」〉『新社会』第2巻第8号、1916年4月、16頁。

② 堺「孫逸仙と板垣君」〈「酷暑清暑（時評）」〉『新社会』第2巻第12号、1916年7月、24頁。

③ 堺「支那の問題」〈「火の見台（時評）」〉『新社会』第3巻第10号、1917年6月、26頁。

しての孫文らよりも、かれは社会主義勢力の成長を期待していた。その視線の先にあるのはブルジョア民主主義革命ではなく、その後の社会主義運動による「真の革命」である。辛亥革命に対する堺の態度は確かに悲観的であった。これに対して、日本より中国は遅れて近代化しつつあるという、日本社会主義者の先進国優越意識を批判するのもたやすい。しかし、裏返してみれば、それは唯物史観という「科学」に基く中国革命への大局的把握と長期的視野が前提になっているゆえに、混沌とした中国革命情勢を分析するにあたり、堺はつねに「形勢は必ず逆転する。反動は必ず起る。そして今日無意識の中に要求されてゐる経済的の必然現象が発生する。それは外でもない、近代産業制度の確立である。換言すれば支那国の資本化である。更に之を換言すれば純粋な黄金政治の実現である。近代的の意味に於ける真の革命はそれから後の事である」[1]という展望をもつことができたのである。それは野村浩一が指摘したように、「堺によれば、中国の動向は、まさに『経済的の必然現象』に左右されているのであり、したがってその視角をわがものとすることによって、その将来を予想することが可能」なのであった。こうした理解は「社会主義が日本の中国認識に付け加えた一つの型に他ならない」[2]という評価に値するであろう。

　ところで、専制政治を打倒し、アジアで最初の共和国を誕生させた辛亥革命について、帝国主義列強による分割の危機にさらされる「支那を以て支那人の支那とせんとする自主的運動の序幕」[3]であると理解していた同時期のリベラリストに比べて、堺が辛亥革命の民族主義的側面を見落としていることは否定できない。「国家戦と階級戦」で述べたように、堺からみれば、「民族的国家は既に過去の夢であ」り、「横の闘争」よりも「縦の闘争」、国家や民族よりも階級という範疇を重要視しているからであろう。さらに、民族主義的視点よりは階級的視点にたった中国革命の分析・中国認識という批判に加えて、帝国主義化する日本における一知識人として、堺ははたして、どこまでナショナリズムから自由であったの

---

① 堺、前掲「支那革命の将来」、16頁。
② 野村、前掲「近代日本の中国認識──『大陸問題』のイメージと実態」、101頁。
③ 永井柳太郎、前掲「非天下泰平論」、31頁。

か、という論点をあえて提起したい。第一節でとりあげたように、堺らは欧州社会党の「変節」問題を敏感に受けとめたが、日本の社会主義者として、帝国主義化する日本の現実や植民地問題をどのように批判しえたのか。

二　「日本の『日米問題』」

1915年12月の『新社会』で、堺は「慢心せる日本人」という一文を書いて、大戦景気で戦争熱を昂進させている日本の現実を次のように批判している。「日本は一等国になつた。世界の大戦争に対して有力なる一要素となつた。英仏の如きお歴々から頻りにチヤホヤされている。青島は疾くの昔し蹴破つた。南洋の中心にも既に足場を拵へた。支那に対しては事毎に強圧を加へ得るの地位に立つて居る。露西亜には多額の軍需品を供給してやつて居る。印度南洋等に対しては頓に輸出の大増加を示して居る。日本は実にトン〵拍子を以て全世界に覇を唱へ得るの好運に際会して居るかに見える」。そこで、「軽佻浅薄なる愛国者等」は「自惚、慢心、有頂天の極に達して居る」、軍国主義がとんでもないところにまで唱えられている。事情に通じ、大いなる危惧をいだいている少数の識者も「世間の浮調子」に押されて、「謂ゆる国家の危急を痛切に感じながら、同じく俗論に反抗するの危険を感じて、只其口をつぐんでゐる」。[①]しかし、日本帝国の世界進出とほぼ同時に、黄禍論や日本人移民排斥問題は大きな問題となり、人種競争や日米開戦の可能性が盛んに唱道されている。堺は太平洋方面における日米両国の利害の衝突は免れないだろうとみて、日米開戦の可能性を認めたが、一文の最後に、「日本人の多くは、戦争をすれば必ず勝つものと信じて居る。今度の大戦争で戦争の損害と苦痛と悲惨を痛切に感じて、如何にもして之を防止せねばならぬ事を覚るべき筈であるのに、彼等は猶自惚れの夢が醒めず、却つて益々戦争熱を昂進させて居る。嗚呼憐むべき自惚の日本人よ。嗚呼恐るべき慢心の日本人よ」[②]とむすんで、帝国主義化する日本国内

---

①　堺「慢心せる日本人」〈「紅葉黄葉（時評）」〉『新社会』第2巻第4号、1915年12月、9頁。

②　同上、9～10頁。

の風潮に厳重な警告を発している。

アメリカ及びオーストラリアなどで顕著になってきた日本人移民排斥の動きに刺激されて、好戦的な感情が昂ぶって、各メディアが対外政策の面から次々と「日米問題」をとりあげるなか、『新社会』は日本国内の「日米問題」に注目したのである。

1917年9月、高畠素之は『新社会』の「火の見台」(時評)に、低廉の労働力を獲得するために、「日鮮同化」という名目で「朝鮮人使用論」が盛んになっていることを取りあげ、「内地労働者から見れば、彼等〔「朝鮮労働者」〕はまさにスカツブである。賃銀引下げの道具である。生活の圧迫である」から、「茲に於いて『日鮮同化』は愚か、米国の日米問題が其の侭日本に再現するやうな結果を生ずることは見え透いてゐる」[1]という「日本の『日米問題』」を指摘した。土地狭く、人口過多という理由で、熱心に「領土拡張、海外発展を絶叫」しながら、植民地の労働者を内地で働かせる「帝国主義の先生たち」の矛盾を鋭くつきとめている。

次号の同じ時評欄に堺は高畠の問題提起を受けとめ、「朝鮮労働者輸入問題」という一文を書いている。堺はこの問題を日本における「労働界の大問題」として位置づけている。「高畠君が『日本の日米問題』と云つたのは実に面白い警語で、謂ゆる『同化政策』が遂に『鮮人排斥』に終わるべきは見易き道理である」と植民地同化政策の虚偽性を批判し、さらに内地労働者よりもっと低廉で柔順な労働力をえるため、「朝鮮人」ばかりではなく、「支那人労働者」もすでに大阪地方に入りこみかけているという事実を指摘し、資本家はあらゆる方策を尽くすから「資本家の同情と温情とに信頼せよ」、と労働者に説法する労使協調論者を糾弾した。[2]

『新社会』では、「日米問題」そのものは片山潜の海外通信によってとりあげられている。『新社会』の第2巻第4号(1915年12月)に掲載された「米国の排日運動」のなかで、片山はアメリカの新聞紙が『日米開戦夢

①　高畠素之「日本の『日米問題』」〈「火の見台(時評)」〉『新社会』第4巻第1号、1917年9月、15〜16頁。

②　堺「朝鮮労働者輸入問題」〈「火の見台(時評)」〉『新社会』第4巻第2号、1917年10月、22〜23頁。

物語』といった出版物を抄訳して、排日熱を鼓吹している状況を紹介し、「将来は危険の状態に陥りはせぬか」と憂慮の念を示している。そのような状況を背景に開催されたカリフォルニア州の労働者大会に、日本労働者の代表として出席した友愛会の鈴木文治が「吾等労働者には国境なし」と演説したことに触れ、在米十万の日本人労働者を犠牲に供しておいて、そして「好い顔をして日米両国労働者の握手を喜ぶ」鈴木に対して、片山は「僕は実に不愉快である」と不満をあらわにしている。[①]

　日本人の労働者移民に対する排斥運動に由来する「日米問題」への対応について、第一章の検討で触れたように、多数の国権論者はそれをもっぱら人種や国家間の問題と見なし、「白閥専制を打破」するという論理で軍国主義の主張を合理化し、さらに日本のアジア近隣諸国に対する侵略を正当化した。そのような国権論者に対して、堺らによる内なる「日本の『日米問題』」の指摘は急所をつくものといえよう。アメリカで行われている外国人労働者排斥運動は現に日本国内でもおこりうる。日本帝国主義の拡張に漁夫の利を得るのは結局資本家階級だけで、被害を受けるのは日本を含めたアジア各国の労働者階級にほかならない。だが、せっかく「日本の『日米問題』」に触れたものの、残念なことに堺らの批判の的はもっぱら資本家階級に向けられ、労働者階級内部——現実の各国の労働者と労働者の間に存在するナショナリズムの問題を直視しなかったことは否めない。

　資本家階級から労働者階級の治世に移れば戦争はなくなる、という堺らの非戦論への批判として、愛山はかつて次のような事実を指摘していた。「今日に於て廉価なる労働の輸入を悪み、事実上の鎖国論を唱へつゝあるものは何れの国に於ても紳士の階級に非ずして平民の階級なるに非ずや。米国をして支那人を放逐し、日本の移住民を虐待しむるものは実に平民の階級に非ずや」。[②]同じような現象は日本の「日米問題」においてもおこりつつある。日本の労働者と近隣諸国の労働者のあいだに現存している対立は、根本的にアジア各国における排日運動の勃興につながる。これも「日本の『日米問題』」という提唱に含められるべ

---

①　片山潜「米国の排日運動」『新社会』第2巻第4号、1915年12月、30〜31頁。

②　愛山、前掲「欧州戦争に関する我等の日誌(14)〜(36)」、14頁。

き問題点であった。しかし、堺にはアジアにおける排日問題についての
さらなる言及は見られない。労働者階級のあいだにひろくみられる外国
人労働者嫌いの感情についてもきちんとした処方箋を持っていなかっ
た。

　かれによると、「人種的偏見」は「利害の衝突」によって引き起こされた
ものである。「社会革命」ののち、利害の衝突が次第に衰えるにつれて、
「人種的偏見も次第に減衰し、ついには全く消滅すべきわけである」。[1]
こういう楽観的な図式論から、堺は現実の労働者排斥問題への対処より
資本家階級攻撃のほうに力を入れたと考えられる。しかし、逆にそれは
現実と一般の大衆心理から遊離したものであったともいえよう。

三　堺と　「大正デモクラシー」

　五・四運動が学生中心のデモから中国各地の労働者のストライキに
高揚したころ、1919年6月号の『新社会』に、堺は日本政府や山東利権
を要求する「志士」にアイロニーをこめて、山東問題に対する「支那人の
激昂といふ厄介な事件」[2]といった反語的な表現で五・四運動に触れて
いる。それと同時に、張継が戴天仇などの親日派の旧同盟会員と連名し
て書いた「日本国民に告ぐ」という論文について、「張継氏の日本に対す
る絶縁状」と題してとりあげた。「日本は欧州戦争以降、脅迫により廿一
箇条の条約を承認せしめたる以来、中国民の恨み骨髄に達せり」といっ
た、「日本国民の耳に余ほど痛い事」が書かれた「絶縁状」を「永く日本
に在り、多くの友人を日本に有する」張継をして公表せしめたのは「如何
にも情けない事実である。殊に彼と古き私交を有する我々としては、真
に慚悔の感に堪へない」[3]と堺は述べている。

　その前号の第6巻第1号（1919年5月）の時評欄で、堺は朝鮮の三・一
運動につき、「朝鮮の騒擾と総督文官制」という一文を書いている。反語

---

　　①　堺「そんなに心配することはない（人種的偏見の問題）」（『桜の国地震の国』、小
学館、1928年）『堺利彦全集』第5巻所収、314～315頁。
　　②　堺「無雑作な伏線と名吟の祟り」〈「カライドスコープ（時評）」〉『新社会』第6巻第2
号、1919年6月、28頁。
　　③　堺「張継氏の日本に対する絶縁状」〈「カライドスコープ（時評）」〉『新社会』第6巻
第2号、1919年6月、27頁。

的表現を多く用いているので、その真意を誤まり伝えないために、ここに全文を採録しておく。

「米国宣教師が煽動した。西比利亜の過激主義が伝播した。それで朝鮮の騒擾が起こつた。若しそれを事実とするなら日本政府に何の責任もない。どし〱兵隊を送つて鎮圧すればよい。幸ひにまだ軍備は縮小されて居らぬ。

日本は世界に向つて人種差別撤廃の大理想を高唱した国である。それが何で自国領土内の鮮人を賤人あつかひにするものか。独立時代よりも遥かに寛大な自由な政治の下で、遥かに幸福な生活を送りながら、其の恩誼を忘却して騒擾を起すとは、鮮人も余りに物が分らなすぎる。然し世間体もある。総督武官制は文官制に改めてやる、但し武官制が悪かつたのでは決してない。それの廃止が騒擾の結果だなど〱考へては大間違である。」[1]

その反語的表現をそのまま真意として受けとめ、堺が三・一運動や五・四運動を排日の民族的抵抗運動として正しく理解できなかった、という批判[2] についてはにわかに賛同しがたい。筆者は以上の文面からむしろ三・一運動や五・四運動が日本政府の帝国主義政策が招いた結果であり、日本の自業自得だという堺流のアイロニーを読み取れると思う。しかし、堺は愛国主義や軍国主義という「世間の浮調子」に押されている日本人民の目覚めに期待を寄せている一方、その母国としての日本帝国に向けるまなざしに、辛亥革命論にみられるような傍観者的な態度と冷徹さが一貫していることも認めざるをえない。支配階級の掌中にあ

---

① 堺「朝鮮の騒擾と総督文官制」〈「カライドスコープ（時評）」〉『新社会』第6巻第1号、1919年5月、30頁。

② 上村は前掲「初期社会主義者の辛亥革命観──片山潜と堺利彦を中心に」において、堺のこの一文を次のようにコメントしている。「よほどこれは朝鮮総督府や政府に対するイロニイをこめた反語的表現ではないかと思ったが、決してそうではない。……張継に対する懺悔の念を述べた同じ号の時評に並んでいるのを見ると、あの詫び証文は単に張との私交上におけるそれだったのかという気がしてくる。つまり、こと辛亥革命とは限らず、堺のアジアを見る眼はそれほど曇っていたのである」（77頁）。『新社会』にあらわれた「国際民主主義」に対する皮肉った態度から考えれば、いわゆる民主主義の潮流に配慮して、日本政府は総督武官制を文官制に改めたのだというニュアンスにもとれるこの一文は、堺の反語的表現として捉えたほうが適当だろうと思う。

る国家を否定する以上、「加害者意識の欠落」という指摘は本人にとって心外であろう。

　ところで、日本帝国主義の侵略に大きく立ちはだかるアジア民衆の覚醒を意味する三・一運動や五・四運動に対して、なぜ真正面から評価することなく、あのような反語的表現の発表にとどまったのであろうか。いわゆる「危険人物」に対する官憲の厳しい取締りもあっただろうが、実際『新社会』の「万国時事」欄などは中国や朝鮮の記事をほとんどとりあげていないし、当時の堺の関心の大きな部分はやはり日本国内の普通選挙や社会主義運動・労働運動の推進にあったことが主たる要因として考えられる。

　1917年1月、堺は衆議院議員選挙に立候補し、その選挙公約には「最後ノ大理想――土地および資本の公有」の「予備政策」として「普通選挙、言論集会ノ自由、結社の自由（労働者団結ノ自由）、婦人運動ノ自由」などが掲げられている。官憲の厳重な取締りのため、積極的な選挙運動を展開できず、得票数はわずかに25票に過ぎなかったとはいえ、この運動を契機に、時機到来を待っていた堺は、社会主義者としての実践運動に踏み出した。[①]

　この時期、ロシア革命の刺激もあり、日本国内の社会主義陣営は盛り上がりをみせた。1917年5月7日、在京の社会主義者約30名は「メーデー懇談会」を開催し、ロシア社会党に革命の成功を祝し、すみやかに帝国主義戦争を中止すべきことを勧告する決議を採択し、ロシアをはじめ各国の社会党に発信した。同年8月の『新社会』に「同志諸君に訴ふ」という一文が掲載され、「『新社会』の守りに最善の努力を尽して、以て吾々の更に活動し得べき機会を作ると共に、苟くも機の乗ずべきあらば、飽まで社会主義的運動の為に利用せん事、吾々が今日の覚悟である」と宣言している。その後、『新社会』には堺によるレーニンの「ロシア革命」、「トロツキーの自叙伝」の翻訳、山川の「露国革命の過去と未来」などが掲載され、雑誌社の方針としてボリシェヴィズムの傾向を明示するなど、社会主義理論や運動論の深化と広がりがみられる。それと同時に、

---

　①　大正デモクラシー期における堺の活動について、荻野前掲「第14章　堺利彦論――唯物論的社会主義への道」、松尾前掲『大正デモクラシー』を参照。

普選運動をめぐる運動論の分岐から、『新社会』の編集者のあいだにやがて大きな亀裂が生ずるが、堺は前掲の「同志諸君に訴ふ」に宣言された通りに、「社会変革の予備運動、一段階」としての、実際の普選運動と労働運動に積極的にコミットしていた。すなわち、米騒動前後から次第に高畠が国家社会主義に傾斜し、山川と寒村は相変わらずサンジカリズムの影響下にあったが、堺はいちはやく「普選と労働組合の機運が熟してきた」という認識にたち、民衆のエネルギーとかれらの「無意識の要求」を「意識的に導いて明白な公然な運動に導く」[①]といった、今後の社会運動の道筋を予想していた。この柔軟な現実認識から、この時期の堺は『新社会』だけでなく、『中央公論』や『中外』にも普選の実現と労働組合運動の自由を訴える論陣を張り、ほかの社会主義者に見られない大正デモクラットとの思想的重奏が見られる。

しかし、興味深いことに、国内の民主化において吉野作造などの大正デモクラットと共通認識をもつ堺は、「内にあつては民本主義、外にあつては国際平和主義」という大正デモクラシーのもう一つの潮流をなす「国際民主主義」に対してあまり関心を示さなかった。[②]第二節ですこし触れたが、そもそも堺は連合国側が唱える民族自決、国際連盟、軍備縮小、仲裁裁判、デモクラシーの徹底、社会政策の徹底といった「世界改造の偉業」の本質は、諸国各自のエゴイスティックな利権獲得のための大義名分に過ぎないとしている。1918年12月、日本が英仏米伊の四国とともに中国南北両政府に「早く南北の紛争をやめて世界改造の偉業に参加せよ」という和平統一の勧告を行なった際、堺はこの「世界改造」のスローガンを逆手に捉え、自国内で実行していない、いわゆる「世界改

---

① 堺「普通選挙と労働組合」〈「カライドスコープ――百色眼鏡（時評）」〉『新社会』第5巻第2号、1918年10月、10頁。

② 堺はかつてウイルソンなどが唱導する「国際連盟」論について、「その文面上の正義人道をそのまま信じるほど迂愚ではない」とコメントしている（「グレーの『国際同盟』説」〈「カライドスコープ――百色眼鏡（時評）」〉『新社会』第4巻第11号、1918年8月）。ほかに、『新社会』第4巻第5号（1918年2月）の山川均・高畠素之による時評欄にも、「今回の大戦は軍国的専制主義の独逸文化に対する民主主義的文明の争覇戦だ」といいながら、民主思想の防圧策をとる寺内内閣にエールを送る「聯合国の『正義』」は「眉唾物」であると論じている（「日本の民主主義と聯合国の『正義』」〈「火の見台（時評）」〉、21～22頁）。連合国側が唱導する「国際民主主義」について、『新社会』の態度は一貫して懐疑的である。

造の偉業」を隣国に勧める資格は日本にはないと指摘し、「敵は国外に
のみあらずして各自の国内に在り。国内が大事である、内政が大切であ
る」から、日本は「先づ其の内政における民主的な施設、社会的政策、
平和的方針の確立に努むべき筈である」と主張している。[①]この堺の批
判からすれば、堺はなによりも日本国内における民主主義の推進、社会
主義運動の進展を目下の最大の課題とみていたというべきであろう。こ
の内向の姿勢によって、かれは「日本の『日米問題』」に提示された民族
主義の問題を直視しえなかったし、中国・朝鮮の民族解放運動を積極
的に評価できなかったとも考えられる。

第四節　小括──「階級」とナショナリズムのあいだ

　1920年6月、『新社会』の後続誌の『新社会評論』（第7巻第4号）に堺
は「支那と過激派」という一文を発表している。そのなかで、堺は上海、
漳州や北京でマルクス主義の宣伝が活発になっていることをとりあげて、
次のように論じている。「欧州の中で経済的発達の最も遅れてゐた露西
亜が真先にあの革命を起した事を思へば、支那に存外早く類似の革命
が起るまいものでもない。経済的発達の結果が自然に革命になるといふ
理論からすれば、露西亜の事実、および支那に対する観測は背理の様
に思はれる。然しそうではない。革命の完全な成就から云へば、矢張り
経済的発達の進んだ国の方が早いに相違ないが、只だ後れた国の方
が（他の事情次第に依つては）、却つて早く突変的の端緒を開くのであ
る」。[②]
　この一文から、ロシア革命後に堺の中国をみる眼が転換したともみら
れるが、「露の革命は労兵農階級の改革であり、支那の革命は商務階

　①　堺「世界改造と内政の改善」〈「カライドスコープ──百色眼鏡（時評）」〉『新社会』第5巻第5号、1919年1月、4頁。
　②　堺「支那と過激派」〈「千百五番より（日記）」〉『新社会評論』第7巻第4号、1921年5月、4頁。

級の革命である」[1]という従来の堺の考え方に根本的な変化があったとは思われない。[2]かれは中国に社会主義革命がおこってもそれは「突変」であるという認識にとどまって、中国の社会主義革命は民族解放運動と重ねて、近代国民国家・民族国家形成の過程で登場してきていることを理解していなかった。当時の中国の革命家にとって、半植民地的状態からの民族の解放と独立が緊急の課題であり、ほかならぬ日本帝国主義こそ正面最大の敵であった。

　国家や民族よりも階級という範疇を重要視して、中国革命はまだ遅れた段階にあるという公式主義的判断によって、堺は辛亥革命や三・一運動、五・四運動の民族主義的な側面を見落としていたのであろう。前述したように、唯物史観という「科学」にもとづいて混沌とした中国革命情勢の分析にあたった堺の態度は、中国革命への大局的把握と長期的視野が前提になっており、近代日本の中国認識の歴史においてむしろ画期的意味をもっている。この点はおおいに評価すべきだと思う。しかし、辛亥革命や在日朝鮮人労働者の問題において、現実に幾度もナショナリズムや民族の問題に遭遇したにもかかわらず、なぜ堺はそれを直視せずに通り抜けてきたのか。ここで問題にしたいのは、かれの「階級」という視座に含まれた教条主義である。かつて愛山に批判されたように、かれはマルクス主義の「二元論」をすべての歴史的社会的現象の分析に応用し、帝国主義化する日本の社会主義者として、欧州社会党の「変節」問題を媒介にして「日本の『日米問題』」といった植民地や民族の問題と真剣に取り組み、「階級」という範疇とからみあうナショナリズムの問題と

---

　①　1918年5月、堺は天津に出来た「全国商務総会連合会」をロシアの労兵農会と比較して、両者ともに「一般民意の代表」とみられているが、根本の相違があるとしている。すなわち、「露の革命は労兵農階級の改革であり、支那の革命は商務階級の革命である。但し此の商務階級は、商工業及び地主を代表する者とも見るべきだろう。日本の自由党、改進党が、地主と士族と商工業者との代表者であって、それが『一般民意を代表するもの』として、民権運動を起したのと考へ合すべきである」（「支那商務階級の革命」〈「カライドスコープ（時評）」〉『新社会』第4巻第8号、1918年5月、27頁）。

　②　前掲の石坂や川上の論稿には、「支那と過激派」という一文を手がかりに、堺の中国をみる眼がロシア革命後に転換したとしている。しかし、川上の論文にもとりあげたその四ヶ月後の時論「太平洋会議」には、堺は依然として中国が「現在ただひとつの退化した国家であり、先進国家の資本の自由な利用に供するべき」状態に陥っているという見方をしている（『新青年』第9巻第5号、1921年9月、汲古書院影印本第10巻、587頁）。

対決する思想的営為を怠ったのである。近代日本においては、天皇制がナショナリズムをほとんど一手に独占していた[①]という客観的歴史条件ももちろん無視できない。しかし、現体制・社会に対する批判思想としての「社会主義」を問題解決の方法として、いわば理念として真摯に追求した知識人のあり方としては、やはりいささか問題があるのではなかろうか。

　国家を否定し、階級を中心とする唯物史観から、堺は横の国際闘争より縦の階級闘争を歴史発展の推進力と見なしている。かれからすれば、国際闘争と階級闘争の混乱をへて、次第に国際的階級闘争の形勢が現出し、最後には民族や国家を超える世界労働者階級の統一に到達するのは歴史の大勢であった。したがって、第一次世界大戦にあたって、かれは「愛国心」を支配階級によって政略的に動員された「迷想」と認識し、戦時中に戦争協力に転身した欧州社会党の「変節」問題を「一時の変態」として位置づけることができた。しかし、三・一運動や五・四運動に関する論説にあらわれているように、観念論的な色彩をもつ民族主義にあまりに冷やかな態度をとったため、かれは逆に弱小民族にとっての民族解放運動の意義を評価することができなかった。丸山真男は、愛国心の「危険な側面」を払拭するため、「国民的忠誠」に拮抗しうる「階級的忠誠の発展、とくに労働者階級の国際的連帯意識の成長がもつ意義と役割は重大である」と指摘したことがある。[②]本章では大正社会主義に対する一考察として、雑誌『新社会』を中心に、堺における階級とナショナリズムの問題を検討してきたが、複雑なナショナリズムのダイナミクスに対応できる複眼的な「階級」の視座の確立がより重要であるといえ

―――――――――

　①　日本の社会主義者にナショナリズムに関する視点がきわめて希薄であったことについて、野村浩一は次のように分析している。「近代日本においては、天皇制がナショナリズムをほとんど一手に独占していたがゆえに、あらゆる反体制思想及び運動は必然的にインターナショナルな色彩を帯び」、社会主義の歴史は逆に、「その思想ないし運動をナショナリズムと如何にむすびつけてゆくかという苦悶の歴史であったともいうことができる」（野村前掲「近代日本の中国認識――『大陸問題』のイメージと実態」、99頁）。本章が検討した「階級」という視座における陥穽の問題はまさにこの「苦悶の歴史」のあらわれだといえよう。しかし、それを日本の社会主義の「宿命的弱点」として解釈するのはやや寛大すぎるではないかと思う。

　②　丸山、前掲「愛国心」、80頁。

ないであろうか。

　日本の「日米問題」という在日中国人朝鮮人労働者問題に対する堺の捉え方に、「階級」という視座のもつ陥穽がいちばんよくあらわれていると思う。階級の視点を有するがゆえに、堺は「日米問題」を人種問題ではなく、「労働界の大問題」として発見し、外国人労働者排斥運動をもたらす帝国主義の矛盾を鋭く把握できたものの、各国の労働者のあいだに存在するナショナリズム（民族主義）の問題を見過ごしている。インターナショナルな労働者階級の連携を理想とする社会主義者にとっては、労働者階級内部におけるナショナリズムの衝突あるいは相克は本来ありえないように思われる。しかし、現実の階級は純粋な現象ではなく、人種主義やナショナリズムのような近代のほかの創出物と分ちがたく接合している。労働力の商品化によって始まった労働者間の競争はまぎれもなく国家や民族間の問題に同一化され、ナショナリズムの形態をとることとなる。

　たとえば、『新社会』で最初に「日本の『日米問題』」をとりあげた高畠素之は、その後アメリカなどの日本人移民排斥運動の状況が日ましに激しくなっていることに「万国の労働者が到底団結し得ざる現実的示唆」を見出し、次第にナショナルなものへと傾斜していった。現実の客観的認識から、高畠は「階級戦は飽までも相対的で外国と対立した場合には労資一切の争闘を中止し、内に磨ぎ合つた鋒先を一斉に外に向はせねばならぬ」[1]として、軍国主義を容認する「一国社会主義」「愛国社会主義」の主張を展開した。1919年5月、堺は国家社会主義に傾斜した共同経営者の高畠と袂を分ち、『新社会』にあらたに「マルクス主義の旗印」をあらわしたが、日本の労働者のあいだに存在する人種主義、民族主義の問題ないし植民地の問題に対するリアルな視線があいかわらず欠落していたといえる。

　もともと、階級闘争史観は、特定の国民国家の認識枠組として有効性を発揮するものであるが、国内の階級闘争を国際的なパースペクティヴ

---

　① 　高畠素之「急進愛国運動の理論的根拠」（1928年4月20日、前橋市での講演、大衆社パンフレット第1輯、1931年）。田中真人『高畠素之：日本の国家社会主義』（現代評論社、1978年、250頁）を参照。

に敷衍して考察してみれば、国内の被圧迫民族は国際競争下の被圧迫階級にほかならないといえる。1920年7月23日から8月7日にかけて、モスクワで共産主義インターナショナル（コミンテルン）第二回大会が開催され、民族解放運動が反帝国際統一戦線の一環として位置づけられた。この大会はレーニンの強力な指導を受け、かれが起草したコミンテルンの加入条件として、帝国主義諸国の共産党に対して民族解放闘争を支持し、自国労働者のあいだに被圧迫民族への連帯感を強めることを義務づけている。

　このようなレーニンの民族植民地問題に関する見解を受けとめた結果とも考えられるように、同年11月、日本帝国主義に反対する国境を超えての連帯を意図した国際組織「コスモ倶楽部」が東京で結成されている。1923年中に自然消滅し、約三年しか存続しなかったが、その綱領で「人類をして国民的憎悪、人種的偏見を去って、本然互助友愛の生活に進ましめることを目的」とした「コスモ倶楽部」は、1920年12月に成立した社会主義同盟の別動体ともいうべき、日本帝国主義のアジア侵略に反対する日本の社会主義者と民本主義者、そして朝鮮中国の留学生ナショナリストの交流機関であった。しかし、松尾尊兊の研究に指摘されているように、官憲史料にはこの倶楽部の動静を伝えるものがかなりあるのに対して、当時の総合雑誌、社会主義運動機関誌紙、関係者の日記あるいは個々の回想録には、一、二の例外をのぞいて倶楽部の名が登場しない。堺はその「主幹者」のひとりであるが、『新社会』の後続誌で、日本社会主義同盟の機関誌になる『社会主義』にさえ、倶楽部の名は一度も見いだせないのである。[1]

　日本帝国主義に反対する東アジア知識人の連帯として重要な歴史的意味をもつこの「コスモ倶楽部」が短命におわり、関係者にさえ重要視されていなかった理由はなんであろうか。官憲の圧迫、アナ・ボル対立の激化以外に、「日本人社会主義者の大国意識、すなわち被圧迫民族軽視である」[2]ことを松尾は一つの要因としてあげている。本章で検討した

　　[1]　松尾尊兊「コスモ倶楽部小史」『京都橘女子大学研究紀要』第26号、2000年3月、20頁。

　　[2]　同上、50頁。

堺の内向の姿勢に見られるように、「冬の時代」をのりこえた「大正デモクラシー」の時代において、堺の関心の大半は労働者階級の国際的連帯より国内の社会主義運動・労働運動の発展にあったことも見逃せない事実である。こういう意味で、堺自身はけっしてナショナリズム（近代的国民国家）の枠組みから自由ではなかったといえよう。それでは、この「内なるデモクラシー」を契機として、その後の社会運動のなかに、国民革命の潮流が発展していくアジア諸民族のナショナリズムを正面から受けとめる可能性はなかったのか。章を改めて、1920年代の日本における中国国民革命論のありかたを検討してみたいと思う。

第四章　1920年代における長谷川如是閑の中国革命論

第一節　問題の所在

　1919年は、世界思潮の動向の中で一つの転機を画する年であった。山川均は1929年に当時の世界の情勢をふりかえって、「まさに、千載一遇ともいうべき非常の時期に際会しておった」と述懐している。すなわち、破壊的な大戦争によって、それまでの古い秩序は根底から動揺し、「実際、おおくの人々は、新しい世界を望んでいた。改造は世界の復活する唯一のみちであった。こうして改造は世界の合言葉となった。……北からは、『無産階級の××〔解放〕！』というレーニンの叫びが聞こえていた。南からはすべての階級の『デモクラシー！』という、ウィルソンの声が響きわたっていた」と、山川は述べている。[①]

　日本もまちがいなくこの世界的潮流の渦中にあった。一方で、皮肉なことに、パリ講和会議に人種差別撤廃案を提出した矢先に、朝鮮では三・一運動、中国では五・四運動がおこり、帝国主義日本は、被抑圧民族諸国におけるナショナリズムの高揚の前に大きな試練にたたされるこ

---

①　山川均「『改造』十年の回顧」『改造』1929年4月、『山川均全集』第9巻（勁草書房、1979年）所収、271～272頁。

とになった。他方、国内では「火事場泥棒」的な「大戦景気」による日本資本主義の急成長とともに、労働問題が一挙に本格化した。第一次世界大戦後の日本において、資本主義に固有な矛盾と欠陥が顕在化したのである。東京砲兵工場、足尾銅山などの大ストライキをはじめ、各地で労働争議が頻発、労働組合運動が勃興した。このような新興階級の社会運動の勃興を背景に、「我々の社会生活をどのように改造すべきか」という課題をめぐって、社会民主主義、国家社会主義、ギルド社会主義、無政府主義またはサンジカリズムなど、多様な色彩をおびた社会思想が一気に噴出した。山川均によれば、このように盛んな「社会思想の勃興は、かつての何れの時期にも見ることの出来なかったこの時期の特徴であった」。[1]

　以上のような大正期日本の「社会思想の勃興」という思想状況を背景に、「社会の発見」と称される、概念上、国家と区別されうる別個の「社会」概念が次第に形成されてきた。[2]この「社会の発見」は、単に国内的現象だけではなく、同時に国際的なひろがりをもつ現象でもあった。[3]たとえば、1921年に、ワシントン会議が開会されていたさなか、長谷川如是閑は第一次世界大戦後のインターナショナリズムの変化に着目し、「これ迄の所謂インターナショナリズムが、Inter-State若くは尠くともInter-Nationの傾向に限られてゐたのに比し、今日のそれはInter-Socialの精神に稍々触れて居る事である」[4]と指摘している。つまり「社会の発見」によって、従来、狭義の国家間の関係に限られていた国際関係は、「社会連帯」の精神に触発されて、新たな認識「枠組」の可能性が提起されるよ

---

　①　山川、前掲『「改造」十年の回顧』、272頁。

　②　大正期における社会概念の析出状況に関しては、飯田泰三「吉野作造——"ナショナル・デモクラット"と社会の発見」『批判精神の航跡：近代日本精神史の一稜線』（筑摩書房、1997年）所収、及び石田雄『日本の社会科学』（東京大学出版会、1984年）、有馬学『国際化の中の帝国日本　1905～1924』〈日本の近代④〉（中央公論新社、1999）を参照されたい。

　③　大正期における社会概念の析出状況が国際秩序論にも大きな影響を与えたという酒井哲哉の研究（「『国際関係論』の成立——近代日本研究の立場から考える」（『創文』431号、2001年5月）、「国際関係論と『忘れられた社会主義』——大正期日本における社会概念の析出状況とその遺産」〈『思想』945号、2003年1月〉）を参照のこと。

　④　長谷川如是閑「一九二一年から二二年へ」〈傾向と批判〉『我等』第4巻第1号、1922年1月、81頁。

うになった。このような国際関係論の視点から、「社会の発見」に特徴付けられる1920年代の思想状況を考察する時、同時代の日本知識人における中国国民革命の認識は非常に興味深いものとなる。

　1924年、歴史的な国民党の改組・国共合作を組織的母体にして、大きく動き出した国民革命運動の意義は、辛亥革命後の名目のみで空洞化された民国を、真に民主共和の名に値するものに変革するため、対外的な経済的独立、対内的には政治的自由を実現するための民主・民族革命としておしすすめられた点にあったといいうる。[①]その背景には、ワシントン諸条約の下での列強による中国管理体制の強化、そして中国への勢力扶植をうかがうソ連・コミンテルンからの後押しがあるだけではなく、中国の社会経済的変化も大きな動因としてあげられよう。第一次世界大戦を契機に、民族資本による近代産業の力が増強されるにともなって、新興の商工業都市を舞台に民衆各層の間に経済的・政治的な平等を要求する民主化の動きが次第に顕著になり、国民革命の機運をもたらしたのである。1927年の国共分裂によって、国民革命は蒋介石が率いる国民党を中心に、北伐の完成（1928年）をもって反帝国主義反軍閥に基づく中国再統一のナショナリズム運動としておわったが、他面、それが関税自主権の回収運動に大きな力を発揮したように、労働者・農民を中心とする民衆運動がその過程に新しい革命勢力として成長してきたことも厳然たる事実である。帝国主義日本をはじめとする列強の勢力拡張が、それまで国家に対してほとんど無関心であった中国民衆の民族的自覚を喚起し、ナショナリズム運動の基盤を醸成したといえる。このようなブルジョア革命と民族解放革命に、社会形態の変革の要素をももちあわせた中国のナショナリズムの展開を、日本の知識人はどのように捉えたのか。この国民革命の受け止め方に対する考察をぬきにしては、「社会の発見」という思想状況が1920年代の国際関係論に与えた意味と限界を全面的に評価できないのではないかと考える。

---

　　①　国民革命については、主に野沢豊編『中国国民革命史の研究』（青木書店、1974年）、栃木利夫・坂野良吉前掲『中国国民革命——戦間期東アジアの地殻変動』を参照。

以上の問題意識から、一つのケース・スタディとして、本章では、「国家の時代から社会の時代」[①]へ移りつつある政治社会状況に対応して、大戦後の「Inter-Socialの精神」を「経済生活本位の世界主義」[②]としていちはやくキャッチし、多元的国家論の立場から国民の社会生活に価値をおく「国家の社会化」を主張し、当時の知識人ないし労農運動の指導者に大きな影響を与えた、大正後期のオピニオン・リーダー長谷川如是閑の中国革命論をとりあげてみたいと思う。

　1919年2月、「白虹事件」で『大阪朝日新聞』を退社した長谷川如是閑は、当時、大山郁夫らとともに、啓蒙雑誌『我等』(1930年3月、12巻2号、通巻128号をもって終刊。1930年5月より『月刊批判』と改題・創刊、1934年2月廃刊)を創刊し、「個性の尊厳」と「社会的平等」、「政治上の自由」の実現のために、きわめて精力的に「現実暴露」と「国家批判」の論陣を展開していた。『我等』時代の約十五年間は、思想家としての如是閑が最も活躍した時期であるが、膨大な数にのぼる国家論・社会論・文明批判やファシズム論と並んで、辛亥革命から満州事変前後にいたる中国の国内・国際政治の現状や革命運動の発展、日本の対中国政策などについても数多くの論説やエッセーを書いている。[③]中国を論じることは、

---

① 長谷川如是閑「大正時代を特徴付けた社会的転機」(『東京朝日新聞』1927年1月4日〜8日)『長谷川如是閑集』(全8巻、岩波書店、1989年〜1990年。以下『長谷川如是閑集』とする) 第6巻所収、261頁。

② 如是閑、前掲「一九二一年から二二年へ」、81頁。「民族生活若しくは、国家生活の接触から、社会生活の接触に転じること」を意味するインターソーシャルについて、如是閑はさらに次のように敷衍している。「資本制度が発達する以前の国際関係は、全く政治的関係若しくは政治的現象に関連する生活の接触であつた、が資本主義が経済的世界主義を建設するに及んで国際関係は全然生活本位の関係となつた。此の種の関係に於ける国際生活が成り立たなければ、資本主義はなり立たないし、資本主義が成り立たなければ、此の種の国際関係は成り立たないのである。而して此種の国際関係が成り立つた事、即ち経済生活本位の世界主義が成り立つた事は、社会的世界主義を成り立たしめた所以なのである」。

③ 田中浩の統計によると、如是閑は『我等』創刊以降、約120篇以上に及ぶ中国論(エッセイ)を執筆している(田中浩「長谷川如是閑の中国論──『国亡びて生活あり』-上-」(『大東法学』〈通号19〉、1992年1月、2頁)。如是閑の中国論についての先行研究は主に田中前掲論文(同論文をさらに要約・加筆した形で「長谷川如是閑の中国認識──辛亥革命から満州事変まで」〈『経済学論纂』第34巻第5・6号、1994年2月〉、「長谷川如是閑と中華民国──辛亥革命から満州事変まで」〈『近きに在りて』通号35、1999年6月〉が発表されている)、平井一臣「長谷川如是閑の中国観──『支那を見てきた男の言葉』をめぐって」(鹿児島大学教養学部『社会科学雑誌』第14号、1993年)がある。

138

「国家の社会化」を訴える如是閑にとって、いったいどんな意味を持っていたのであろうか。

　「国亡びて生活あり」という如是閑の主張は、かれの思想のよりどころをよく言い表すことばとして知られているが、それは、かれが最初に中国大陸を見た（1921年8月17日〜10月初旬）[1]時に発したことばであった。混沌とした軍閥政争のなかでも、「国が亡びやうが興らう」が、「そんなものと没交渉に繁昌していく」[2]中国民衆の「生活事実」が如是閑の「国家批判」の信条を具体的に確証し、いっそう固めたとすれば、「真の民国」の確立をめざす中国の国民革命を如是閑はどのように見たのであろうか。1920年代の「社会思想の勃興」という思想状況を背景に、当時の日本知識人の中国革命論を考察する本章において、『我等』時代の如是閑に注目し、これまでの「社会改造」の理念を掲げた如是閑の思想や理論構造についての研究成果[3]を参考にしながら、その中国の近代国家形成や日本の中国政策をめぐる批判を検討してみたい。

　以下、まず第二節において、如是閑が現代中国について論じた最初の論文「ラッセルの社会思想と中国」（1920年11月）に焦点をあて、中国固有の思想と現代の社会思想との思想的近似性に関するかれの主張を

---

　[1]　如是閑は1921年8月下旬から10月初旬にかけて、上海キリスト教青年会、漢口日本人会有志などの招聘をうけ、第1回目の中国旅行（上海、漢口、北京、天津、奉天、ハルピン、大連をまわり、平壌、京城、仁川を経由して帰国）に出かけている。そこで、かれは中国の山河と人民の生活を身近に観察する機会をえた。そして、その大陸訪問の印象を『支那を見て来た男の言葉』と題して、1921年11月の『我等』第3巻第11号から1923年3月の第5巻第3号まで13回連載している。

　[2]　如是閑「支那を見て来た男の言葉」『我等』第4巻第4号、1922年4月、2頁。

　[3]　如是閑思想の先行研究について、主に長谷川如是閑著作目録編集委員会『長谷川如是閑——人・時代・思想と著作目録』（中央大学、1985年）、飯田前掲『批判精神の航跡』、池田元『長谷川如是閑「国家思想」の研究』（雄山閣、1981年）、同「長谷川如是閑の『社会』主義と共同体的国家論——1920〜30年代国家論の位相」（『岡山商大論叢』第19巻第1号、1983年5月）、田中浩『長谷川如是閑研究序説——社会派ジャーナリストの誕生』（未来社、1989年）、A. E. バーシェイ著/宮本盛太郎監訳『南原繁と長谷川如是閑——国家と知識人・丸山真男の二人の師』（ミネルヴァ書房、1995年）、奥田修三「民本主義者のロシア革命観——長谷川如是閑を中心として」（『立命館大学人文科学研究所紀要』第8号、1962年5月）、古川江里子「長谷川如是閑と『社会思想』グループ——『国家の社会化』と『社会の発見』」（『日本歴史』第611号、1999年4月）、長妻三佐雄「『日本的性格』前後の長谷川如是閑——その伝統観と『日本文化論』を中心に」（『社会科学』第69号、2002年）などを参照。

踏まえて、1920年代に入ってから中国問題を論じ始めるにあたって、中国に託したかれの問題意識を検討してみる。次いで、第三節では国民革命の進展をめぐる如是閑の時論をとりあげて、如是閑の中国革命認識の軌跡とその論理構造を明らかにしたい。そして、第四節では、国民革命前後、中国政策に対する如是閑の態度が微妙に変化した点に注目しながら、日本の帝国主義政策に対する批判をとりあげてみる。

第二節　如是閑における中国への問題関心とその中国論の展開

一　「ラッセルの社会思想と支那」
——如是閑の最初の本格的中国論

　如是閑の中国社会に対する関心は、古く東京法学院在学中（1893年〜1898年）の読書遍歴にまで遡ることができる。病弱のため、かれは卒業後も就職せずに五年間ほど療養生活を送りながら読書に熱中していた。この間、中国の歴史と古典を好んで読んだことがかれの自伝『ある心の自叙伝』に記されている。①ところが、如是閑は中国問題について本格的に論じはじめたのはだいたい1920年代に入ってからのことである。なぜこの時期に如是閑は現代中国について関心をもつようになったのか。かれの問題意識を究め、その中国革命論を考察する前に、ここではまずかれが現代中国について本格的に論じた最初の論文「ラッセルの社会思想と支那」に焦点をあて、その中国論における基本的視点について検討してみたいと思う。

---

　①　如是閑『ある心の自叙伝』（筑摩書房、1968年）、150頁。如是閑は寝る前に『論語』『孟子』『易経』『老子』『荘子』といった本の一節を読んで、それを反芻しながら眠りに入るのが日課だったようである（同、158頁）。また『老子』（大東出版社、1935年）の「巻頭言」に、如是閑は『老子』と『論語』及び佐藤一斎の『言志四録』を「学生時代から、時々何といふことなしに素読することを楽んでゐた坐右の書（ママ）」として紹介している。この三書の性格について、かれは次のように素描している。「老子は辛辣で皮肉で、時々わけのわからぬこともいふ老隠居、孔子はひたすらに諄々として教へて倦まない老父、一斎は酸いも甘いも心得た叔父さんであった」。

140

「ラッセルの社会思想と支那」は、1920年11月10日から16日にかけて『読売新聞』に連載されたもので、のちに『現代社会批判』〈弘文堂書房、1922年〉の「附録」の一篇として収録されている（中国語訳「羅素的社会思想與中国」〈劉淑琴訳、『東方雑誌』第23巻第13号、1926年7月〉も発表されている）。この一文において、如是閑は中国を訪れたバートランド・ラッセルの社会思想と中国の関係について、次のようにその見方を述べている。かれによると、ロシアの影響を受けて中国の新思想家が左傾しているように思われるが、「プロレタリアの心理の成り立つやうな社会状態」に中国自身は未だ達しておらず、「軍国々家の圧迫政治に対する自由主義と個人主義さへ十分成り立つては居ない」実態からいえば、ラッセルの「ブルジョア心理に拠る自由主義と個人主義」は大いに新思想家のあいだにとりいれられるべきものであり、それは「存外共鳴者を得るに違ひない」という。[1]

　そのような結論を導き出す根拠として、如是閑はラッセルの個人主義的自由主義の立場からの国家批判の思想と、老荘や孔孟のそれに代表される中国固有の国家批判思想とのあいだにみられる近似性を指摘している。つまり、リベラリストのラッセルは、個性の創造と没交渉な国家的活動は個人の社会的生活の目的を害するものであるという倫理的な立場から出発して、在来の国家主義に対する批判をおこなった、とみるのである。中国の経済事情は、ラッセルの自由主義や平和主義といった立論を生み出す「商業主義」（資本主義）という社会状況ではないが、中国でも昔から儒教が理想とする「唐虞三代」のようなプラトン流の理想国家を目標において、国家の存在と行動をその道徳性の基準によって批判する思想が盛んであった。孔孟一派は道徳的文化的理想国家をかかげ、現実の国家を片端から批判して服従の拒否を主張するが、老荘一派のように、伝統的な政治や道徳を否定する虚無主義の立場から国家を否定する立場もある。ラッセルの個人主義的自由主義の立場からの国家批判と中国の理想国家の立場からなされる国家批判のちがいを指摘したうえで、如是閑は、近代中国の思想は昔の唯心的立場と異なり、むしろ現時の商業主義と結びついた個人的自由主義の立場に近づいて

---

　①　如是閑「ラッセルの社会思想と支那」『長谷川如是閑集』第7巻所収、227頁。

いるから、中国はラッセルの説をとりいれる可能性に富んでいると見ている。[①]

　学生時代から蓄積してきた中国古典の学殖をうかがわせるように、如是閑はここで中国固有の思想として、孔孟の思想と老荘の思想の性格をそれぞれ「北方の実際主義」、「南方の冥想主義」という構図で論じている。かれによれば、「北方の思想が政治的に現われた場合には、文化主義であり、賢人主義であり、プラトー主義であり、温情主義であり、概して独裁的な傾向を有つてゐる。是れに反して南方の思想が政治的に現はれた時には所謂無為の政治であり、個人主義的であり、自由放任主義であり、従つて無政府的である」。[②]したがって、個性の立場をどこまでも守ろうとするラッセルの社会思想がもつ「非国家主義的立場」から見れば、ラッセルの思想はその政治上の進展において、孔子の聖賢政治よりもむしろ老荘の系統をひく南方の思想に近いと如是閑は指摘している。[③]以上のような思想的近似性を根拠に、かれは国外の軍国主義国家による侵略とそれと連携する国内の軍閥政府の存在といった「外囲の事情」を除き去ったのちには、中国は世界のどの文明国よりもラッセルらが唱える「現代的の小国家主義」に近づきうる可能性があると主張する。[④]

　如是閑によれば、ラッセルの国家観はギルド社会主義の国家観に立脚するもので、国家は自己目的的な存在ではなく、社会的生活の便宜を意味する一つの制度である。国家生活においては小国主義──領土や伝統を基点とした国家ではなく、生活を中心とする機能的国家──をとり、経済生活においてギルド社会主義に近い理想をとるラッセルの立場は、フランスの社会連帯主義者（ソリダリスト）の立場と似ており、ともに在来の国家主義に対する批判から出発した「近代の社会傾向」の一つのあらわれである。[⑤]一方、中国はいまだに軍閥割拠の封建国家であり、ラッセルが批判の対象とする国家の水準の域に達していない。清末の革命家にとって、旧い封建国家を破壊するために、「新国家」つまり近代の主権国家

　　①　如是閑、前掲「ラッセルの社会思想と支那」、217～219頁。
　　②　同上、211頁。
　　③　同上、211～212頁。
　　④　同上、226～227頁。
　　⑤　同上、223頁。

を目標とした「国家思想の建設」は「第一の事業」であった。しかし、その事業が不十分な段階にある中国がラッセルの思想にぶつかると、「今迄建設すべく企図してゐた新国家なるもの、即ち支那人には理想であって未だ建設されなかつた新国家を批判されたことになるので、さういふ国家の建設を企図するのは歴史の順序ではあるが要するに二重手間で、それより直ちにさういふ国家の批判から出立した一層自由な新しき国家の建設に向はんとするに至るのは当然のことである」。①いわゆる「歴史の順序」にしたがって、西洋の主権国家と同じような国家の建設をめざすことは、結局近代国家の超克という難題を抱え込むという「二重手間」をとることとなるので、こんにちの革命家は「旧国家主義に立脚した国家の建設を企図しているのではなく、改造された国家即ち旧国家の破壊から出立する新国家の建設を企図している」②と如是閑は見ている。ここから、南北分立のなかで、如是閑は南方の革命家に好意と期待を寄せていたことがうかがえる。

　ところで、かれは実際にどんな「新国家」が建設されることをイメージしていたのか。如是閑によれば、根強い地域主義や地理的条件に大きく制約されているため、一大近代国家としての中国の統一は「空想としての外決して完全に成り立た」ずに、「当然分立すべき運命にある」。③そして、その分立状態というのは、決して南北とか、軍閥の割拠等による封建的軍国主義の小国家ではなく、上海の発達を一つのモデルとして、経済生活における「自主的状態（オートノミー）」が中心となって「ギルド式の小国」ができ

---

①　如是閑、前掲「ラッセルの社会思想と支那」、221〜222頁。
②　同上、222頁。
③　同上、224頁。現代中国の統一について、如是閑は次のように述べている。「現代の非大国主義的傾向から云えば支那は到底一大国家として纏まる望みはない。初期の革命家はそれを企図し、今でもさういふ大支那国を夢想してゐる革命家なり政治家なりがあつて、支那の統一といふ事が何よりも大事な先決問題のやうに叫ばれているが、然しさう大統一が出来上つたら幾度今の革命家否将来の革命家は大に失望することゝなるであらう。兎に角事実に於て支那の地理上の茫大さは昔の思想が是れを世界と見た程のものなので、全体的統一は空想としての外決して完全には成り立たない。軍国的強制に因つて統一してみたところで到底は一時的の性質を有たものに止まるであらう」(224頁)。

る傾向にそっていくのであるという。①この小国分立は経済生活に根拠を
おいているので、小国と小国の間には平和的な連帯が生まれ、軍閥的
な分立は考えられない。つまり、かれは第一次世界大戦後の反軍国主
義・民族自決主義の高まりを背景に、中国も「次第に国外からの軍国的
侵略を自然と脱れるやうな勢にある」と楽観視する。そして「大を以て小
に事ふ」と説く孟子の思想を例に出し、中国固有の国家思想は比較的
に軍国的色彩に乏しくむしろ社会連帯主義の傾向に近いという特徴を
指摘して、ギルド社会主義②に近い小国主義の新しい国家形態が西洋
型の近代国家を超えるものとして、中国に率先して成立されることを一つ
の理想論として語っている。

　以上の検討で明らかなように、如是閑は中国の固有思想がもつ「非国
家主義」の傾向に注目し、いまだ「碌な国家を持つてゐない」中国に、近
代主権国家を超克する「論理上の可能性」③を逆説的に見いだしている
といえる。如是閑における現代中国への問題関心はまさにここにある。
たとえば、小国主義の思想と老子の「小国寡民」説との関連性などにつ
いてまったく触れていないが、中国は思想が無政府主義的であるという
より、現実の「社会事実が然うなのである」④とかれが強調しているところ

---

　①　如是閑、前掲「ラッセルの社会思想と支那」、224～227頁。1921年6月の『我等』
（第3巻第6号）に如是閑の執筆と思われる「支那統一の疑問」（無署名）という文章に、中国
の統一を主張する、軍国的分野を基点とした従来の政治的分野を温存する「聯邦分権国
家説」や「中央集権国家説」に対して疑問が提示されている。「支那の国家的進化は分化
の方向を持つてゐること」が再び強調され、「将来の支那国家が、産業的、地方的基礎の
上に築かるべきものであるとすれば、列国の強制や、支那自身の浪漫的革命は到底決定
的条件をなすものとは思はれない」という主張である（4頁）。

　②　行き詰まった現代国家が将来めざしうる原理的方向を、如是閑は次の四つにま
とめている。すなわち(1)在来の伝統的国家の権威を撤廃することによって、真の生活目的
実現を可能ならしめると説く無政府主義者(2)伝統的国家権威を承認し、それに社会管理
の全権能を賦与せんとする国家社会主義(3)生産者の支配による新組織の実現を企図す
るサンジカリズム(4)生産者のみによる産業の自治と、国家との併立関係を主張するギルド
社会主義（「生活の現実と超国家の破滅」〈『我等』第2巻第6号、1920年6月〉『長谷川如是
閑集』第5巻所収、71頁）。ここで検討した「ラッセルの社会思想と支那」の論旨にもあらわれ
ているように、如是閑は四番目のギルド社会主義の可能性に期待していたといえよう。

　③　如是閑、前掲「ラッセルの社会思想と支那」、221頁。

　④　同上、214頁。

144

から見れば、如是閑は老荘思想が生まれた中国「社会」形態そのものの
もつ現代的意義に注目し、1920年代に入ってから中国問題について本
格的に論じ始めたのではないかと思う。

二　如是閑の中国論と1920年代の思想状況

　如是閑自身も認めているように、実際に「終始国外の軍国主義的即
資本主義的国家の侵略」を受けている中国においては、民衆の間に国
民としての自覚が喚起され、外国に対抗すべきナショナリズム運動を「廃
することが出来ない」。[①]このような認識があったにもかかわらず、如是閑
はなぜ中国を脅かす西欧列強の侵略や国内の軍閥勢力の存在をただ
「外囲の事情」として受け止め、「国家思想」が十分に発達していない中
国社会に、理想的な「ギルド式の小国」につながる近代的発展の可能性
を展望したのであろうか。このような如是閑の議論は「社会の発見」と称さ
れる1920年代の思想状況とも密接にかかわっていると考えられる。

　第一次世界大戦によって、従来のヨーロッパ列強の勢力均衡原理に
基づく国際秩序観は根底から揺さぶられ、大戦後ヨーロッパの知的世界
において、主権概念批判が一斉に噴出した。ラッセルのいわゆる「小国主
義」の主張もこのような主権概念批判を背景とするもので、それは多元的
国家論の系譜に属している。同時代の日本の思想状況を特徴付ける「社
会の発見」と称される国家主権の相対化、国家とは異質な自立的社会
（ゲゼルシャフト）の比重の増大という現象は、大正期日本の産業化と都
市化に伴う「社会」の登場と深くかかわっているだけではなく、この大戦後
ヨーロッパで展開された多元主義的議論に影響されるところも多い。[②]

　このような思想的雰囲気のなかで、如是閑は1919年4月の『我等』に
「国家意識の社会化」という一文を発表し、国家と「社会」を明確に区別
して、「社会の発見」という動きをいちはやく理論化して示している。[③]興
味深いことに、その翌月の『我等』「巻頭言」に、如是閑は「大世界と小

---

① 　如是閑、前掲「ラッセルの社会思想と支那」、223頁。
② 　酒井前掲「国際関係論と『忘れられた社会主義』」を参照。
③ 　飯田前掲『批判精神の航跡』（205〜209頁）、また織田健志「『国家の社会化』と
その思想的意味──長谷川如是閑『現代国家批判』を中心に」（『同志社法学』第56巻第1
号、2004年5月）を参照。

世界」という一文をも書いている。そのなかで、かれは国家観念を持たない中国の根本的事情が民族統一を困難にしていることを指摘する一方で、「超国家的根底」のうえに立っている「天下」という中国固有の思想観念がもつインターナショナリズムとヒューマニズムの方向こそ、帝国主義的征服被征服関係に揺れる現代の世界情勢の安定化をもたらすことを示唆している。[①]第二節で検討してきたように、1920年の「ラッセルの社会思想と支那」論文は、この巻頭言の主張をさらに敷衍して深化させたものと考えられる。したがって、このような理論展開の経緯から見ても、1920年代に入って自覚的に展開された如是閑の中国論は、その「国家の社会化」という理論課題への取り組みの一環として位置づけられよう。

　酒井哲哉によって指摘されているように、大正期の多元主義的思潮のなかで、中国社会の自律性・相互扶助性のなかに近代主権国家を超克する可能性が読み込まれていく傾向が見られる。[②]それは頑迷固陋であり、「近隣の悪友として謝絶す」(福沢諭吉)べきだった中国が、1920年代に改めて「社会としての中国」という新しい価値の表象として登場したことを意味する。[③]以上の検討で確認できるように、現代中国に対する如是閑の問題関心は、疑いなく大戦後の多元主義の系譜にあるもので、ラッセルの考えとも共通するものであった。

---

　①　如是閑「大世界と小世界」(巻頭言)『我等』第1巻第6号、1919年5月。
　②　酒井、前掲「国際関係論と『忘れられた社会主義』」、126～129頁。このような中国研究の代表例として、酒井は橘樸の中国社会論をとりあげている。ラッセルを引証し、中国古代思想をギルド社会主義的に再解釈する理論枠組そのものにおいて、1920年代の如是閑の中国論は、確かに同時代の橘の中国論と近似しているといえよう。
　③　1916年、唯一の日本人宣教師として中国に渡り、以来各地を伝道して回り、そのかたわら中国事情の研究も行っていた清水安三が当時の中国論を「支那を文明の老耄者だと評するものと、新らしい若さのある生活だと論ずるもの」という二つにわけ、大多数の中国人は国家に無関心であるという現象を踏まえて次のように述べている。「支那を過去の文明国とせずして、五千年の修業と苦しみを以て、漸く国家とか、民族とか、土地領土の愛着とかの凡てに無関心になり得たものでありとすれば、現在支那は文明の帰趨であり、痛快なる成功であらねばならぬ。然らば支那は国家の死骸であつても、人間はやつと生れたばかりの若さに生きてゐると言つてよい。今頃国家らしう欧米や日本の真似をするのは、絶大なる時代錯誤であつて、死骸をつゝき起して、もう一度浮世の憂目を見させやふといふやうなものだ。……支那は現状のまゝを発足点とし、思ひも寄らぬ未来を齎らすべき現代文明よりも、二千年お先を越したものであるかもしれぬ」(「支那生活の批判」『我等』第1巻第6号、1919年5月、32～33頁)。清水のこの論述は中国を未来の文明の先取りとして再評価する当時の傾向を如実に反映しているといえる。

1920年10月から1921年7月にかけて、梁啓超の招請で中国を訪れた
ラッセルは、中国の伝統的な道徳観や文化に心を引かれ、上海、北京、
杭州、長沙などの地でおこなわれた講演で、中国の聴衆にたびたび「国
粋の保存」を呼びかけ、大戦後の「西洋文明の没落」を克服する希望を
中国固有の文明に見いだしている。しかし、実際に中国問題を解決す
る有力な処方箋を持たないラッセルの議論は、現実の中国にそくしての
中国論ではなく、中国を「西洋文明」の危機を打開する可能性としてしか
位置づけられない限界もあって、当時中国の知識人にあまり評価されな
かったようである。[①]同じ思想的制約は、如是閑においても存在しうる。如
是閑は、老子や孟子など中国固有の思想に「近代の社会傾向」が要求す
る小国主義につながる思想的近似性を認め、そこに旧国家主義に対す
る批判として出発したギルド社会主義的な新しい国家形態が中国に打ち
立てられる可能性を見いだしている。[②]そのような多元的国家論に基づく
問題関心から、かれは中国問題について積極的に論じはじめるのである
が、現実に中国が直面している問題がどれほどその議論の射程に入るか
という論点によって、その中国論の真価が問われるだろう。

　ラッセルの「非国家主義」がイギリスの資本主義という社会的経済的基
盤を根底に持っているように、中国において小国主義が成立するには、
「経済生活をもっと社会的に整頓」しなければならないと如是閑は論じて
いる。[③]しかし、資本主義列強の侵略を受けている中国にとって、経済生
活を発達させる前提として、まず国民国家としての政治的・社会的な統
合の達成と不平等条約体制の克服が先決問題である。中国の将来に小

　①　ラッセルの中国訪問について、朱学勤「譲人為難的羅素（人を困らせるラッセル）」
『読書』（北京・三聯書店、1996年1月号）、李永輝「羅素与中国固有文明（ラッセルと中国
の固有文明）」『中国青年研究』（中国青少年研究センター、1994年4月）などを参照。
　②　ギルド社会主義者のラッセル本人は中国にしばらく滞在したのち、中国の知識人
にソ連のような国家社会主義の道へ進むようにアドバイスしている。しかし、かれは主にボリ
シェヴィズムの経済モデルを称賛しているだけで、ボリシェヴィズムの独裁的政治体制には
極力反対であった。長沙でラッセルの講演を聞いた毛沢東は友人宛の手紙で「理論上は
いけるかもしれないが、実際はできない話だ」と、ラッセルの主張を批判している（蔡和森宛
書簡、1920年12月、『毛沢東書信選集』人民出版社、1982年、5頁。朱前掲「譲人為難的
羅素」を参照）。それは如是閑の構想にもあてはまるコメントといえよう。
　③　如是閑、前掲「ラッセルの社会思想と支那」、225頁。

国主義的またはギルド社会主義的発展の構想を持ちながら、如是閑は
ナショナリズム（民族国家）を立ち上げるべき中国国民革命をどのように
捉えているのか。以下、如是閑の時論を中心に、かれの中国革命論を
検討してみたいと思う。

第三節　如是閑と中国ナショナリズム
──国民革命の進展をめぐって

一　中国革命の進むべき道
──「二元社会」という中華民国の現状から

　1921年8月下旬から10月初旬の第一回目の中国旅行で、如是閑は
「国亡びて生活あり」という中国人の生活能力に深い感銘を受けると同
時に、国民の発達した生活形態と違って、中国の政治状態はいまだに「
中世的軍国主義」の段階にとどまっている[①]という認識を得、中国におけ
る近代国家形成の動きを悲観視した。この中国旅行が一つのきっかけと
なって、1923年以降、如是閑は新たな国家統合をめざす国民革命の動
きにあわせて、多くの中国論を発表する。1920年代初期の中国は、帝国
主義列強の勢力扶植を背景に、直皖戦争や奉直戦争など、南北軍閥
による混戦状態が依然として続き、「民国」の内実は共和制の主権国家
とほど遠いところにあった。清王朝の崩壊をもたらした辛亥革命はいった
い何だったのか、「民国」の行方はどうなるのか。ここでは、まず1924年に
国民革命が新しい局面に入るまでの中国革命の進路について、如是閑
がどのような見方を示していたかを考察してみたい。

　中国旅行で、「国家」（政治）組織の交代と没交渉に強靱に営まれて
いる中国民衆の「生活事実」を身近で観察することができた如是閑は、
中国を「二元社会」の典型として捉える中国認識を示している。如是閑
によると、生存資料獲得の方法によって、国家発生後の人間社会は、
「蒐集群」（生存資料の略奪者＝支配層）と「生産群」（生存資料の創造
者＝被支配層）という二つの社会集団に区別することができる。「蒐集群」

---

①　如是閑「支那を見て来た男の言葉」『我等』第5巻第1号、73頁。

の組織たる「国家」が、「生産群」の組織に立脚する基底社会の上で「興つたり亡びたりしてゐる」という社会状態が「二元社会」であるという。この「二元社会」は、「蒐集群」と「生産群」の間の経済過程における支配・服従という対立関係を基本的な構造としているが、そこには協同意識に基づく有機的な関係は何ら存在せず、両者はただ無機的に結合しているだけに過ぎないのである。[①]如是閑から見れば、中華民国の現状は、「人民の生活と国家の生活とが、全く利害相反する掠奪階級と被掠奪階級との対立」からなる軍国国家組織の典型で、まさに「二元社会」の好例にほかならない。つまり、「支配する階級」（「掠奪階級」）は政治生活に没頭し、国家生活を打ち立てているが、「生活する階級」（「生産階級」・「被掠奪階級」）は産業中心の社会生活を組立てて、各々の地方の特性に応じた生活組織をつくり、「全く国家と没交渉な生存を続けて」いる[②]。このような国家構成の下では、「現代の国家的特徴、即ち国家組織の進化が全然人民の社会生活と没交渉に進んで、政治と云ふものが全く意味を成さない特殊階級の権力争奪である」とみなされた。[③]

　以上のような中華民国に対する現状認識によって、如是閑は専制政治から共和政治への進展を引き起こした辛亥革命も、以前の易姓革命と同じく単なる国民生活の外部構造（政治組織）の変化にすぎず、「支配階級の政治生活における革命であったが、人民の生活組織に対して、何の影響を及ぼす力もな」[④]かったと論じている。そして、政治革命の視点からみても、辛亥革命によって帝権による統治は廃滅されたが、古来の軍事的国家構造を破壊するほどの力はなく、その結果中国は再び春秋時代と異ならない「軍国貴族」の権力争奪戦に巻き込まれたという。如是閑はアメリカ式の共和政治の実現をめざす革命派の国情に対する認識不足を指摘し、革命政府と自称する広東政府も今はただ「軍国貴族の一部の勢力に依頼するものに過ぎないので」、当初の革命的意義

　　①　如是閑「二元社会に於ける文明の成立と崩壊」（『改造』、1925年1月）『長谷川如是閑集』第3巻所収、310〜315頁を参照。
　　②　（無署名）「支那の政治的亡国状態」『我等』第5巻第7号、1923年7月、3〜4頁。
　　③　同上、3頁。
　　④　同上、4頁。

はすでに失はれてしまったという見方をする。[①]

　それでは、延々と続く軍閥割拠の政治状況をなくすにはどうしたらいいのか。かれは政治や文化が産業組織の変化（「下部構造」）によって制約されて動いていくという経済史観にたって、軍閥政治を根絶させる中国革命の進路を次のように指摘している。「支那の国家組織を根本的に崩すものは、政治革命ではなく、もっと社会的の性質をもった革命でなければならない。それは軍事的行動や所謂革命勃発等の手続に依るものではなく、もっと有機的な徐々的な運動に依らなければならない。詳しく言へば、支那の産業状態が、今日の原始的の自然状態の産業から、資本主義的のそれに進み、その結果に基づく生産階級の社会運動——それだけが決定的の変化を支那の国家組織に与へるものであらう」。[②]

　概していえば、如是閑は産業革命による中国社会の近代化、すなわち「社会革命」を中国革命の進むべき道としている。[③]ここで注目しなければならないのは、如是閑において「社会革命」とは、「産業史上の進化」・資本主義化を強調するものであり、「特殊階級の権力争奪」を意味する「政治革命」とは対置的に捉えているということである。[④]そして、この

---

①　（無署名）「支那の政治的亡国状態」『我等』第5巻第7号、1923年7月、5頁。

②　同上、5〜6頁。

③　田中浩は、如是閑は資本主義の発展―労働者階級の増大―社会主義革命へ、という正統マルクス主義的図式で中国革命による軍閥の崩壊と国家統一を考えていたと指摘している（同前掲「長谷川如是閑の中国論——『国亡びて生活あり』上-」、28頁）。ギルド社会主義を志向していた点から見ても、如是閑の主張が「正統マルクス主義的図式」と軌を一にするものかどうかは検討する余地があると思う。当時の社会学の思潮の一つとして、如是閑はマルクス主義理論に接近していたことは間違いないが、実際、かれはマルクス主義について終始両義的態度をとっていた（A. E. バーシェイ前掲『南原繁と長谷川如是閑——国家と知識人・丸山真男の二人の師』）。ロシア革命についても、如是閑はロシアを前近代の農民社会とし、その社会と隔絶したところに国家形態＝政治形態があったため、政治形態の変革は可能であり、したがってロシア革命は後進国における突発的政治革命であると見ている（奥田前掲「民本主義者のロシア革命観——長谷川如是閑を中心として」）。如是閑は「経済史観ではあるけれども、弁証法という言葉は嫌いだし、またそういう考え方もない」という丸山真男の指摘は興味深い（「如是閑さんと父と私——丸山真男先生を囲む座談会」長谷川如是閑著作目録編集委員会前掲『長谷川如是閑——人・時代・思想と著作目録』所収、301頁）。

④　如是閑における「社会革命」の定義は、前掲「支那の政治的亡国状態」のほか、「支那の将来に対する思想的根拠と産業的根拠」（『太陽』第29巻第10号、1923年8月）、「支那の戦争のやむ時」（『我等』第6巻第9号、1924年10月）を参照されたい。

資本主義化の過程において、「支那民族自身の永遠の計は、其の生産階級の最も健全な、最も進化した、併し乍ら其の原始的エネルギーを喪失せしむるものでないところの組織的進化にあるべきものである」①とかれは主張する。国家権力に対抗する中国民衆の強靭な生活力に強い感銘を受けた如是閑は、「生産階級」（「生産群」が形づくった被支配階級・労働者階級）をその「社会革命」の中心勢力として打ち出したといえる。如是閑はいう。「今日の中華民国の政治的混乱」は「拘泥すべき事実」ではなく、いまもなお「原始人的に強烈で頑強である」「社会生存力のエネルギー」にこそ「支那民族の将来があり、又恐らく其処だけに彼等の民族的生存の方向が潜んで居る」のである。②

　大正後期当時の如是閑の立場を反映し、労働者階級を中心とする「社会革命」を理論的射程に入れた如是閑の中国革命論に、「歴史の主体」としての民衆の力が評価されている点は見逃してはならない。③第一章で検討したように、辛亥革命に際して、日本の知識人の間には、「内乱」を早く治めてほしいという国益重視の視点から、「支那保全」あるいは「支那の民衆を救う」といったイデオロギー的「大義名分」を使って、「日本の使命」を強調する論調が支配的であった。如是閑の中国論は「国亡

①　如是閑、前掲「支那の将来に対する思想的根拠と産業的根拠」、27頁。
②　同上、25頁。
③　如是閑の国家思想に関する池田元の研究は如是閑の国家論を「基層＝共同体的国家論」と「表層＝多元的国家論」の二重構造から考察し、大正デモクラシー後期から昭和転向期にかけて、「断絶」的な思想展開ではないが、それぞれ「多元性・部分性」の側面と「有機性・全体性」側面の強調において現出したという見方を示している。池田によると、1920年代の国家論においては、如是閑は多元主義を根拠に、外在的な支配国家及びその「中央──集権体制」との一貫的対抗関係において、それを止揚した「個性＝職能」尊重に基づく社会生活及び職能別集団・地域別集団の「自治─連合」体制が構想されている。多元性の次元を「個人」的人格や主観的道徳次元ではなく、客観的な「生活事実」に基づく多元的職能「集団」を基礎として捉え、そこに「主体としての民衆」が打ち立てられていることを、池田は如是閑の多元論の特異性として大きく評価している。つまり、「歴史的主体として民衆を定位したということは、当時のデモクラシーのイデオローグたる吉野作造をはじめ、社会主義者が民衆を視野に入れながらも、救済の対象としての『客体としての民衆』把握に止まった点を考えると、かなり突出したものであり、理論的先駆的なものということができる」（池田前掲「長谷川如是閑の『社会』主義と共同体的国家論──1920～30年代国家論の位相」、8頁。また同「大正『社会』主義と共同体論の位相──如是閑の国家論の評価をめぐって」『長谷川如是閑集』第5巻月報所収を参照）。このような如是閑の多元的国家論の特異性は本章で検討してきた如是閑の中国革命論にもあらわれているといえよう。

びて生活あり」という中国の民衆社会に根ざす強い生命力に着目し、中国社会自体の近代化を見守る姿勢をとったという点では、近代日本の利己主義的な「中国認識」の系譜とは、はっきり異なる位置にある。

　ところで、現実の中国にとって、「社会革命」はまだ理論的な見透しに過ぎない。「産業革命が支那を社会的に変化せしむる迄」は、中国も明治維新の際に「大勢を理解した政治階級が、或る藩と結び付いて他の大勢を理解しない藩を圧迫したと同じ過程」をたどって、統一という輿論を梃子に、政治階級内部の組織再編がすすむであろうと如是閑は推測していた。[1]そして1924年1月、「聯蘇、聯共、扶助労農」という「新三民主義」のもとに、国民党を改組した孫文一派は第一次国共合作に踏み切っている。南北和平会議決裂後の軍閥混戦の局面は如是閑が見ていた通りに動き出したようである。以上検討してきたように、「政治革命」を否定的に捉える如是閑にとって、国民革命の指導権をめぐる各政治勢力の消長より、この国民革命の進展が中国の資本主義化に及ぼす影響がより重要な関心事であった。したがって、国民革命期の如是閑の中国論は、主に中国の労働運動の勃興を示した五・三〇事件、北伐中の急進的な共産主義運動の動き、中国の「近代国家化」を意味する南京政府の関内統一といった局面を中心に展開されていく。

二　「労資の対立と民族的対立」——五・三〇事件

　1924年6月、加藤高明護憲三派内閣が誕生し、外務大臣に幣原喜重郎が就任した。中国を大輸出市場として位置づけ、中国の政治状況の安定と統一が維持されるならば、日本は国際的な経済競争に耐えうるという自信を持っていた幣原は、武断外交を排し、中国に対する内政不干渉主義の外交方針を表明した。[2]これに対して、陸軍をはじめとする干渉論も強大であった。日本は民国の動乱に対して、いったいどういう態度をとるべきかが広く論じられていたのである。

　1924年10月11日、帝国ホテルで行われた雑誌『改造』主催の「対支国

---

　①　前掲「支那の政治的亡国状態」、6頁。
　②　国民革命期の日本外交について、主に臼井勝美『日中外交史——北伐の時代』（塙書房、1971年）、野沢前掲「中国革命・ロシア革命への思想的対応」を参照。

策討議会」で、如是閑は中国の産業が資本主義化しないかぎり中国の軍閥政治を撲滅する方法はないという従来の持論を強調し、広東政府がこれから「資本主義に行くことを実際政策」として採用すべきで、一気に共産主義運動をおこなってはならないと主張した。その理由は、共産主義は「軍閥を倒すに必要な資本主義を圧迫するといふことになるから」[①]である。

　経済的に外国資本に蚕食されている中国では、民衆の「民族的自覚は経済上の自覚と同時に同じやうな強さで起つて来」ているという永井柳太郎の指摘[②]とは対照的に、如是閑は「民族的自覚」よりもむしろ「経済的自覚」——「外国人の搾取を自分の搾取に転ずる傾向」、「自分が資本家にならうといふ傾向」——すなわち中国における資本主義化の進展に重点をおいている。[③]この時点で、日本の銀行などの私的資金援助で軍閥を資本家にすることを提案[④]したりした如是閑は、中国のナショナリズム（民族国家の意識）を観念的な民族主義のレベルで把握していたのではなく、むしろ物質的な面での中国自身の資本主義拡大と結び付けて考えていた。

　「民族的自覚」つまり民族感情の問題について、如是閑は1923年11月の『我等』に「民族感情の心理とその社会的意義」という論文を書いている。そのなかでかれはアメリカの排日問題などをとりあげて、民族感情というのは、「本能的な民族的差別の感情」がある一方で、経済競争が激しい近代においては、生活利害によって消長する傾向がむしろ明白であると指摘している。[⑤]ところが当時の如是閑は、中国の産業状態はま

　①　前掲「対支国策討議」、10〜11頁。
　②　座談会「対支国策討議」の席で、永井は日本の利益は第二段の問題で、中国民衆の間の「政治上及び経済上の自主的運動」がますます大きく発達する傾向にあるとし、「中国民衆の自主的運動を自然に発達させる」という根本思想から出発して、日本政府は対中国不干渉の外交姿勢をとるべきであると述べている（前掲「対支国策討議」、30頁）。この時期の永井の中国認識について、和田守「近代日本のアジア認識——連帯論と盟主論について」（『政治思想研究』第4号、2004年5月）、同前掲『『民衆国家主義者』永井柳太郎の中国認識」を参照されたい。
　③　前掲「対支国策討議」、29頁。
　④　同上、11頁。
　⑤　如是閑「民族感情の心理とその社会的意義」『我等』第5巻第10号、1923年11月、23頁。

だ原始的自然状態にあるという認識であったので、中国の排日運動については、民族の生活利害より「知識階級の感情昂奮」によるものが多く、「所謂学生運動たるに止」まっていると見ていた。[①]しかし、半植民地的地位にある中国において、民族産業の発展の結果は不平等条約の撤廃といった反帝国主義の民族運動を強めることにほかならなかった。当時、中国の工場労働者の数は人口の1パーセントにもみたないものであったが、大工場の大多数は天津、青島、上海、武漢など少数の開港地に集中していたので、新しい労働者階級も国民革命に動員され、強い力を発揮しはじめる。そのような革命勢力としての労働者階級の登場を象徴する運動として、1925年に五・三〇事件が勃発している。この五・三〇事件を機に、如是閑はやがて中国の抵抗ナショナリズムの問題を正面からとりあげるようになる。

　1925年2月、日本人経営の上海内外綿紡績工場における日本人監督の中国人労働者に対する暴行事件に端を発し、日系在華紡績の各工場でストライキがおこなわれた。ストライキを支えた労働組合を切り崩し、その背後に存在していた社会主義青年団や中国共産党の影響力を排除しようとする日本の経営側は、労使双方の協約を破棄し、警察力の導入を辞さない断固対決の方針をとった。その結果が、5月15日、ストライキ中の労働者に対する実力行使となり、一人の死者を出した。これに対して、5月30日、上海の共同租界で一万人余りの大群衆が集まり、抗議デモを行ったが、租界警察による一斉射撃を浴びせられ、死者十三名、重軽傷多数の大惨事となった。この五・三〇事件をきっかけに、大規模な抗議デモやストライキないしボイコット運動が、上海から青島、漢口、武昌、広州などの大都市へ、ついで中小都市から都市周辺の農村まで波及し、列強すべての帝国主義打倒を目指す民族運動に転化した。[②]

　五・三〇事件に触発されて、如是閑は『我等』（第7巻第6号、1925年6月）に「労資の対立と民族的対立——特に支那の現情について」という

---

① 如是閑「民族感情の心理とその社会的意義」『我等』第5巻第10号、1923年11月、24頁。

② のちにこの時期の一連の反帝国主義運動は「五・三〇運動」と総称されている。この運動の概要については、栃木利夫・坂野良吉前掲『中国国民革命——戦間期東アジアの地殻変動』（320〜326頁）を参照。

一文を書いている。この論文で、かれは最近の中国のストライキが「近代的の経済的征服に対し民族的感情による反抗が無産者意識の反抗に加味されるといふ特質をもつたものである」[1]と鋭く指摘している。「種の保存」という原始的本能に基づく民族意識（国家意識）は、認識の錯誤に立脚したものであり、迷信であるとする一方で、如是閑は「現に周囲や遠方の強国から侵略される危険の裡にある」「支那国民は、まだまださういふ民族意識をかれらの自存の意識として役立たしめなければならぬ境遇に在る」[2]と述べ、中国のナショナリズムに一定の理解を示している。かれによれば、国際的性質を持つ資本主義の発展は最終的に国家的民族的対立を超越して、「種族的に分裂してゐた世界の人類を、ただ階級的に二つに分かれる」ように進展させる傾向をもつにいたるが、いまは国際的協同の背景に強国の勢力を必要とする過渡期にある。資本主義が外国勢力の侵略によって上海などの開港地に率先して植え付けられた中国のような場合、民族感情が労資の階級感情によって消滅されることはけっしておこらないのである。

　以上のように、国際資本主義の枠組みから、中国の労働運動の民族性を把握し、労資対立に民族的対立という二重対抗の要素をもった中国特有の状態に興味を示したものの、如是閑はそれを一部の開港地に限られる現象として捉えていた。ところが、五・三〇事件をきっかけに、不平等条約の撤廃、租界の回収、外国軍隊の撤退を明確な目標とする反帝国主義運動は、ストライキ、ボイコットや経済絶交という形を通じて、全国の知識人、商工業者、労働者・農民などすべての階層に深く浸透する自覚的民衆運動となり、国民的政府の実現・国家統一へと次第に道が開いていった。ナショナリズムと帝国主義が相互に補完の関係にあった欧米や日本とは違って、国民国家の創生を意味するナショナリズムは、中国において帝国主義的な世界体制との対抗関係の中で台頭したのである。これは国民革命の特質ともいえる。[3]後進国としての中国の場

---

　[1]　如是閑「労資の対立と民族的対立──特に支那の現情について」『我等』第7巻第6号、1925年6月、48頁。

　[2]　同上、38～39頁。

　[3]　栃木利夫・坂野良吉、前掲『中国国民革命──戦間期東アジアの地殻変動』、369頁。

合、労働運動に見られる民衆の抵抗ナショナリズムは資本主義の発展段階からある程度独立し、内外的危機を克服すべく国民国家建設の運動に動員されていくということについて、如是閑は展望していなかったのである。中国の資本主義化によって、資本主義のインターナショナリズム（「国際的性質」）が発展し、排外的な民族主義もなくなるだろうという単純明快な図式に基づいて、如是閑は中国の排日運動に対して傍観的な態度をとったといえる。[1]

　中国を国際資本主義に同化させようとする如是閑と対照的に、五・三〇事件を契機とする労働運動の高揚を見た山川均は、中国の民衆運動をむしろ「世界の資本主義を爆破する偉大な力である」[2]と高く評価している。山川によると、大戦後中国問題が急速に重大化し、中国が列強の争奪の的となったのは、まさに世界資本主義体制の危機状況を反映しており、展開中の中国の民衆運動は、国際資本主義の全体系に対して強大な破壊力として機能しているのである。このような認識から、山川は中国の民衆運動がもつ抗日帝国主義の側面にも注目し、日本のプロレタアートの解放運動に加わった「偉大な新勢力」として、日本のプロレタリアートと中国の民衆運動による「日本資本主義帝国主義」に対抗する国際的「協同戦線」を打ち出している。[3]第三章で堺と雑誌『新社会』を中心に検討してきたように、辛亥革命を中国ブルジョアジーの運動とみていた日本の社会主義者は、その後の五・四運動に象徴される中国ナショナリズムの動向に対して、同時代の民本主義者とは対照的に、ほとんど関心を示さなかった。ところで、五・三〇事件をきっかけに、それまで中国問題についてほとんど論じていなかった山川は、「階級」という普

---

　[1]　「対支国策討議」会で、民族性について如是閑は次のように述べている。「この民族性を非常に高調することには僕は疑を持つ、物質的なり産業的的の自覚といふものよりは民族性は弱いと思ふ、で支那がインターナショナルの道程に這入れば民族性が働かなくなる」（前掲「対支国策討議」、29頁）。

　[2]　山川均「シナの労働者は何のために闘っているか」（草稿、執筆年月不明、1925年前半に推定されている）『山川均全集』第6巻（勁草書房、1976年）所収、178頁。山川における最初の中国論と思われる。

　[3]　山川均「支那問題の国際的役割」（『経済往来』1927年3月）、「英国の帝国主義と支那の国民運動」（『改造』1927年3月）、「南京事件と『共同動作』」（『改造』1927年5月）など『山川均全集』第7巻（勁草書房、1976年）所収の中国論を参照されたい。

遍的範疇を自覚的に使って、中国問題を積極的に論評し始めるのである。[①]

　帝国主義段階、とりわけロシア革命後の民衆運動・民族運動の性格を、マルクス主義階級論の公式的見解によって規定した傾向が強い山川の議論と比べて、如是閑の中国論における「社会革命」のアプローチは、あくまで資本主義化という中国の社会形態の近代化を条件とするものである。そのために、かれは中国を植民地化する国際資本主義体制を否定する視点を持っていなかった。中国に近代産業をもたらしたという点において、かれはむしろ近代化に遅れた中国における外国資本の役割を評価している。したがって、その後の北伐戦争の過程においても、如是閑の関心は、相変わらず中国が「産業上インターナショナル」、すなわち資本主義化の過程に同化するかどうかというところにあった。

三　北伐と急進的な共産主義運動に対する如是閑の懐疑

　五・三〇事件を契機として起こった全国的な運動は軍閥抗争の時代の終焉を促し、民族解放運動と政治的民主化運動という国民革命の両輪に民衆運動という強力な要因を付け加えて、新しい激動期の幕を切って落とした。同年7月に、国民党は汪精衛を主席とする国民政府を広東に樹立し、翌年1月の第二次全国大会で共産党と合同して、帝国主義と軍閥打倒の目標を再確認し、蒋介石を国民革命軍総監に任命した。1926年7月に北伐戦争が始まると、国民革命軍は怒涛の勢いで北上し、翌年3月までに長江以南の地域を制圧した。

　北伐直前の1926年5月5日から6月下旬にかけて、如是閑はちょうど第二回目の中国旅行[②]をした。約五年ぶりのこの旅行は主として東北地方が中心であったが、「支那人という民族——だかなんだか知らないが、と

---

　①　山川の中国論については、野村前掲「近代日本の中国認識——大陸問題のイメージと実態」、三石前掲「山川均と藤枝丈夫」、岡本前掲「知識人の中国認識——国民革命を中心に」及び川上前掲「堺利彦と山川均が見た中国」などを参照されたい。

　②　1926年5月15日から6月下旬にかけて、南満州鉄道会社の招きで、安東、奉天、撫順、長春、吉林、四平街、ハルビン、大連から天津を経て北京に回り、約一週間各所で講演して、ハルピン丸で帰国。この時の体験をもとに、紀行文「北京再遊問答」(『我等』第8巻第9号から第12号、1926年8月、9月、11月、12月4回連載)、「蒙古から帰って」(『中央公論』第41巻第10号、1926年10月)が発表されている。

にかく、驚くべきものよ。汝の名は支那人だね」[①]と語り、政治の動乱を生き抜く中国人の生活力ははかりがたいという第一回目の中国旅行の印象をさらに強めた旅になっている。この旅行後に書いた論文「支那の国家秩序と社会秩序」（『改造』1926年7月）に、如是閑は強い生命力を持つ中国伝統の生活組織・秩序に現代科学（生産・組織の科学）が加われば、「それは完全に文明の支那を支持する生活過程の創造となるわけである」[②]とし、中国の社会生活の組織そのものが持つ破壊力と創造力に対する信頼と期待を改めて示している。ところが、生活秩序を維持するために、一時的行動としての軍事的行動、政治的行動を認める一方で、政治や軍隊自体が集団行動の目的となる「主客顛倒」のジレンマが存在する。その主客顛倒の傾向を確実に離れるのは、「支那でも恐らく生産階級の運動だけでせう」[③]と主張する如是閑からみれば、国民革命軍による北伐戦争はいうまでもなくそのような「ジレンマ」を抱えた軍事的政治的行動である。したがって、改組後の国民党を中国の労働者とその前衛である共産党、そしてブルジョア階級との反帝国主義反軍閥的「協同戦線」と規定し、進行中の国民革命をプロレタリア運動と性格づけた山川均[④]と対照的に、如是閑は北伐に対する評価は最初から懐疑的であった。

　北伐の進行にしたがって、国民革命軍は帝国主義列強と対峙して「漢口事件」（1927年1月3日）「南京事件」（1927年3月24日）などをひきおこすとともに、国共の分裂が表面化して、上海で蒋介石による「四・一二クーデター」が勃発する。1928年4月、再び蒋介石を総司令に据えて再開された北伐は、張作霖爆殺事件の直後の6月9日に北京入城を果し、関内統一によって一応の決着を見せる。この一連の劇的な展開の中で、如是閑は中国問題に関して、主に「近代国家と支那の革命」（『我等』第9巻第2号、1927年2月）、「支那の革命と政治の必然性」（『我等』

---

①　如是閑、前掲「蒙古から帰って」、103頁。
②　如是閑「支那の国家秩序と社会秩序」『改造』第8巻第8号、1926年7月、159頁。
③　同上、160頁。
④　山川、前掲「シナの労働者は何のために闘っているか」、178頁。「労働階級とその前衛隊とは、国民党のうちで中産階級的要素と完全に協同戦線を張っているのである」という見解である。

第10巻第1号、1928年1月）、「南京政府と支那統一」（『我等』第10巻第6号、1928年7月）という三つの論文を発表している。前述したように、「社会」生活が「国家」生活と没交渉に行われる「二元社会」として中国の特徴を捉えた如是閑は、その独特の「国家」と「社会」の二元論①に基づいて、中国革命の形勢と行方について原則的な考察を行っている。

よく指摘されるように、生物進化論における「闘争説」と「互助説」の対立を用いて、如是閑は「国家」形態（政治組織）と「社会」形態（社会組織）の特徴をそれぞれ「征服関係」「協同性」において描き分けている。如是閑から見れば、行動の性質がまったく対立しているため、「政治集団自体の生存過程は、社会そのものゝ生存過程とは別物である。各の社会集団〔国家も社会の一部であるという多元論的意味での「社会集団」〕は、どんな性質のそれでもそれゞ自己に特殊の生存過程をもつこと、各の有機体がそれゞ異る生態を持つやうなものである」。②以上のような二元論的観点から、如是閑は国共分裂にいたる国民革命の一連の変動を、「国家」形態における「政治集団自体の生存過程」として、次のように考察を行っている。

如是閑によると、開港地など外国の勢力によって近代化された商工業地域に、「近代的政治群」（たとえば国民党左右派）が発生して近代革命の中心となるが、周辺地域に存在する中世式の「軍事的政治群」（封建的地方権力）の勢力に対抗すると同時に利用関係に入るために、「近代的政治群」の発生過程は「甚だしく変態的」になる。③実際に広東、漢口、南京にかわるがわるに成立した「革命政府の動揺」は、「この中世的過程が近代革命の過程に混入してその機構に非近代的動因を与えたためである」④とかれは論じている。

その一方で、すべての中世式の「軍事的政治群」及び「近代的政治群」を撲滅しようと、共産党一派は反旗を翻して急進的な共産主義運動に立ち上がった。国共分裂以前の段階で、国民政府を武漢に移転さ

① 　如是閑の「国家」と「社会」の二元論について、飯田前掲『批判精神の航跡』を参照されたい。
② 　如是閑「支那の革命と政治の必然性」『我等』第10巻第1号、1928年1月、3頁。
③ 　同上、16頁。
④ 　同上。

せ、民衆運動の力を動員して漢口、九江の英租界の強制回収にいたる新しい局面を打開した国民革命の勝利を眼のあたりにして、如是閑は、国民革命軍の指導者が辛亥革命以来の試行錯誤の経験とロシア革命に学んだ方法（組織論）によって、「社会主義的革命、言ひかへれば無産階級の革命」という有効な革命の性質を見極め、北伐の進行中に「無産階級的戦術」を用いたことは「広東国家の革命指導者の為し遂げた最大の仕事」[①]だと高く評価している。しかし、それは急激な共産主義運動を認めるということをけっして意味しない。労働者や農民の組織がそれ自体革命的勢力として形成されないうちは、いわゆる共産主義的組織も、学生など政治生活に耽溺する「知的有産階級」[②]が中心となり、地方軍閥など既存の政治群に依拠せざるをえないというジレンマに陥るからである。如是閑は、資本主義産業がいまだに未発達であり、「生産階級」の組織が完成されない段階での運動は「一揆的性質に始終する外はない」[③]と主張する。

　以上で考察してきたように、政治集団の生存過程と協同体としての社会そのものの生存過程はまったく別物であるという「国家」と「社会」の二元論に基づいて、如是閑は北伐の意義については多くの疑問をもっていた。かれによると、北伐よる国民革命の完成は根本的性質において、中国の民衆にとって、「数千年来の掠奪に代る新たな搾取の組織」[④]が出来上がることしか意味しない。「支那に於ける革命の意味を完ふするためには」、易姓革命とよばれるような政治群の闘争が繰り返される「政治の必然性から解放する過程に進まねばなら」[⑤]ないとして、かれは「政治を消滅せしめる革命」＝「社会革命」の道を中国革命の進むべき道として示している。しかし、それはあくまで漸進的な過程であって、まず「社会革命」の担い手になるべき「生産階級」の組織を形成させる社会形態的条件、つまり資本主義化を実現しなければならない。したがって、そのための第一条件たる「植民地状態から脱して資本主義の進展を阻止する

①　如是閑「近代国家と支那の革命」『我等』第9巻第2号、1927年2月、20頁。
②　如是閑、前掲「支那の革命と政治の必然性」、14〜15頁。
③　同上、17頁。
④　同上、18頁。
⑤　同上。

封建的支配の撤廃」さえ成し遂げられないあいだに、「労農の軍隊を組織して都市占領の騒擾を演じるのは政治集団的昂奮でなければ、英雄的遊戯たるに止まる」[1]事態にほかならない。国共分裂や広東でソビエト政府を作ろうとする共産党の武装闘争の失敗は如是閑の見方をさらに強めていくことになる。

1928年1月に発表された「支那の革命と政治の必然性」において、如是閑は農民と労働者の組織がまだ形成されていない中国の状況では、中国の革命は「中世的封建に対する革命」であり、すでに「動き出したブルジョア政党とブルジョア軍隊とを中心として現存の運動を促進する外はない」と主張している。[2]旧政治に比べて、「産業組織の上に空前の変化をもち来す結果を生むに相違ない」[3]という社会形態の近代化に及ぼす影響から、如是閑はブルジョア革命としての国民革命の積極的意義を見いだしている。しかし他方で、上述してきたように、国民革命の政治革命的進展に対して終始冷やかなな認識を持っていたため、かれはこのブルジョア革命の具体的成果についてあまり関心を示していない。だが、その五ヶ月後に達成された南京政府の関内統一に直面して、如是閑は、やがて中国における国民国家建設の問題を論じはじめることになる。

四　南京政府の関内統一について

1928年6月、青天白日旗が北京に翻り、南京国民政府によって東北三省をのぞく関内統一が実現された（同年12月29日に張学良らの「東北易幟」によって、国民政府の全国統一なる）。1920年の「ラッセルの社会思想と支那」で、近代国家としての中国の統一は決して完全に成り立たずに、「当分分立すべき運命にある」と述べた如是閑にとっては予想外の動きであった。資本主義化という中国社会形態の変革の必要性を力説してきた如是閑は、この近代国家としての政治的統一をどのように捉えたのか。

---

① 　如是閑、前掲「支那の革命と政治の必然性」、18頁。
② 　同上、17頁。
③ 　同上、17〜18頁。

如是閑は、南京政府の統一事業は「支那の革命事業に一時期を劃した」と肯定しながらも、従来の北京政府のそれと同じく「軍閥的権力均衡」を根本的条件とするものである[1]と指摘して、「我々は国家民族的統一といふやうなことを急とするよりは、寧ろ、ある程度まで現代的意義を持つ革命的組織を揚子江を限界とした南方において完成せしめ、主たる目的を、封建的軍国々家の支配と、帝国主義的資本国家の支配とを一定の地域から排除することに置くべきであると考へたのである」[2]と率直に述懐している。つまり、如是閑の意見では、南京政府ができた時点で、革命政府はその統一形式を揚子江以南に止めて、重点を「政治形式の革命から社会形式の革命へ」[3]と転じ、そこに現在の資本主義過程の段階に応じた事業を展開すべきだということになる。

　しかし、中国の統一自体を如是閑が反対しているわけではない。かれによると、民族国家的統一という信条は最初から南方政府という政治集団の結成条件であり、その革命事業が有力になるほど、統一の信仰が強くなる。他方、中国の南方と北方、東三省などを含めて、広汎な移動がたえずおこなわれている「社会的交通の意義」から見ても、「支那大陸の政治的統一はアメリカ合衆国の出来上つたのと同じ意味で極めて自然である」。しかし、それが「所謂民族国家的統一であらねばならぬか何かは別の問題である」と如是閑は主張する。[4]北伐に対する評価が消極的であったように、如是閑は「軍閥的権力均衡」を背景とする民族国家の形成より、中国の資本主義的社会形態が「自ら」発達する社会条件と環境が整備されることを優先的に考えていた。その考えは第二節で確認したように、発達している社会群の協同体を基盤に、いまだ世界のどこにも試みられたことのない、新しいギルド社会主義的国家形態が中国に生まれるという期待に由来するものであった。実際の資本主義化の過程において、半植民地的地位にある中国の国家形態はどのように変化するかについて、如是閑は明確なビジョンを持たなかったといえる。ところ

　①　如是閑「南京政府と支那統一」(傾向と批判)『我等』第10巻第6号、1928年7月、90頁。

　②　同上、90～91頁。

　③　同上、93頁。

　④　同上、91頁。

で、関内統一という現実を前に、如是閑は中国がすでに資本主義の過程に入り、民族国家としての統一を、中国における資本主義政治組織、つまり「近代的市民国家」形成の地域的条件として改めて捉えるようになる。

如是閑によると、「民族国家的統一は、とりもなほさず、旧式の帝国主義である。民族の膨張、移動に伴つて政治的勢力の区域を伸展せしめ、民族の流れが世界に及べば世界的大勢力を夢想すると云ふのが民族的統一の本質である」。[①]もっとも、現在の国民革命政府が唱えている民族国家の思想は、それ自身の帝国主義から生まれたものではなく、まったく「他国の帝国主義的侵略に刺激されたもの」であり、「その思想の発生当時は全く近代的民主国家の建設が、民族的統一による限界をもつてゐたことに由来したもので、民主国家的生存条件をねらったものである」。[②]つまり、如是閑は列強の植民地の対象にされている中国のナショナリズムを取り囲む現況をよく理解し、民族国家としての統一を、中国が後進国として近代的市民国家(「民主国家」)を立ち上げる際に必要な「生存条件」として位置づけている。

国家形態の歴史を軍国国家——資本主義国家——社会主義国家という歴史的発展段階論の視点から捉える如是閑からみれば、南方政府の革命運動は中国の社会的歴史の段階からいっても、中国大陸を巻き込もうとする国際資本主義の潮流からいっても、それは、まず近代民主主義の機構をもつ市民国家の成立を目標に起ったものである。実際、国共合作といった革命運動の進展に見られるように、民主主義の革命精神が多分に社会主義的要素を吸収し、民族国家の統一は「市民国家建設の条件」としてではなく、むしろ共産主義社会への中間過程として必要とされる形勢もそこにはあった。「世界における資本主義過程の急激な進展が已に崩壊の段階にまで進んだといふ歴史の順序が、そのまゝ直ちに支那の現在の歴史に現われるかどうか」[③]が問題であったと、如是

① 如是閑「南京政府と支那統一」(傾向と批判)『我等』第10巻第6号、1928年7月、91～92頁。

② 同上、92頁。
③ 同上。

閑自身は認めている。しかし、革命運動の勢力は揚子江沿岸に進出し、広東政府が南京政府になるに及んで、社会形態の現状と無縁な過激で「抽象的な」共産主義が排撃され、革命の性質は左から右へと逆転されたのである。如是閑はこの国民革命の右傾化の過程を「揚子江沿岸における資本主義過程」の歴史的要求とみて、資本主義国家が崩壊するという「世界的形勢」は、まだ「支那の市民国家への過程を中断することは出来なかったのである」[①]と分析し、中国の資本主義化に対する確信を新たにする。

　以上の検討によって明らかなように、経済史観にたつ如是閑にとって、国家形態の進化はある程度まで社会形態の進化に依存するものであり、政治革命＝国家形態の変革は社会革命＝社会形態の変革と併行しない限り達成されないと考えられたのである。[②]急進的な共産主義運動が失敗し、国民党右派による南京政府が揚子江沿岸に進出できたのは、この地域の資本主義という社会形態の現状が、自らの政治形式（「市民国家的形態」）を決定する力をもっていたからである。しかし、資本主義の社会形態によって支持されねばならぬ南京政府が、その統一形式を揚子江以南に止めることなく、北伐を再開し、民族国家という「旧形態における政治的統一組織」を目標としたのはなぜなのか。「国家」と「社会」を峻別している如是閑は、それを社会形態の進化と異なる国家形態の政治過程として捉え、「已に市民国家化した革命政府は、当然その市民国家的運動を継続することが、その生存条件であらねばならぬ」と述べ、統一の事態を近代的市民国家の経済的要請である市場の確保という点から解釈している。「近代的市民国家の組織においては、イギリスが印度を統一圏に入れることを必要とした如く、支那自身はそれ以上に支那大陸の国家的統一を必要とする」[③]と、かれは指摘する。

　中国を資本主義化するか否かという点に如是閑の基本的な問題関心があったが、南京政府の関内統一を一つの契機として、かれは中国

---

① 如是閑「南京政府と支那統一」（傾向と批判）『我等』第10巻第6号、1928年7月、92頁。
② 如是閑「国家形態と無産運動の左右系」『我等』第7巻第10号、1925年10月。
③ 如是閑、前掲「南京政府と支那統一」、93頁。

がその社会形態において、資本主義が進展しはじめている事実を確認
でき、政治的な「近代国家」が形成されたことを積極的に認めるようにな
る。これによって、如是閑は1920年の「ラッセルの社会思想と支那」論文
で述べた、近代主権国家を経過せずにギルド社会主義的な国家形態が
中国に生まれるという展望を、つぎのような「二段階革命論」的方向に修
正している。すなわち、近代国家はそれ自体の政治機構において、「そ
の所謂市民的自由主義を、より社会的意味における自由主義へと進展
せしめる作用をもってゐるので、所謂社会主義国家的形態への進出は
市民国家の過程においても可能である」。したがって、中国現在の革命
は「市民国家への方向」をとりつつあるにかかわらず、「社会主義的形態
への次ぎの過程に入る段楷（ママ）として有力に進展」すれば、それは中国の歴
史として決して逆転ではなく、「かなり偉大な進出であると断定し得る」[①]と
述べている。中国の近代史を見ればあきらかであるように、内外の危機
を回避するために達成された中華民国の独立統一は、国民国家という
形を取ったが、その内実は西洋型の「市民国家」とはほど遠いものであ
る。前近代の封建的諸関係を温存した南京政府の性質を、資本主義的
自由主義と単純化しているところから考えても、如是閑は中国における
ナショナリズムの特殊性を軽視し、中国の資本主義化をあまりにも楽観
視しているといえよう。

　ところが、一方で如是閑は南京政府を資本主義の政治組織として
認識することによって、自由主義の立場から、中国を植民地の対象とし
て位置づける日本の帝国主義政策に対して批判する視点を持ちえた
のである。今後、南京政府はさらにその「市民国家的運動」を推しすす
め、より広大な資本主義的経済地域に進出して、必然的に東三省まで
をその統一圏に収めるであろうという「物理的必然」に立って、1928年
以降の如是閑の中国論は、主に日本の帝国主義政策に対する批判
を中心に展開されていく。以下、節を改めてこの問題をとりあげてみた
い。

---

① 如是閑、前掲「南京政府と支那統一」、94頁。

第四節　中国の資本主義化と対中国政策の転換

一　日本の帝国主義政策批判──済南事件を中心に

　1921年11月から22年2月にかけてのワシントン会議で、中国の門戸
開放を主眼とした九カ国条約が調印され、アメリカやイギリス・日本を中
心に、極東における列強の協調体制が新しく確立された。ワシントン会
議を通じて、日本は山東省権益など、これまで獲得してきた中国にお
ける権益の一部放棄を余儀なくされたが、中国全権代表が強く求めた
「二十一か条要求」の廃棄を認めなかった。しかし、労働運動の高揚とソ
連の中国革命への支援を背景に、1923年3月に北京政府は「二十一か
条」条約取消声明を発表した。如是閑は、この条約廃棄の行動を「強国
の帝国主義的立場」から作られた現存の国際秩序を破る空想としなが
ら、「大戦後の帝国主義の否定は、新たな国際的秩序を生み出すやうな
傾向に向つてゐることは事実」であり、「今日の空想は明日も亦空想であ
るとは限らない」[1]と述べて、中国の主張が持っている「現代的意義」を支
持した。

　大戦後の国際民主主義的な新しい国際秩序を支持し、日本の侵略
的大陸政策を批判するのは如是閑の一貫した立場といえる。しかしこの
時点で、如是閑は条約廃棄の要求を「空想」と呼ぶなど、現段階の中国
がその主張を実行するには「全く無能力」であると見ていた。そのため、
日本が中国の主張に対して、「現在の秩序の根底から一も二もなくはね
つけるのは当然のことである」[2]といって、「二十一か条」条約の廃棄には
肯定していない。その論旨には日本の帝国主義政策を現状追認してい
るような曖昧さが見られる。筆者の所見では、日本の帝国主義政策に対
して、如是閑が正面から批判するようになったのは、日本の対中国政策

---

[1]　如是閑「支那人の現代的空想」(傾向及批判)『我等』第5巻第4号、1923年4月、
55頁。

[2]　同上。

が内政不干渉主義から公然と武力干渉に転じた「済南事件」以降である。

　国民革命の初期、日本政府は「幣原軟弱外交」「国辱外交」と罵倒を受けながらも、「漢口事件」「南京事件」に対しては武力干渉をさけた。ところが、南京事件から一ヶ月後、張作霖を援助し続けた陸軍の工作によって幣原外交が葬られ、1927年4月に田中義一政友会内閣が登場すると、日本政府は山東出兵を決行した。「居留民保護」という名目であるが、その真意は北伐が東三省におよぶのを阻止し、山東ないし満蒙における日本の既得権益を確保することにあった。1928年4月19日に、さらに第二次山東出兵をおこない、5月3日から11日にかけて国民革命軍と衝突し、済南城を占領する「済南事件」をおこした。この事件を機に、田中内閣はいよいよ満蒙分離政策をとる。1928年6月4日の張作霖爆殺事件は、満蒙を特殊地域化せんとする田中構想の延長線上におこっている。「満州事変」の影はすぐそこまで迫ってきていた。

　軍国主義の台頭を敏感に察知した如是閑は、「済南事件」を「軍国史的幻想のさせた業」とし、日本政府は騒乱に際して「最も簡易で最も安全な、そして最も経済的方法をとる」という「人間の常識」をすでに失ったと厳しく追及している。[1]前述したように、1923年の「二十一か条」条約廃棄事件に際しては、如是閑の態度にまだ現状追認と思われる部分があったが、済南事件を機に、かれは「日本人に遺伝的な、支那大陸に対する軍事的衝動に基づく政策に、根本的反省を加へねばならぬ時が愈到達した」[2]と言明し、軍事侵略によって得られた日本の特権の放棄を促した。その根拠は、国民革命を経過した中国はすでに「資本主義国家のある段階」[3]まで進んできたという判断にある。

　如是閑の主張によると、列強の勢力下にあった開港地などに始まった資本主義の発展は、市民国家的政治要求を生み出し、新しい国民国家意識の発達となり、「すべての近代国家がその初期に経験した民族主

　①　如是閑「軍国史的錯誤と出兵癖——済南事件の責任」『我等』1928年5月、第10巻第5号、5〜6頁。
　②　如是閑「支那大陸に対する我が軍事行動——済南事件に対する反省」『改造』第10巻第6巻、1928年6月、124頁。この論文以降、伏字が多くなる。
　③　同上、126頁。

義勃興の時代」①を中国にももたらしたのである。日清戦争や日露戦争を戦った日本の経験とはちがって、中国は自国の領土内に植民地を持った外国の資本主義勢力と戦わなければならないため、国民革命は「国内的革命運動の連続として、階級戦と結び付けて、帝国主義打倒の形に於て」行われ、「決して日本がしたやうに民族国家建設の形」で遂行されなかった。しかし、商人のギルド的形態において発展してきた「市民的社会集団」(ブルジョアジー)がすでに中国の政治的中心になった現在の形勢では、この革命運動は、「決して共産主義的効果をもつ運動ではなく、国内の資本主義的結成に役立つもの」であり、民族資本主義をもって外国の資本主義に代ろうとする運動と同じ効果をもつ。租界地の回収や関税自主権の確立運動など、日本がたどった資本主義化の過程を現在の中国も経験しているのである。②

中国の資本主義化に対する以上の考察に基づいて、如是閑は、日本政府が中国における特権にこだわるのは、中国における群小軍閥国家の示している旧形態だけに目をとめて、中国「そのものゝ社会進化の段階に目を開くことを敢てしないといふ根本の錯誤に原因してゐるのである」③と鋭く指摘し、中国に対しては大戦以前とちがって、あくまでも「市民的協同」を根底とする「近代国家的接触」④をしなければならないと主張している。前に触れたように、済南事件のほぼ一ヶ月後に南京政府によって達成された関内統一によって、近代国家としての中国におけるナショナリズム(民族国家の意識)の発達をさらに実感した如是閑は、領土主義から自由主義(商業主義)への対中国政策の全面的な転換を求めていたのである。⑤

---

① 如是閑、前掲「支那大陸に対する我が軍事行動——済南事件に対する反省」、127頁。
② 同上、126〜129頁。
③ 同上、129頁。
④ 同上、130頁。
⑤ 同上、128頁。如是閑は次のように主張している。「資本主義が民族主義化することは、各国自身覚えのあることであるから、列強は、支那を日清、日露当時の清国と同視する誤りに陥らない以上、さういふ段階に達した支那に対して、最早わが満洲占領当時のやうな企図をもち得ないことは明瞭である。支那に対し、領土主義の代りに自由主義によって新国家の建設を誘導した列国は、支那をみること、よろしくアメリカを見るが如く、それに対する侵略は、全然商業主義以上に出ないことがいちばん常識的であり有利であることを知るに至つた筈である」。

二　如是閑の「満州放棄論」──満州事変を目前にして

1928年10月15日から11月22日にかけて、第三回目の中国旅行[①]に出かけた如是閑は、大連など満州の各地で「日本街」の不景気と好対照をなす「支那街」の商業の隆盛を見て、時代錯誤的領土拡張主義によって「満洲に建てられた『外国』日本は「日にへ衰退の途」[②]を辿りつつあると結論している。中国の民衆社会に資本主義が確実に浸透していることを実感したかれは、その後の旅行記に「満洲に対する日本の国策も、日本及び満洲に於ける資本主義の発展過程に伴つて変化すべきものたることは明瞭で、今やその転換期に面してゐることは、私共局外の観察者よりも、当事者その人の間に既に気づかれていることゝ思はれます」[③]と述べ、日本の満州政策に対する疑問を明らかにしている。

1929年7月、東北国民軍の指導者張学良は、当時中ソの共同管理下におかれた中東鉄道（当時日本では「東支鉄道」）を強制回収した。この中東鉄道の回収事件はソ連軍の武力干渉により失敗におわったが、如是閑は、それを中国が近代国家化の過程において必然的に起る「国家的自主権の回復」[④]運動としてみている。かれによると、「近代国家の資本そのもの」にほかならない中東鉄道や南満州鉄道のような独占的植民地鉄道は、「常に近代国家化の過程に於ける支那資本主義プラス外国資本主義の勢力のために排除されんとする傾向にあることは止むを得ない」[⑤]ことであり、満州における日本の特殊地位は結局打破される運命にある、と予測している。1931年9月8日に執筆終了と記されている「日支関係の『悪化』と帝国主義戦争の停頓」という論文では、如是閑は満州問題は日本の「軍事的領土主義が中国ブルジョア国家化した現実」との衝突にあり、「日本は結局満洲を日本の統治権的作用を必要としない、

---

①　1928年10月15日から11月22日にかけて、南満州鉄道の招きで、如是閑は大連、奉天、撫順、安東、開原、ハルビンを回り、吉林から敦化までの満鉄沿線の各地を視察。帰りに済南事件のあとを見学し、新しい南京も一瞥した。この時の紀行文は「哈爾賓直行」（『我等』第10巻第10号第11号、第11巻第1号三回連載、1928年11月12月、1929年1月）である。

②　如是閑「支那大陸に於ける『外国』の運命」『思想』86号、1929年7月、37頁。

③　如是閑「哈爾賓直行」『我等』第10巻第11号、1928年12月、15頁。

④　如是閑「東支鉄道回収問題の必然性」『改造』第11巻第9号、1929年9月、41頁。

⑤　同上、44頁。

中部及び南部支那と同様の状態に解放する勇気を要する」と呼びかけ
ている。かれによると、「満洲全体は厳格な意味で日本の植民地以外の
地域であつて、満洲そのものの発展は、全く日本の統治権的範囲以外
に超然たる中国領土上の現象である」。[①]そして中国側からすれば、満
州は、一つには政治的統一の障害としての日本の勢力をそこから排除
すべき土地であり、二つには、日本によって開拓された満州という資本
主義の処女地を「支那ブルジョアジー」の経済単位として包括する必要
があった。[②]満州における日本の特殊地位を「支那が充分に近代国家化
しないことを条件として存続し得る性質のものである」[③]と見ていた如是
閑は、南京政府の統一以降も続く軍部の武断政策には断乎反対であっ
た。イギリスが租界を放棄したように、これからの列国の中国政策は利潤
を中心に、資本主義的方法(商品と資本の輸出)に転換すべきものであ
ると如是閑は考えていた。

　周知のように、三浦銕太郎、石橋湛山を主幹に擁する『東洋経済新
報』は、主に急成長する日本資本主義の生み出したプチブルインテリ層
のほか、大資本に従属しない非特権資本家層ないし中小商工業層の要
求を代弁して、大正初期の早い段階から日本政府の領土拡張政策を批
判し、「満州放棄論」・「小日本主義」を唱えてきた。[④]満州問題における
如是閑の立場は『東洋経済新報』と同じくイギリス自由主義の流れを組
むものとして位置づけられるが、中国側の「近代国家化」という政治的社
会的条件の必要性に着目しているのは、如是閑の「満州放棄論」の特
徴ともいえよう。しかし、資本の輸出を容認しているところから、如是閑の
主張に自由貿易的帝国主義の色彩も見られる。たとえば日中関係の基
軸を経済的自由主義に切りかえたところで、資本主義的競争における
機会的不平等関係をどうすればいいのか。そういった国際資本主義の経
済・政治の発展段階と価値原理(自由、人権、競争原理)の矛盾の問題

---

　①　如是閑「日支関係の『悪化』と帝国主義戦争の停頓」『改造』第13巻第10号、1931
年10月、49頁。

　②　同上、46頁。

　③　如是閑、前掲「近代国家と支那の革命」、14頁。

　④　『東洋経済新報』の急進的自由主義について、松尾尊兊「『東洋経済新報』の帝
国主義批判」(同前掲『民本主義と帝国主義』所収)を参照。

に立ち入って考察する余裕もなく、自由主義の普遍性に対する信頼の結果、如是閑はやがて一つの自己撞着に陥る。

　満州事変が勃発する直前まで、如是閑は対中国問題に関する軍部の強硬な態度をいわゆる「ギルド的自己防衛の動機によるもの」であるとして、軍部が盛んに自己顕示に努めても、戦争の可能性は「当面乏しい」と事態の進展を楽観視していた。「満洲を動因とする戦争の危険性を最もよく知っている」[1]日本の「最高資本主義」（独占資本家）は、資本主義の論理に反した行動はとらないから、軍部の動きを抑制できるであろうという考え方がその判断の根拠になっている。しかし、この如是閑の観測はその後の満州事変の勃発や日中戦争、太平洋戦争への突入によって、見事に裏切られた形になった。[2]

　中国の社会形態の近代化にその基本的視点をおくことから出発した如是閑の中国革命論は、南京政府を資本主義の政治組織（「近代的市民国家」）として認めた時点で、すでにその独自の鋭さと有効性を失ったといえよう。「満蒙問題」が深刻化するにつれて、中国ナショナリズムの高揚による帝国日本の危機的状況と緊張感をもたない如是閑の日本帝国主義批判には、もはや発言の場はない。如是閑における中国への問題関心を触発してきた1920年代の多元主義的思想状況自体は、かれが批判してやまなかった「征服国家」「軍国国家」による国家総動員体制にのみこまれていく。1933、4年頃から、如是閑は中国問題についてほとんど論じなくなるが、その代わりに学生時代から自らの多元的国家論の視点を刺激してきた老子の思想について本格的な研究を始める。中国への関心と中国革命論に託したかれの国家批判の問題意識は、ひきつづきその老子論に受け継がれていると見られるが、そこにはもはや、建国と

---

　①　如是閑、前掲「日支関係の『悪化』と帝国主義戦争の停頓」、50頁。
　②　満州事変直後に書かれた「日本ブルジョアジーの大陸政策と島国政策──満州事変の側面的解釈」（『批判』第2巻第9号、1931年10月）においても、如是閑は、満州事変を軍部が独占資本家一般の要求を理解しないでとった突出した行動とし、ブルジョアジー政党の力によって軍部の行動を統制し戦争を回避できるであろうという見方を示している。この認識は甘かったと、1935年の『満州国座談会』（『文芸春秋』第13巻第4号、1935年4月）で如是閑は自己批判しているが、それ以降はそれ以上の日本帝国主義批判を展開することはほとんどできなくなった。如是閑の「満州事変」観について、田中前掲「長谷川如是閑の中国認識──辛亥革命から満州事変まで」を参照。

独立、民族解放の苦しい闘いにあけくれる現実の中国の姿は反映されていない。[①]

第五節　小括——如是閑の中国革命論における二元論的構造とその思想史的意味

　大正末年から昭和初期にかけて、如是閑は『現代国家批判』(1921年)、『現代社会批判』(1922年)の二大名著をはじめ、社会学的国家論によって、痛烈な資本主義国家体制批判を展開していた。資本主義の高度化にともなう階級対立と生活破綻の深刻化、その解決策としての国家による強権的抑圧という時代状況に対して、民主主義と社会主義の展望を同時に視野におさめながら、「社会」が「国家」に先行し、「社会」こそ人間生活の基底であるという観点にたって、国家主権の至上性を根底的に批判するところに、如是閑の基本的立場がある。

---

　① 如是閑の本格的な老子論は、主に1935年から1937年にかけて相次いで出されている。前掲『老子』のほか、「老子・孔子・支那民族」(『中央公論』50年7号、1935年7月)、「老子の政治学の動機」(『思想』〈特輯　政治の哲学〉、1937年10月号)、「政治学の二大典型——西洋政治学と東洋政治学の原始的典型」(発表誌未確認)などがある。後3篇の論文は『我観中国——その政治と哲学』(東方書局、1947年)に収録されている。如是閑の老子論の基本的構造とその特徴について、池田前掲『長谷川如是閑「国家思想」の研究』「第五章　如是閑の老子論——「自然」の政治学と政治的理性批判」のほか、郭永恩「長谷川如是閑の『老子論』」(『神戸市外国語大学研究科論集』第6号、2003年)を参照されたい。1930年代に入って改めて「老子論」を提示することの意味について、とくに池田の研究が示唆に富む。池田は、如是閑は老子の「自然＝無為自化」の政治学とそれに基づく政治的理性批判というラジカルな批判性に、かれ自身の時代批判、武断国家批判を託し、老子の政治学における「政治的支配国家」から「自治社会」への転換の可能性を、現実の「ファシズム的大国家」の超越・止揚に重ね合わせて含意させていると指摘している。つまり、如是閑は自らの問題意識と重ね合わせるように、老子の思想に自律的な秩序をもつ「社会」に価値をおくことによって、全体社会としての国家を相対化しようとする方向性を見いだしているといえる。しかし、この1930年代の老子論では、如是閑は当時の中国が直面している課題とかけはなれた、もっぱら遠い春秋戦国時代の思想家としての老子の思想そのものを分析している。

本章で、如是閑の中国革命論を中心に検討して明らかになったように、その独特の「国家」と「社会」の二元論が如是閑の中国論にも貫かれている。中国社会の特徴を、民衆の「社会」生活が「国家」生活とまったく没交渉に行われている「二元社会」として捉えた如是閑は、中国の民衆社会が持つ強靱な生活力に終始強い関心を示し、「二元社会」としての中国における革命の目標を、「政治を消滅せしめる革命」＝「社会革命」の実現、すなわち、中国の資本主義化に設定している。社会形態の変革を強調する如是閑のこのような中国革命論は、その「国家の社会化」という思想的営為の一環として位置づけられるものであり、国家を相対化する1920年代の日本国内における思想状況と深くかかわっているといえよう。

　労働者階級（「生産階級」）をその「社会革命」の中心勢力としているため、如是閑の中国革命論は一種の「二段階革命論」的性格を持っている。しかし、1920年の「ラッセルの社会思想と支那」論文に見られるように、如是閑は伝統的な中国社会の自律性にその現代的意義を見いだし、近代の主権国家を超える新しい国家形態として、中国にギルド社会主義の国家形態が生まれることを期待していた点も見過してはならない。それは、如是閑の中国革命論の展開における一つのジレンマを意味しているからである。すなわち、如是閑は西洋型の近代国家を超克する「社会としての中国」の可能性を高く評価する一方で、その「社会革命」の担い手になるべき「生産階級」を形成させる社会形態的条件として、現に崩壊の兆しを示している資本主義の進展を中国にすすめている。資本主義化の概念を無限定的に中国革命に適用しているため、中国社会の独自な可能性に着目して出発した如是閑の中国論は、逆に中国ナショナリズムを内在的に捉えることができなかったのである。当時の中国を取り囲む帝国主義秩序の問題、反軍閥、反帝国主義の国民革命のあり方を規定する国民党左派と右派、ならびに国民党総体と共産党の勢力関係、及び政治的自由と経済的独立を求める中国民衆のナショナリズムのダイナミズムは、如是閑にとってそれほど重要視されなかった。五・三〇事件をはじめとする中国の労働運動に対する評価にあらわれているように、国民革命の政治過程の根底にながれる、列強の侵略に反

発する中国民衆の抵抗ナショナリズム（民族解放運動）の意義と契機を、もっぱら資本主義発展の問題と関連付けて位置づけるのは如是閑のスタンスである。[1]

「蓋し資本主義そのものが、地球上の人間は全部国家や民族や皮膚や相貌やの異同に拘らず、悉く同質の、物質的及び精神的理法に支配される、といふ原理の上に成立してゐるものだからです。インドやアフリカに今も盛んに行はれてゐる時代錯誤の支配状態を打ち倒すものは、現にその打倒を叫んでゐるインド人でもアフリカ人でもなく、世界人たる資本家そのひとであることは、資本主義の本質上疑ふ余地のないことです。現に支那大陸に行はれてゐる封建政治を瀕死の状態にまで導いたものは、外国の資本主義でした。五千年来支那大陸に嘗て成立しなかつた『民族国家』を今に至つて成立せしめたものは、やはり、ヨーロッパ大陸に古来決して成立しなかつた『民族国家』を近代に及んで成立せしめた、そのヨーロッパの、即ち世界の、資本主義です。」[2]

以上のような資本主義過程の普遍性に対する確信によって、如是閑は外国の資本主義による中国の近代化促進作用を評価し、列強の支配がその一方で中国における封建的諸関係を温存・利用している側面を軽視している。その結果、かれは中国における資本主義過程の進展を楽観視し、第四節で考察したように、南京政府の性質を「資本主義の政治組織」と過大評価し、国民革命の完成によって中国に政治的な「近代国家」が成立したことを積極的に認めるようになる。この認識に基づいて、これまで採用してきた時代錯誤の領土拡張主義から「近代国家的接触」へと対中国政策の転換を求める。そのような如是閑の中国論は、日本の帝国主義政策批判の意味において重要な意義があった。

しかし、他方、このような資本主義化の社会的経済的作用の重視は、

---

[1]　根本的に如是閑は、民族国家という政治理念を、近代的市民国家がその階級的構造を塗りつぶすための観念的装置として捉えている。如是閑「民族的対立と満鮮事件」（『批判』1931年7月、『長谷川如是閑集』第5巻所収）を参照されたい。

[2]　如是閑、前掲「哈爾賓直行」『我等』第10巻第11号、15頁。

つねにアジア的停滞論と紙一重である。①本章第一節にとりあげた如是閑のインター・ソーシャルの主張における「社会」は、近代の資本主義的経済生活を自明の前提とするものであったように、如是閑の議論は、山川均のように国民革命を国際資本主義体制への挑戦という意味で捉え、反日本帝国主義の国際的民衆運動提携という主張へと結びつくことはなかった。1920年代の多元主義的思想状況のなかで、伝統的な中国社会にその現代的意義を発見した如是閑の中国論は、結局、歴史的発展段階論の図式を突破するものではなかったといえよう。

---

　　① 1937年に書いた「シナ的国家形態の特異性」（同前掲『我観中国──その政治と哲学』所収）のなかで、如是閑は、南京政府がなお「封建的勢力均衡」の上にたっているという中国国家形態の特異性を指摘し、その原因を中国の宿命的な歴史的・地理的条件に基づいて説明している。その一方で、かれはその特異性がまったく清算されるには、「たゞ全シナ大陸が、近代市民社会の経済機構と、それに伴ふ近代的政治機構との成立する条件に包容されることによる外はない」と強調し、全中国における資本主義産業の発達、「市民的社会形態」の領域拡大にしたがって、「蒋介石の南京政府は、市民的社会形態の政治機構に向つて進み、自然蒋の統一も、封建的統一形式から、近代国家的統一の形式に推移しつゝあること」は事実であると述べ、近代国家としての中国の未熟性を好意的に捉えている（128〜129頁）。このような中国における資本主義化の政治的社会的作用への重視から、かれは「日華事変」（盧溝橋事件）について、「具体的には時局の終始如何に懸る問題であるが、原則的に考へられる所では、結局封建形態から市民形態へと進ましめる作用をもつのではないかと思はれる」（134頁）とコメントしている。

終章　アポリアとしてのナショナリズム

　以上、「大正デモクラシー」の時代から昭和初期の超国家主義へと転換する、近代日本の転換期に照明をあてながら、民族独立運動として立ちあがった中国ナショナリズムの「衝撃」について、近代日本の知識人はどのように立論し、かつまたかれらの母国の帝国主義について、どのような「自己反省」あるいは「警告」を行ったのか、という問題を考察した。最後に、将来の日中関係をも視野にいれながら、近代日本に与えた中国ナショナリズムの「衝撃」の意味、及び今後の思想課題を整理し、まとめに代えることにしたい。

　本書では、辛亥革命から満州事変にかけての約二十年間を中心に検討してきたが、吉野作造、山川均や永井柳太郎、長谷川如是閑らは、民本主義、社会主義、自由主義というそれぞれの立場から、中国ナショナリズムの意義を積極的に評価し、時代遅れの武力主義、領土拡張主義にこだわる日本の帝国主義政策に対する批判を行った。しかし、各章の叙述で指摘したが、かれらが西洋と東洋、民本主義とナショナリズムといった「二律背反」の思想課題を抱えていたため、その日本帝国主義批判は、帝国主義そのものをラディカルに否定するのではなく、日本帝国主義の現状を改造する方向において展開されたといえる。堺利彦や山川などの社会主義者の議論はこの点において位相がちがうが、中国の革命運動に対するかれらの先進国意識は明らかに日本が「資本主義の最高段階」＝帝国主義段階にある、という認識からきている。時代的環境によって制約されたという点より、ここでは逆にこのような知識人の言

説空間が近代日本のナショナリズムにアンビヴァレントな可能性を閉ざしてしまったのではないかという点を強調したい。すなわち、日本の「大陸的発展」、「帝国主義」という歴史発展の「必然性」は思考上の暗黙の前提とされていたため、「国民的解放」をめざして出発した日本のナショナリズムは、他の可能性に目が向けられぬままに、国家主義、さらに超国家主義にまで転落したといえるのではないだろうか。

1950年10月、インドのラクノウで太平洋問題調査会の国際会議が開かれ、民族自決と民族独立、西洋の支配に対する東洋の抵抗、そして「アジア人のアジア」といった議題が討議された。これを機に、日本の論壇では中国研究者の竹内好が注目を集め、西洋近代への見直しと、アジアの再評価が台頭した。この太平洋会議に提出された報告「日本のナショナリズム」を執筆した丸山真男も、中国ナショナリズムについての評価を改め[1]、日中両国のナショナリズムの構造を次のように比較している。

「中国は旧支配層が新しい局面への適応能力を持たなかったために、列強帝国主義の浸蝕を受けたが、そのことがかえって帝国主義支配に反対するナショナリズム運動に、否応なしに旧社会＝政治体制を根本的に変革する任務を課した。夫々ちがつた様式においてではあるが、反帝運動と社会革命の結合は孫文から蒋介石を経て毛沢東に至る中国ナショナリズムの一貫した伝統をなした。ところが日本では、徳川レジームを打倒して統一国家の権力を掌握したのはそれ自体やはり封建的勢力であった。ただ彼らは西欧諸国の圧力に対抗する必要上、急速に

---

[1] 丸山は1940年の助手論文「近世儒教の発展における徂徠学の特質並にその国学との関連」(『国家学会雑誌』第54巻2～5号)で、徂徠学の性格を描き出すために、日本の儒教の展開の前提として朱子学を生んだ中国の社会的特質を述べ、ヘーゲルの『歴史哲学緒論』を引用して「持続の帝国」としての「支那歴史の停滞性」を指摘している。のちにこの論文が『日本政治思想史研究』(東京大学出版会、1952年)に収録される際、丸山は「あとがき」において、「中国の停滞性に対する日本の相対的進歩性という見地」を自己批判し、「カッコ付の近代を経験した日本と、それが成功しなかった中国において、大衆的地盤での近代化という点では、今日まさに逆の対比が生まれつつある」と述べている(371頁)。これはいうまでもなく日本の近代と中国の近代を比較した竹内好の見解を踏襲したものである。なお、丸山における中国観の変化について、田中和男「丸山真男における中国」(『龍谷大学国際センター研究年報』第13号、2004年)を参照。

国内の多元的な封建的分権性を解消してこれを天皇の権威の下に統合し、富国強兵政策によって上からの近代化を遂行した。……その不均衡あるいは矛盾〔封建的生産関係と独占資本の共存〕がまた、国内的には民主主義的勢力の順調な発達を妨げ、低賃銀と家父長的労働関係を不断に再生産し、対外的には早くから軍事的＝帝国主義的膨張を不可避にしたことは、すでに周知の如くである。日本のナショナリズムの思想と運動はこうした日本帝国の発展と形影相伴って展開された。……民間におけるナショナリズム運動は二、三の例を除いて、支配体制に対する根本的なオポジションとしてではなく、むしろ支配体制に内在する膨張主義的契機をべんたつする運動として展開された。従つてそれは社会革命と結合するどころか逆に反革命および反民主主義と結びつくものであった。」[①]

　帝国主義的侵略への反省という意義も込めて、戦後日本では中国にかぎらず、アジア・ナショナリズムの展開について共感をもって論じる姿勢が近代史研究の主要な流れを形成したといえる。ところが、丸山の上記の発言にもあらわれているように、その日中ナショナリズムの比較は、日本における帝国主義の支配体制の成立を避けられない歴史条件として認める傾向が強い。日本帝国の対外侵略を丸山は決して肯定していない。しかし、そのような是非の問題とは別の次元で、ここでは、戦後民主主義の旗手であった丸山も日本の植民地主義を有効に批判する視座を持たなかった、という問題点を指摘したい。孫文から毛沢東に至る反帝運動と社会革命の結合に見られる中国ナショナリズムの展開を日本の対外膨張や植民地支配と切り離して、別個の実体であるかのようにそれぞれの特質を論じること自体、「日本帝国」の実体とそれへの責任意識を曖昧にし、脱植民地主義化という課題を置き去りにする大きな落し穴がある。[②]欧米からの圧力に抗するために、日本は侵略や植民地獲得へ踏み出すぬきさしならぬ必然性があったかどうかという問題を、想像力と

---

　　①　丸山真男「戦後日本のナショナリズムの一般的考察」日本太平洋問題調査會訳編『アジアの民族主義：ラクノウ會議の成果と課題』（岩波書店、1951年）所収、170頁。のちに中央公論1951年1月号の特集『アジアのナショナリズム』に収録されている「日本におけるナショナリズム」はこのペーパーをもとに書き直したものである。
　　②　「近代」の意義を語り続けた丸山において、「帝国主義としての近代」への視点が欠落していることについて、中野敏男『大塚久雄と丸山真男――動員、主体、戦争責任』（青土社、2001年）を参照。

勇気をもって深刻に問わないかぎり、近代日本と中国ナショナリズムのかかわりについて有効な批判軸は打ちたてられないであろう。「戦後60年」たっても、日中関係が依然として「歴史問題」をめぐって混迷している原因は、このような近代史研究のあり方と大きくかかわっているのではないかと考える。今後、戦中から戦後にかけて、日本帝国主義の支配秩序をその内部から切り崩す論理を模索する思想的営為とその可能性を汲み上げていくことが、大きな課題となるであろう。

　近代日中関係史の視角から、本書では、ナショナリズムを民族・国民を主体とする国家建設をめざす思想及び運動と定義し、「中国ナショナリズム」の性質をほとんど反日本帝国主義の民族主義として位置づけている。しかし、近年来、ナショナリズムをめぐる活発な議論によって明らかになったように、国民国家を作り上げる営為それ自体がさまざまな矛盾を内包することも事実である。そのため、「アジアのナショナリズムをたんなる成功物語として描くことは不可能であ」[①]り、中国国内の民族問題や民主化問題とかかわる、中国のナショナル・アイデンティティの形成過程を見直すという脱「民族主義の神話」の作業もすでに展開されている。[②]近代の日中関係史を鑑みて、このような「諸刃の剣」としてのナショナリズムの見直し作業はつねに相当の緊張感と痛みを伴うものであるが、歴史を相対化するためにも必要な手続きだと思う。

　1922年6月、吉野作造は『新人』によせた「支那雑感の二三」という一文で、辛亥革命以降に高揚した排日運動に表出されている中国青年の「愛国的民族主義」について次のようにコメントしている。「愛国的革命主義より来る一つの特長は、排外的なことである。外国の侵略に対して種々に利権回収を叫ぶは之が為だ。強くなつたら彼等も亦侵略的になるだらう。此点に於て此期の支那の青年の思想は、日本の所謂元気の

---

① 　古田元夫『アジアのナショナリズム』(山川出版社、1996年)、4頁。
② 　このようなアジア・ナショナリズムを再評価する動きについて、吉澤誠一郎『愛国主義の創生——ナショナリズムから近代中国をみる』(岩波書店、2003年、212〜219頁)、同「国民国家史としての台湾史の誕生」(東京外国語大学アジア・アフリカ言語文化研究所『通信』89号、60頁)、坂本ひろ子『中国民族主義の神話——人種・身体・ジェンダー』(岩波書店、2004年)を参照されたい。

い、政治家や軍人のそれと同じ型のものであると思ふ」。①

　中国革命青年の反帝国主義闘争を、日本の官僚軍閥の国益至上主義と同列に扱い、「強くなったら彼等も侵略的になるだろう」とのべていることから、ある意味で吉野は近代特有のナショナリズムという現象の特性に関する認識をもっていたといえよう。しかし、問題はかれがそこからさらに進んで、自らのナショナリズムという価値の相対化ではなく、日本の国益を脅かす中国のナショナリズム運動を警戒する姿勢をとったことである。そのため、吉野はいちはやく中国近代国家化の可能性を受け止めながらも、最後まで対等な「日中提携」関係の打開策を見出せずにいた。

　いま、急速な経済発展を背景に、中国が「大国化」・「強国化」する可能性は、日清戦争以降のいかなる時期よりも切実となっているといえるかもしれない。21世紀の新たな転換期にさしかかる日本は、今後、中国ナショナリズムの「衝撃」をいかに受け止めるのか、という課題にあらためて直面している。一方、「中華民族の偉大なる復興」②を国家建設の目標に掲げる中国は、吉野がかつて指摘した、「強くなつたら彼等も亦侵略的になるだらう」というナショナリズムの呪縛からいかに解放されうるのか、多くの人々の関心を集めている。本書が検討した時期と比べて、日中両国をめぐる国内外の政治的社会経済的状況が大きく変わっているとはいえ、アポリアとしてのナショナリズムをめぐる吉野ら知識人の思想的営為は日本の知識人に限らず、中国の知識人がナショナリズムを考察する場合、依然として貴重な警鐘となると考えられる。

　政策に関する知的批判がつねにナショナリズムの規制・支配を受けている。未来にある無限な可能性を信じて、我々はまず自らのナショナリズムを相対化することから始めなければならないであろう。

---

① 　吉野、前掲「支那雑感の二三」、5頁。
② 　江沢民「中央党校5・31講話」『人民日報』、2002年6月1日。

参考文献

本書執筆中に参照した諸文献を、本文中に引用または言及したものを中心に列記した。

I 一次資料

(1) 大隈重信の著述

早稲田大学大学史編集所編『大隈重信叢書』全5巻（早稲田大学出版部、1969〜1970年）

『東西文明之調和：大隈重信遺著』（復刻版、早稲田大学出版部、1990年）

◎雑誌『新日本』で発表された論文

「新日本論」1911年4月

「東西の文明」1911年5月

「清国革命論──清国革命に対する日英両国政府の覚悟を論ず」1911年11月

「支那革命論──支那に於ける過去の革命と今日の革命とを比較して再び日英の責任に及ぶ」1911年12月

「清国革命論（三）──支那帝国の将来」1912年1月

「東亜之平和（清韓協会大隈伯演説文）」1912年1月

「瀕死の支那に最後の忠言を与ふ」1912年10月

「三たび東方の平和を論ず」1914年4月

「支那の外交術と其民族性」1915年6月

「帝国外交の根本精神」『新日本』1916年4月

「旧式外交より新式外交へ」1916年5月

「文化的膨張論」1916年10月

(2) 永井柳太郎の著述

◎雑誌『新日本』で発表された論文

「世界の煩悶」1911年1月

「日米協商論」1911年2月

「明日の満洲」1911年3月

「非天下泰平論」1912年1月

「白禍論」1912年3月

「対支外交の根本方針」1914年1月2月、二回連載

「蘇峰先生の『時務一家言』を読む」1914年2月3月4月、三回連載

「対支外交の失敗何処にありや」1915年6月

「支那大観」1916年1月2月3月4月5月、五回連載

「日支共同武装的産業論」1916年7月8月、二回連載

　なお、永井柳太郎の著述については、池田徳浩「永井柳太郎著作目録」(『文献探索2000』、2001年3月)、松田義男編「永井柳太郎著作目録」(松田義男個人ホームページhttp://www1.cts.ne.jp/~ymatsuda/掲載)が詳しい。

　(3) 吉野作造の著述

『吉野作造選集』全15巻・別巻1(岩波書店、1995年〜1997年)

『中国朝鮮論——吉野作造』(平凡社、1970年)

松尾尊兊編『近代日本思想大系17　吉野作造集』(筑摩書房、1976年)

岡義武編『吉野作造評論集』(岩波文庫、1975年)

「デモクラシーに関する吾人の見解」『黎明講演集』(復刻版、龍渓書舎、1990年) 第2輯、1919年4月

「分裂か統一か」(「新支那号特別記事」)『新日本』1916年6月

「支那問題について」『黎明講演集』第4輯、1919年6月

「山東問題解決の世界的背景」『中央公論』1919年6月

「支那における排日事件」『中央公論』1919年7月。

「果して理想派の凋落か」『中央公論』1919年9月

「支那の近状」『中央公論』1921年1月。

「支那問題概観(時論)」『中央公論』1922年1月

「支那近時(時論)」『中央公論』1922年3月

「板挟みになつているデモクラシーの為めに」『明星』(復刻版、臨川書
　　店、1964年)1922年4月

「支那雑感の二三」『新人』1922年6月

「小題小言数則」『中央公論』1923年4月

「最近の英支葛藤」『中央公論』1926年10月

「対支政策批判」『中央公論』1928年9月

「国民党正系と共産派」『現代憲政の運用』(一元社、1929年)

「あの時あの人」『経済往来』1932年2月

「東洋モンロー主義の確立」『中央公論』1932年12月

　　なお、吉野作造の著述については、土川信男編「吉野作造著作年表」(『吉
野作造選集』別巻所収)及び松田義男編「吉野作造著作目録補遺〈60篇〉」(松
田義男個人ホームページhttp://www1.cts.ne.jp/~ymatsuda/掲載)がある。

　　(4)堺利彦の著述
『堺利彦全集』全6巻(法律文化社、1970年～1971年)
『日本人の自伝9　堺利彦　山川均』(平凡社、1982年)
『売文集』(丙午出版、1912年、復刻版、不二出版、1985年)
「編輯者より」『へちまの花』(復刻版、不二出版、1984年)、1915年8月
「太平洋会議」『新青年』1921年9月(中国語)
「黎明期総説」『社会科学』特輯「日本社会主義運動史」、1928年2月

◎『堺利彦全集』未収録、雑誌『新社会』(復刻版、不二出版、1982年)
　　で発表された論文
「大戦の後」1915年10月
「支那革命の性質」〈「橙黄橘緑(時評)」〉1915年11月
「非戦運動の発展」「慢心せる日本人」〈「紅葉黄葉(時評)」〉1915年12月

「東洋天地の多事」〈「霜ばしら(時評)」〉1916年1月

「次の欧州大戦」「支那革命の将来」〈「蕾と芽」(時評)〉1916年4月

「痒いところ」1916年5月

「孫逸仙と板垣君」〈「酷暑清暑(時評)」〉1916年7月

「人民の力と平和の光」〈「サーチライト(時評)」〉1916年8月

「欧州戦争の精神的原因」1917年6月

「支那の問題」〈「火の見台(時評)」〉1917年6月

「ストクホルム大会」〈「火の見台(時評)」〉1917年7月

「豆人形の踊り」「朝鮮労働者輸入問題」〈「火の見台(時評)」〉1917年10
　月

「山路愛山君の一周忌」〈「カライドスコープ(時評)」〉1918年5月

「室伏君の眼と蛙の眼」「民族精神の不思議」「支那商務階級の革命」〈「
　カライドスコープ(時評)」〉1918年5月

「グレーの『国際同盟』説」〈「カライドスコープ——百色眼鏡(時評)」〉
　1918年8月

「普通選挙と労働組合」〈「カライドスコープ——百色眼鏡(時評)」〉1918
　年10月

「世界改造と内政の改善」〈「カライドスコープ——百色眼鏡(時評)」〉
　1919年1月

「朝鮮の騒擾と総督文官制」〈「カライドスコープ(時評)」〉1919年5月

「無雑作な伏線と名吟の祟り」「張継氏の日本に対する絶縁状」〈「カライ
　ドスコープ(時評)」〉1919年6月

「支那と過激派」〈「千百五番より(日記)」〉『新社会評論』1921年5月

　なお、雑誌『新社会』については、『『新社会』解題・総目次・索引』(不二出
版、1982年)を参照。

　(5)山川均の著述
『山川均全集』全20巻(勁草書房、1966年～2001年。特に第7巻所収の
　中国関係論文)
高畠通敏編『近代日本思想大系19　山川均集』(筑摩書房、1976年)
「世界帝国か欧州連邦か」「愛山君の世界統一論」〈「若葉青葉(時

評)」〉『新社会』1916年5月

「闘争と人道——トルストイの非戦論を評す」(「特集トルストイ」)『新社会』
　　1916年12月

「民族的伝統主義」〈「暴風の前(時評)」〉『新社会』1917年12月

「日本の民主主義と聯合国の『正義』」〈「火の見台(時評)」〉『新社会』
　　1918年2月

　(6)長谷川如是閑の著述

『長谷川如是閑選集』全7巻・補巻1(栗田出版会、1960年～1970年)

『長谷川如是閑集』全8巻(岩波書店、1989年～1990年)

宮地宏編『近代日本思想大系15　長谷川如是閑』(筑摩書房、1976年)

飯田泰三・山領健二編『長谷川如是閑評論集』(岩波文庫、1989年)

『老子』(大東出版社、1935年)

『我観中国——その政治と哲学』(東方書局、1947年)

『ある心の自叙伝』(朝日新聞社、1950年。筑摩書房、1968年)

「支那の将来に対する思想的根拠と産業的根拠」『太陽』1923年8月

「支那の国家秩序と社会秩序」『改造』1926年7月

「蒙古から帰って」『中央公論』1926年10月

「大正時代の国家的傾向とその心理的特徴」『太陽』1927年2月

「支那大陸に対する我が軍事行動——済南事件に対する反省」『改造』
　　1928年6月

「支那大陸に於ける『外国』の運命」『思想』1929年7月

「東支鉄道回収問題の必然性」『改造』1929年9月

「日支関係の『悪化』と帝国主義戦争の停頓」『改造』1931年10月

「支那国家の統一と分割」『改造』1932年11月

◎『長谷川如是閑選集』、『長谷川如是閑集』未収録、雑誌『我等』(復刻
　　版、日本社会運動史料機関紙誌篇、法政大学出版局、1983～1984
　　年)で発表された論文

「対支政策の根本主張」(無署名)1919年2月

「支那との人道的融合」(傾向及批判)1919年3月

「生活の現実と超国家の破滅」1920年6月

「支那統一の疑問」(無署名)1921年6月

「支那を見て来た男の言葉」1921年11月～1923年3月、13回連載

「支那人の現代的空想」(傾向及批判)1923年4月

「支那の政治的亡国状態」(無署名)1923年7月

「民族感情の心理とその社会的意義」1923年11月

「支那の戦争のやむ時」1924年10月

「労資の対立と民族的対立――特に支那の現情について」1925年6月

「北京再遊問答」1926年8月9月11月12月、4回連載

「近代国家と支那の革命」1927年2月

「支那の革命と政治の必然性」1928年1月

「南京政府と支那統一」(傾向と批判)1928年7月

「軍国史的錯誤と出兵癖――済南事件の責任」1928年5月

「哈爾賓直行」1928年11月12月、1929年1月、3回連載

「日本ブルジョアジーの大陸政策と島国政策――満州事変の側面的解釈」『批判』1931年10月

　なお、長谷川如是閑の著述については、長谷川如是閑著作目録編集委員会『長谷川如是閑　人・時代・思想と著作目録』(中央大学、1985年)がある。

　(7)その他の原資料

XYZ「革命声援の諸団体――有隣会・支那問題同志会・善隣同志会・太平洋会」『太陽』1912年2月

「『新日本』編輯顧問会議」『新日本』1911年4月

「大隈伯と袁大統領の応酬書簡」『新日本』1913年5月

「早稲田応接室大隈伯ブライス大使と支那問題を論ず」『新日本』1913年9月

大木遠吉「聯邦共和制に革めよ」(「新支那号特別記事」)『新日本』1916年6月

副島義一「革命をして有意義たらしめよ」(「新支那号特別記事」)『新日本』1916年6月

仲小路廉「制度より人物が主なり」(「新支那号特別記事」)『新日本』1916年6月

福本日南「共和制よりも帝制を可とす」(「新支那号特別記事」)『新日本』
　1916年6月

王孟倫「何処までも民本主義」(「新支那号特別記事」)『新日本』1916年6
　月

寺尾亨「脱化運動を完成せしめよ」(「新支那号特別記事」)『新日本』
　1916年6月

戴天仇「為甚麽革命」(「何のための革命や」)(「新支那号特別記事」)
　『新日本』1916年6月

山路愛山「日本の維新と支那の革命」『新日本』1916年8月

大久保利謙編『明治文学全集35山路愛山集』(筑摩書房、1965年)

岡利郎編『山路愛山集』全2冊(民友社思想文学叢書第2・3巻、三一書
　房、1983〜1985年)

山路愛山「堺枯川君に答ふ」『独立評論』1906年2月

山路愛山「欧州戦争に関する我等の日誌(1)〜(14)」『独立評論』1914
　年9月

山路愛山「欧州戦争に関する我等の日誌(14)〜(36)」『独立評論』1914
　年10月

山路愛山「自由討論の必要」「社会主義者の看過したる事実」〈「1日1
　題」〉『独立評論』1916年4月

浮田和民「東洋最初の共和国」『太陽』1912年2月

浮田和民「中央政府の基礎を固めよ」(「新支那号特別記事」)『新日本』
　1916年6月

浮田和民「新亜細亜主義」『太陽』1918年7月。

室伏高信「現代民主主義の要求」『新小説』1918年3月

幸徳秋水「大久保村より」『日刊平民新聞』1907年4月4日

幸徳秋水「トルストイ翁の非戦論を評す」(「特集トルストイ」)『新社会』
　1916年12月

片山潜「米国の排日運動」『新社会』1915年12月

高畠素之「日本の『日米問題』」〈「火の見台(時評)」〉『新社会』1917年9
　月

高畠素之「老荘会と黎明会」『新社会』1919年2月

尾崎士郎「黎明会聴講の記」『新社会』1919年2月

「新人会記事」『先駆』(復刻版『新人会機関誌』所収、日本社会運動史料機関紙誌、法政大学出版局、1969年) 1920年6月

「民国の友を迎ふ」(巻頭言)『先駆』1920年6月

清水安三「支那生活の批判」『我等』1919年5月

清水安三「支那に亡国の兆ある——支那の将来と対策如何」『我等』1920年11月

清水安三『支那新人と黎明運動』(大阪屋号書店、1924年)

清水安三『支那当代新人物』(大阪屋号書店、1924年)

座談会「対支国策討議会」『改造』1924年11月

「『我等』談話会　支那現時の政治及経済状態」『我等』1927年8月

「満州国座談会」『文芸春秋』1935年4月

『日本人の自伝8　大杉栄・片山潜』(平凡社、1982年)

丸山真男「戦後日本のナショナリズムの一般的考察」日本太平洋問題調査會訳編『アジアの民族主義：ラクノウ會議の成果と課題』(岩波書店、1951年)

丸山真男『日本政治思想史研究』(東京大学出版会、1952年)

丸山真男等『日本のナショナリズム』(河出書房、1953年)

丸山真男『現代日本の思想と行動』(増補版、未来社、1964年)

丸山真男『戦中と戦後の間』(みすず書房、1976年)

『竹内好全集』全17巻(筑摩書房、1980年〜1982年)

『竹内好評論集』全3巻(筑摩書房、1966年)

藤本博生『日本新聞五四報道資料集成』(京都大学人文科学研究所共同研究報告、同朋舎出版、1982年)

西順蔵編『原典中国近代思想史』全6冊(岩波書店、1977年)

陳徳仁・安井三吉編『孫文・講演〈大アジア主義〉資料集』(法律文化社、1989年)

山田慶児編『現代革命の思想3　中国革命』(筑摩書房、1970年)

いいだもも編訳『民族・植民地問題と共産主義——コミンテルン全資料・解題』(社会評論社、1980年)

Ⅱ 研究文献

（1）大隈重信関連

神谷昌史「『東西文明調和論』の三つの型——大隈重信・徳富蘇峰・浮田和民」（『大東法政論集』第9号、2001年3月）

佐藤能丸「大隈重信研究の過去・現在・未来〔含 参考文献〕」（『早稲田大学史記要』第27号、1995年7月）

『自由の風土・在野の精神 創立50周年記念シンポジウム』（同志社大学人文科学研究所、1995年2月）

中川久嗣「近代西洋の終末・危機意識と大隈重信の文明論」（『季刊日本思想史』第40号、ペリカン社、1993年）

間宮国夫「大隈重信と『移民問題』」（『社会科学討究』第42巻第3号、1997年3月）

峰島旭雄等『大隈重信『東西文明の調和』を読む』（北村出版、1990年）

柳田泉『明治文明史における大隈重信』（早稲田大学出版部、1961年）

早稲田大学大学史編集所『大隈重信とその時代』（早稲田大学出版部、1989年）

渡辺幾治郎『大隈重信』日本宰相列伝③（時事通信社、1985年）

J・C・リブラ著／正田健一郎訳『大隈重信——その生涯と人間像』（早稲田大学出版部、1980年）

（2）永井柳太郎関連

池田徳浩「大正デモクラシー期における永井柳太郎の国際主義」（『専修法研論集』第26号、2000年3月）

岩本典隆『近代日本のリベラリズム——河合栄治郎と永井柳太郎の理念をめぐって』（文理閣、1996年）

坂本健蔵「永井柳太郎の日中提携論——第一次大戦期を中心に」（『法学研究』第73巻第9号、2000年9月）

坂本健蔵「日中戦争と永井柳太郎」（『日本法政学会法政論叢』第37巻第2号、2001年）

筍涛「『新日本』時代の永井柳太郎」（『大東法政論集』創刊号、1993年3月）

永井柳太郎伝記編纂会編『永井柳太郎』（勁草書房、1959年）

橋本哲哉「永井柳太郎の植民論・シベリア論」（『金沢大学経済論集』第27号、1990年3月）

和田守「『民衆国家主義者』永井柳太郎の中国認識」（田中浩・和田守編『民族と国家の国際的研究』所収、21世紀の民族と国家第1巻、未来社、1997年）

和田守「永井柳太郎・中野正剛の改造精神」（『近代日本と徳富蘇峰』御茶の水書房、1990年）

（3）吉野作造関連

赤松克麿編『故吉野博士を語る』（書物展望社、1933年）

石川禎浩「吉野作造と1920年の北京大学学生訪日団」（『吉野作造選集』第8巻月報所収、岩波書店、1996年）

井上清「現代史概説」（『岩波講座日本歴史　現代1』、1963年）

井上久士「日本人の中華民国についての認識──吉野作造と石橋湛山の対比的検討を中心として」（『近きに在りて』通号 29、1996 年5 月）

岩本典隆「若き吉野作造のナショナリズム──擬制的な国民主権論としての自立－連帯的ナショナリズムの要求」（『政経論叢』第68巻2・3号、1999年12月）

栄沢幸二『大正デモクラシー期の政治思想』（研文出版、1981年）

黄自進「北一輝の辛亥革命・五四運動観──吉野作造との対比を中心に」（『Quadrante 』第1号、1999年3月）

岡本宏「 知識人の中国認識──国民革命を中心に 」（熊本近代史研究会編 『近代における熊本・日本・アジア』熊本近代史研究会、1991 年）

小野信爾『五・四運動在日本』（汲古書院、2003年2月）

姜克実「吉野作造の人格主義と石橋湛山のプラグマティズム──井上久士氏の論文に寄せて」（『近きに在りて』通号31、1997年5月）

小林幸男「帝国主義と民本主義」（『岩波講座日本歴史　現代2』、1963年）

田中惣五郎『吉野作造──日本的デモクラットの使徒』(三一書房、
　1971年)

玉井清「新人会と吉野作造」(中村勝範編『帝大新人会研究』所収、慶應
　義塾大学出版会、1997年)

野原四郎「五・四運動と日本人」(中国研究所紀要2号『中国近代化と日
　本』、1963年)

野原四郎「民本主義者の孫文像」(『思想』〈396号〉、1957年6月)

平野敬和「帝国改造の政治思想──世界戦争期の吉野作造」(『末兼山
　論叢　日本学編』第34号、2000年2月)

平野敬和「書評　松尾尊兊著『民本主義と帝国主義』」(『史林』通号
　420、2000年3月)

平野敬和『帝国の政治思想』(大阪大学大学院文学研究科学位論文、
　2002年)

平野敬和「吉野のアジア──第一次世界戦争から国民革命の終結ま
　で」(『吉野作造記念館研究紀要』創刊号、2004年3月)

広野好彦「吉野作造中国論おぼえがき」(『法学論叢』第121巻第6号、
　1987年9月)

広野好彦「吉野作造とロシア」(『大阪学院大学国際学論集』第14巻第2
　号、2003年12月)

藤村一郎「吉野作造の外交論・平和論とその軌跡──第一次大戦下に
　あらわれた現実主義と理想主義」(『久留米大学法学』第39号、2000
　年11月)

藤村一郎「ワシントン体制と吉野作造──漸進主義における理想主義と
　現実主義」(『久留米大学法学』第44号、2002年10月)

松尾尊兊「解説」『中国・朝鮮論』(平凡社、1970年)

松尾尊兊『大正デモクラシー』(岩波書店、1974年)

松尾尊兊『民本主義と帝国主義』(みすず書房、1998年)

松尾尊兊「吉野作造と石橋湛山の中国論・断章──井上・姜論文に触
　発されて」(『近きにありて』通号32、1997年11月)

三谷太一郎『新版　大正デモクラシー論』(東京大学出版会、1995年)

宮本又久「帝国主義としての民本主義──吉野作造の対中国政策」(『日

本史研究』第91号、1967年6月）

（4）堺利彦・山川均関連

荒畑寒村「『近代思想』と『新社会』」（『思想』第460号、1962年10月）

石坂浩一『近代日本の社会主義と朝鮮』（社会評論社、1993年）

荻野富士夫『初期社会主義思想論』（不二出版、1993年）

上村希美雄「初期社会主義者の辛亥革命観——片山潜と堺利彦を中
　心に」（『海外事情研究』第20巻第3号、1993年2月）

川上哲正「社会民主党創立者たちと中国」（『初期社会主義』第13号、
　2000年）

川上哲正「堺利彦と山川均がみた中国」（『初期社会主義』第14号、2001
　年）

隅谷三喜男「小さな旗上げ」（「第I部　推薦のことば」『『新社会』解題・総
　目次・索引』不二出版、1982年）

座談会「堺枯川——日本における自由のための闘い」（『世界』1955年10
　月）

高畠通敏「解説」（『近代日本思想体系19　山川均集』河出書房、1976
　年）

松尾尊兌「初期社会主義と民本主義——堺と吉野の場合」（『初期社会
　主義研究』第13号、2000年）

松尾尊兌「コスモ倶楽部小史」（『京都橘女子大学研究紀要』第26号、
　2000年3月）

松尾尊兌「復刻版『新社会』全7巻—明治社会主義から昭和マルクス主
　義への架橋」（「本・思想と潮流」『朝日ジャーナル』24〈42〉、1982年10
　月15日）

松沢弘陽『日本社会主義の思想』（筑摩書房、1973年）

三石善吉「山川均と藤枝丈夫」（竹内好・橋川文三編『近代日本と中国』
　下、朝日新聞社、1974年8月）

向井啓二「明治社会主義史上における堺利彦」（『龍谷大学大学院紀
　要』第2集、1981年3月）

向井啓二「堺利彦研究序論」（『国史学研究』第8号 、1982年3月）

向井啓二「堺利彦の思想形成」(『国史学研究』第11号、1985年3月)

川口武彦『日本マルクス主義の源流：堺利彦と山川均』(ありえす書房、1983年)

近藤真柄『わたしの回想』上(ドメス出版、1981年)

Christine LEVY「堺利彦——国際主義の先駆者」(『日本研究・京都会議1994』国際日本文化研究センター、1996年)

　(5)長谷川如是閑関連

飯田泰三『批判精神の航跡：近代日本精神史の一稜線』(筑摩書房、1997年)

池田元『長谷川如是閑「国家思想」の研究』(雄山閣、1981年)

池田元「大正『社会』主義と共同体論の位相——如是閑の国家論の評価をめぐって」(『長谷川如是閑集』第5巻月報所収、岩波書店、1990年)

池田元「長谷川如是閑の『社会』主義と共同体的国家論—1920〜30年代国家論の位相」(『岡山商大論叢』第19巻第1号、1983年5月)

織田健志「『国家の社会化』とその思想的意味——長谷川如是閑『現代国家批判』を中心に」(『同志社法学』第56巻第1号、2004年5月)

奥田修三「民本主義者のロシア革命観——長谷川如是閑を中心として」(『立命館大学人文科学研究所紀要』第8号、1962年5月)

郭永恩「長谷川如是閑の『老子論』」(『神戸市外国語大学研究科論集』第6号、2003年)

古川江里子「長谷川如是閑と『社会思想』グループ——『国家の社会化』と『社会の発見』」(『日本歴史』第611号、1999年4月)

田中浩「評伝 長谷川如是閑」上・中・下・完(『世界』1985年12月〜1986年3月)

田中浩『長谷川如是閑研究序説——社会派ジャーナリストの誕生』(未来社、1989年)

田中浩「長谷川如是閑の中国論——『国亡びて生活あり』-上- 」(『大東法学』通号19、1992年1月)

田中浩「長谷川如是閑の中国認識——辛亥革命から満州事変まで」

（『経済学論纂』第34巻第5・6号、1994年2月）

田中浩「長谷川如是閑と中華民国――辛亥革命から満州事変まで」（『近きに在りて』通号35 、1999年6月）

長妻三佐雄「『日本的性格』前後の長谷川如是閑――その伝統観と『日本文化論』を中心に」（『社会科学』第69号、2002年）

平井一臣「長谷川如是閑の中国観――『支那を見てきた男の言葉』をめぐって」（『社会科学雑誌』第14号、1993年）

A．E．バーシェイ著/宮本盛太郎監訳『南原繁と長谷川如是閑――国家と知識人・丸山真男の二人の師』（ミネルヴァ書房、1995年）

(6) 本文の主題と関連するその他の文献

『明治新聞雑誌文庫所蔵雑誌目次総攬』（大空社、1993年～1998年）

浅田喬二『日本知識人の植民地認識』（校倉書房、1985年）

麻田貞雄「第六章　人種と文化の相克――移民問題と日米関係」（『両大戦間の日米関係』東京大学出版会、1993年）

有馬学『国際化の中の帝国日本　1905－1924』〈日本の近代④〉（中央公論新社、1999年）

飛鳥井雅道「明治社会主義者と朝鮮そして中国」『天皇と近代日本精神史』（三一書房、1989年）

天野敬太郎編『雑誌新聞文献事典』（金沢文圃閣、1999年）

安藤彦太郎『日本人の中国観』（勁草書房、1971年）

安藤彦太郎「日本留学時代の李大釗」（『社会科学討究』第36巻第2号、1990年12月）

出原政雄「第一次大戦期における安部磯雄の平和思想」（『志学館法学』創刊号、2000年3月）

石田雄『日本の社会科学』（東京大学出版会、1984年）

石川禎浩『中国共産党成立史』（岩波書店、2001年）

石坂浩一『近代日本の社会主義と朝鮮』（社会評論社、1993年）

石母田正「幸徳秋水と中国」『続歴史と民族の発見――人間・抵抗・学風』（東京大学出版会、1953年）

伊藤昭雄等著『中国人の日本人観100年史』（自由国民社、1974年）

今村与志雄「五四前夜の思想状況の一側面——李大釗に即して」(『東京都立大学人文学報』第25号、1961年7月)

入江昭『極東新秩序の模索』(原書房、1968年)

臼井勝美『日中外交史——北伐の時代』(塙書房、1971年)

臼井勝美『中国をめぐる近代日本の外交』(筑摩書房、1983年)

宇野重昭「中国のナショナリズムと日本のナショナリズム——近代化における未熟な国家の衝突 (日中関係50年〈焦点〉)」(『国際問題』通号328、1987年7月)

梅本克己・佐藤昇・丸山真男『現代日本の革新思想』上・下(岩波現代文庫、2002年)

大野節子「1927年の対支非干渉運動——無産諸政党の対応を中心に」(増島弘編『日本の統一戦線』上、大月書店、1978年)

岡利郎「明治日本の社会帝国主義——山路愛山の国家像」(日本政治学会編『年報政治学1982』岩波書店、1983年)

岡利郎「解説」(同編『山路愛山集』民友社思想文学叢書第3巻、三一書房、1985年)

小熊英二『〈民主〉と〈愛国〉——戦後日本のナショナリズムと公共性』(新曜社、2004年)

唐木順三・竹内好編『近代日本思想史講座8』(筑摩書房、1961年)

刈部直等「日本における日本政治思想研究の現状と課題」(『政治思想研究』第2号、2002年5月)

上村希美雄「辛亥革命と大陸浪人」上・下(『熊本短大論集』42巻1・2号・3号、1991年10月、1992年3月)

上村希美雄「初期社会主義者と辛亥革命——第一革命を中心に」(『近代熊本』23号、1992年3月)

上村希美雄「初期社会主義者と辛亥革命——第二革命前後」(『大正デモクラシー期の体制変動と対抗』熊本近代史研究会、1996年)

川上哲正「幸徳秋水のみた中国」(『初期社会主義』第12号、1999年12月)

川田稔『原敬 転換期の構想——国際社会と日本』(未来社、1995年)

木村時夫『ナショナリズム史論』(早稲田大学出版部、1973年)

高坂史朗『近代という躓き』(ナカニシヤ出版、1997年)

子安宣邦『本居宣長』(岩波書店、1992年)

後藤孝夫『辛亥革命から満州事変へ――大阪朝日新聞と近代中国』(みすず書房、1983年)

斎藤哲郎『中国革命と知識人』(研文出版、1998年)

酒井哲哉「戦後外交論における理想主義と現実主義」(『国際問題』通号432、1996年3月)

酒井哲哉「『大正デモクラシー体制』崩壊期の内政と外交」1・2(『国家学会雑誌』100(9・10)[1987年9月]、101(3・4)[1988年4月])

酒井哲哉「国際関係論と『忘れられた社会主義』――大正期日本における社会概念の析出状況とその遺産」(『思想』945号、2003年1月)

酒井哲哉「『国際関係論』の成立――近代日本研究の立場から考える」(『創文』431号、2001年5月)

嵯峨隆「大杉栄と中国――近代における日中社会主義運動交流の一側面」(『教養論叢』第108号、1998年3月)

坂本多加雄『人物叢書　山路愛山』(吉川弘文館、1988年)

坂本多加雄「山路愛山の政治思想」(『学習院大学法学部研究年報21』、1986年)

坂本ひろ子『中国民族主義の神話――人種・身体・ジェンダー』(岩波書店、2004年)

佐々木力「復権する陳独秀の後期思想」(『思想』939号、2002年7月)

佐々木力「吉野作造と陳独秀」(『みすず』第44巻第4号、2002年4月)

佐藤誠三郎「協調と自立との間――日本」(『年報政治学』岩波書店、1969年)

隅谷三喜男「明治ナショナリズムの軌跡」『日本の名著40　徳富蘇峰　山路愛山』(中央公論社、1971年)

関忠果ら編『雑誌『改造』の四十年』(付・改造目次総覧)(光和堂、1977年)

曾村保信「辛亥革命と日本の輿論」(『近代史研究――日本と中国』(小峯書店、1977年)

竹内好・橋川文三編『近代日本と中国』上・下(朝日新聞社、1974年8

月）

田中和男「丸山真男における中国」(『龍谷大学国際センター研究年報』
　第13号、2004年)

田中真人『高畠素之：日本の国家社会主義』(現代評論社、1978年)

栃木利夫・坂野良吉『中国国民革命――戦間期東アジアの地殻変動』
　(法政大学出版局、1997年)

富田昇「李大釗日本留学時代の思想形式――「民彝」概念の成立をめ
　ぐって」(『集刊東洋学』第51号、1984年5月)

西村成雄『中国ナショナリズムと民主主義：20世紀中国政治史の新たな
　視界』(研文出版、1991年)

西田毅編『近代日本のアポリア――近代化と自我・ナショナリズムの諸
　相』(晃洋書房、2001年)

西田敏宏「ワシントン体制の変容と幣原外交1929～1931年」1・2(『法学
　論叢』第149巻第3号［2001年6月］、第150巻第2号［2001年11月］)

西田長寿『明治時代の新聞と雑誌』(至文堂、1961年)

野沢豊編『中国国民革命史の研究』(青木書店、1974年)

野原四郎「アナーキストと五四運動」『講座近代アジア思想史』一巻中国
　編I(弘文堂、1960年)

中西勝彦「中国国民革命の展開と橘樸――『方向転換』前の思想の変
　容」1・2(『法学雑誌』第30巻第1号第2号、1983年11月、1984年1月)

中村勝範「社会民衆党の中国国民革命への対応――南京政府成立ま
　で」(『法学研究』第49巻第7号、1976年7月)

中村尚美「日本帝国主義と黄禍論」(『社会科学討究』第41巻第3号、
　1996年3月)

中村尚美「浮田和民のアジア観」(『社会科学討究』第35巻第2号、1989
　年12月)

中村尚美「浮田和民の大アジア主義」(『社会科学討究』第32巻第2号、
　1986年12月)

中野敏男『大塚久雄と丸山真男――動員、主体、戦争責任』(青土社、
　2001年)

野村浩一『近代日本の中国認識――アジアへの航跡』(研文出版、1981

年)

野村浩一『中国革命の思想』(岩波書店、1971年)

野村浩一『近代中国の思想世界——『新青年』の群像』(岩波書店、1990年)

狭間直樹編『中国国民革命の研究』(京都大学人文科学研究所、1992年)

『増補版　橋川文三著作集』全10巻(筑摩書房、2000年)

橋川文三・松本三之介編『近代日本政治思想史』I・II(有斐閣、1970〜1971年)

服部龍二『東アジア国際環境の変動と日本外交1918−1931』(有斐閣、2001年)

平石直昭「戦時下の丸山眞男における日本思想史像の形成——福沢諭吉研究との関連を中心に」(『思想』964号、2004年8月)

廣松渉等編『岩波哲学・思想事典』(岩波書店、1998年)

冨山房編『冨山房五十年』(冨山房、1936年)

藤井昇三『孫文の研究——とくに民族主義理論の発展を中心として』(勁草書房、1966年)

藤井昇三「二十一か条交渉時期の孫文と『中日盟約』」(市古教授退官記念論叢編集委員会編『論集近代中国研究』所収、山川出版社、1981年)

藤井昇三「『平和』からの解放——中国」(『年報政治学』岩波書店、1969年)

藤井昇三「ワシントン体制と中国——北伐直前まで(国際政治と国内政治の連繋)」(『国際政治』通号46、1972年10月)

古田光等編『近代日本社会思想史』I・II(有斐閣、1968〜1971年)

古田元夫『アジアのナショナリズム』(山川出版社、1996年)

古屋哲夫編『近代日本のアジア認識』(京都大学人文科学研究所、1994年)

細谷千博・斎藤真編『「ワシントン体制と日米関係」(東京大学出版会、1978年)

増田渉「近代日中関係論——石橋湛山を中心として」(土屋健治編『ナ

　ショナリズムと国民国家』東京大学出版会、1994年)

松田義男「浮田和民と倫理的帝国主義」(『早稲田政治公法研究』第12
　号、1983年12月)

松本三之介「国民的使命観の歴史的変遷」(『近代日本の政治と人
　間』、創文社、1966年)

間宮国夫「大正デモクラットと人種問題——浮田和民を中心に」(『人文
　社会科学研究』第30号、1990年3月)

丸山松幸「李大釗の思想−中国におけるマルクス主義の受容」(『アジア
　経済旬報』第654号、1966年)

丸山松幸『中国近代の革命思想』(研文出版、1982年)

丸山松幸『五四運動——中国革命の黎明』(紀伊国屋書店、1981年)

溝口雄三『中国の衝撃』(東京大学出版会、2004年)

三田剛史『甦る河上肇——近代中国の知の源泉』(藤原書店、2003年)

三谷博『明治維新とナショナリズム——幕末の外交と政治変動』(山川出
　版社、1997年)

三谷太一郎『近代日本の戦争と政治』(岩波書店、1997年)

南博『大正文化』(勁草書房、1965年)

宮本盛太郎「浮田和民における倫理的帝国主義の形成」1・2(『法学論
　叢』112(4) [1983年1月]、112(3)[1982年12月])

村田雄二郎「中国のナショナリズムと近代日本」(毛利和子・張蘊嶺編
　『日中関係をどう構築するか』所収、岩波書店、2004年)

茂木敏夫「日中関係史という枠組」(『歴史評論』638号、2003年9月)

森正夫『李大釗』〈中国人物叢書 11〉(人物往来社、1967年)

横山宏章「中国国民革命と『革命外交』(変動期における東アジアと日
　本——その史的考察)」(『季刊国際政治』第66号、1980年11月)

吉澤誠一郎『愛国主義の創生——ナショナリズムから近代中国をみる』
　(岩波書店、2003年)

米原謙『近代日本のアイデンティティと政治』(ミネルヴァ書房、2002年)

山泉進「初期社会主義研究の現状と課題」(『初期社会主義研究』創刊
　号、1986年)

山田辰雄「橘樸の中国国民革命論(内山正熊教授退職記念論文集)」

（『法学研究』第56巻第3号、1983年3月）

山根幸夫ら編『増補版 近代日中関係史研究入門』(研文出版、1996年)

山室信一『思想課題としてのアジア 基軸・連鎖・投企』(岩波書店、2001年)

和田守「近代日本のアジア認識――連帯論と盟主論について」(『政治思想研究』第4号、2004年5月)

和田守「大正思想史とアジア・ナショナリズム」(『日本思想史学』第35号、2003年)

渡辺浩『東アジアの王権と思想』(東京大学出版会、1997年)

アントニオ・ネグリ、マイケル・ハート／水嶋一憲等訳『帝国――グローバル化の世界秩序とマルチチュードの可能性』(以文社、2003年)

H.スミス著／松尾尊兌・森史子訳『新人会の研究: 日本学生運動の源流』(東京大学出版会、1978年)

H.B. デーヴィス／藤野渉訳『ナショナリズムと社会主義』(岩波書店、1969年)

M・メイスナー／丸山松幸・上野恵司訳『中国マルクス主義の源流』(平凡社、1971年)

Ⅲ 中国語文献

只眼（陈独秀）. 发刊词. 每周评论, 1918-12-22

日本政治思想的新潮流. 每周评论, 1919-2-2

只眼（陈独秀）. 威大炮. 每周评论, 1919-2-9

只眼（陈独秀）. 公理何在. 每周评论, 1919-2-9

只眼（陈独秀）. 光明与黑暗. 每周评论, 1919-2-9

金. 看看今日的日本. 每周评论, 1919-2-9

明明（李大钊）. 祝黎明会. 每周评论, 1919-2-16

TC生（李大钊）. 黎明日本之曙光. 每周评论, 1919-2-16

陈独秀. 太平洋会议与太平洋弱小民族. 新青年, 1921（9）

中共中央马恩列斯著作编译局研究室编. 五四时期期刊介绍，3集.
　　北京：人民出版社，1958—1959

独秀文存．合肥：安徽人民出版社，1987

王晓秋．李大钊与五四时期的中日文化交流．见：梁柱等著．李大
　　钊研究论文集——纪念李大钊诞辰一百周年．北京：北京大学
　　出版社，1989 年

李永辉．罗素与中国固有文明．中国青年研究，1994（4）

黄自进.吉野作造对近代中国的认识与评价（1906—1932）．台北：
　　中央研究院近代史研究所，1995

朱学勤．让人为难的罗素．读书，1996（1）

李大钊全集，4 卷．石家庄：河北教育出版社，1999

彭明，程歗主编．近代中国的思想历程 (1840—1949)．北京：中国人
　　民大学出版社，1999

张汝伦．现代中国思想研究．上海：上海人民出版社，2001